Alexa McNight

SehnSucht

Erotischer Roman

W0356485

www.blue-panther-books.de

BLUE PANTHER BOOKS TASCHENBUCH
BAND 2183
1. AUFLAGE: JUNI 2012

VOLLSTÄNDIGE TASCHENBUCHAUSGABE
ORIGINALAUSGABE
© 2012 BY BLUE PANTHER BOOKS, HAMBURG
ALL RIGHTS RESERVED
COVER: © JULIA SAVCHENKO @ ISTOCK.COM
UMSCHLAGGESTALTUNG: WWW.HEUBACH-MEDIA.DE
GESETZT IN DER TRAJAN PRO UND ADOBE GARAMOND PRO
PRINTED IN GERMANY
ISBN 978-3-86277-066-3
WWW.BLUE-PANTHER-BOOKS.DE

Prolog

Der Film hielt in keiner Weise, was der Trailer versprochen hatte. Die Handlung war flach und wollte auch nach einer Stunde nicht an Tiefe gewinnen. Sämtliche Dialoge dröppelten öde vor sich hin. Und es gab eine Menge dieser Dialoge – vermeintlich komische Ausschweifungen in die Gedankenwelt völlig verschrobener Gestalten. Wie auch immer das Machwerk enden würde, es blieb zu hoffen, dass es das bald tat. Dank der Topbesetzung war die Spätvorstellung fast ausverkauft, und aus dem bisweilen zu hörenden Gelächter war zu schließen, dass sich ein Teil der Besucher amüsierte.

Sie hätte das Kino längst verlassen, wäre *er* nicht gewesen. Er sah sich den Film mit zwei Freunden an und saß auf dem Platz links von ihr. Vielleicht war es der Duft, der von ihm ausging – eine Mischung aus After Shave und dem Leder seiner Jacke. Vielleicht waren es die Signale, die er aussandte. Mehr als einmal hatte sein Ellenbogen vermeintlich versehentlich ihren berührt, und mehr als einmal war sein Knie gegen ihres gestoßen. Mit einem Flüstern hatte er sich, wann immer es passiert war, entschuldigt und es doch nie als Entschuldigung gemeint. Eine Provokation war es vielmehr, dieses Flüstern, dessen Worte den falschen Inhalt wiedergaben. Hingegen transportierte der Blick, den sie daraufhin stets austauschten, nichts als die Wahrheit. Dunkelbraun waren seine Augen und von so dichten Wimpern gerahmt, dass er einen Engel hätte abgeben können, wären da nicht der rowdyhafte Drei-Tage-Bart und die auf wenige Millimeter gestutzten Haare gewesen. Seine Lippen waren voll und der Entschuldigung zum Trotz zu einem herausfordernden Lächeln verzogen.

Mehr und mehr rückte der Film in den Hintergrund. Was wirklich interessant war, spielte sich in ihrem Augenwinkel ab. Das Gesicht der Leinwand zugewandt, das Kinn in die linke Hand gestützt, gab er vor, sich auf die Handlung zu konzentrieren. Sein rechter Arm war zwar locker abgelegt, doch klopften seine Finger zu einem imaginären Takt auf seiner Jeans und verrieten, dass sein Interesse am Film nicht einmal halb so groß war, wie das an ihrer Person.

Irgendwann lehnte er sich zu seinen Freunden hinüber und ließ sie wissen, dass er zur Toilette gehen würde. Er hätte es leiser sagen können, doch er wählte seine Lautstärke gerade so, dass sie es hören würde. Dann stand er auf und schob sich an ihr und den anderen in der Reihe Sitzenden vorbei.

Fünf Minuten später nahm sie ihre Jacke und verließ den Kinosaal ebenfalls.

Die Bar im Foyer war leer, die beiden Barkeeper polierten Gläser und unterhielten sich. Sie durchquerte die Halle und bog an den bereits geschlossenen Ticketverkaufstresen zu den Toiletten ab.

Mit vor der Brust verschränkten Armen und überkreuzten Beinen lehnte er an den Waschbecken. Sie schloss und verriegelte die Tür, warf ihre Jacke zwischen zwei Becken und trat zu ihm.

Wie er sich aufrichtete und dicht vor ihr stand, war er einen ganzen Kopf größer als sie. Er legte die Hand in ihren Nacken und brachte seinen Mund nahe vor ihren, doch rückte er, als sie ihm entgegenkommen wollte, wiederum wenige Millimeter von ihr ab. Sein Grinsen verlor an Spott, als sie seine Bewegung imitierte, sobald er sich ihr abermals näherte. Statt ihren Mund küsste er ihren Hals und säte mal federleichte, mal fordernde Küsse darauf aus, die ihren Atem antrieben.

»Das war einer der besten Filme überhaupt«, murmelte er und ließ seine Hände ihren Rücken hinabwandern. Fest legten sie sich auf ihren Po.

»Bis eben war ich davon überzeugt, dass wir im gleichen Kinosaal gesessen haben«, entgegnete sie, doch war zu erregt, um wirklich überrascht zu sein.

»Diesen Film meine ich nicht.« Er zog die Bluse aus dem Bund ihrer Hose, um ihre Haut zu berühren und sie durch die Intensität seiner Berührungen wissen zu lassen, wie genau es um seine Lust auf sie bestellt war. »Sondern den in meinem Kopf. Genauer gesagt, war es eine Aneinanderreihung vieler Episoden.« Mit einem Finger strich er über ihren Bauch. »Bei jeder ach so zufälligen Berührung hatte ich eine neue Episode vor Augen.«

Sie schob das Rervers seiner Jacke auseinander und öffnete sein Hemd, Knopf für Knopf.

»Erzähl mir von ...«, hob sie an, doch brachte die Aufforderung nicht zu Ende, weil er eine Hand zwischen ihre Beine schob. Der Druck, den er dort auslöste, sandte elektrisierende Schübe durch ihren Körper und so brachte sie außer einem gurrenden Ton nichts weiter zustande.

»Ich hab dich gefickt«, fuhr er fort und platzierte seinen Mund an ihrem Ohr. »In einer Pfütze auf kaltem Asphalt, auf einer Bank in einem nächtlich leeren Park, auf einer Yacht weit draußen auf dem See ... Wo auch immer du dir vorstellen kannst.«

Seine Worte brachten ihr Inneres zum Toben. Zusammen mit der Jacke schob sie das endlich offene Hemd halb über seine Schultern. »Außergewöhnliche Orte sind das alles. Kaum zu vergleichen mit einer Kinotoilette.«

»Nein, das war auch nur ...« Er hielt inne, als sie Kreise um seine Brustwarzen malte. »Eine Art Notlösung, weil es schnell gehen musste.«

Sie beobachtete, wie seine Nippel dank ihrer Spielerei hart wurden, leckte sie schließlich abwechselnd und pustete darüber. Er nahm ihr Kinn in die Hand, zwang sie, ihn anzuschauen und drehte sie um, sodass sie mit dem Rücken zu ihm stand. Die gegenüberliegende Wand war mit einem Spiegel verkleidet, der die gesamte Fläche einnahm. Während er ihre Brüste durch den Stoff ihrer Bluse massierte, fixierte er ihren Blick in seinem.

»Stell dir vor, wir hätten es einfach im Saal direkt vor der Leinwand geschehen lassen.« Seine rechte Hand fuhr tiefer und pausierte abermals in ihrem Schritt. Der diesmal ausgeübte Druck diente offenbar fast ausschließlich dazu, sie näher an sein Becken zu ziehen, damit sie seine Erektion zu spüren bekam.

»Stell dir vor, ich hätte deine Bluse aufgeknöpft.« Wie um ihrer Fantasie auf die Sprünge zu helfen, tat er, was er sagte. »Die Träger deines BHs von deinen Schultern gestreift und meine Hände auf deine Brüste gelegt.«

Sie spürte, wie sich ihre Nippel unter seinen Händen aufrichteten. Er zwirbelte sie zwischen den Fingern und sah sie dabei weiter im Spiegel an. Sie wich seinem Blick aus, legte den Kopf auf seine Schulter und neigte ihn zur Seite, sodass sie seinen Duft einatmen konnte. Ihre Hände wanderten nach hinten, über die Delle unter seiner Jeans. Erneut gab es einige Knöpfe zu öffnen. Diesmal war sie schneller und streichelte sein angeschwollenes Glied durch den dünnen Stoff seiner Shorts. Ein einziges leises Keuchen ließ er hören, doch das genügte, um sie die Hand unter den Bund schieben zu lassen. Ihr fester

Griff um seinen Schaft multiplizierte seine erregten Laute, die sie wiederum veranlassten, in den Spiegel zu schauen und zu beobachten, wie er sich mehr und mehr verlor.

Er ließ von ihren Brüsten ab, um sich am Verschluss ihrer Hose zu schaffen zu machen und sie über ihre Hüften zu schieben. Sie zog ihre Hände aus seinen Shorts, um die Hose ganz abzustreifen, doch er kam ihr zuvor, ging hinter ihr in die Hocke und schälte das Kleidungsstück Zentimeter für Zentimeter von ihr, wobei er sie auf jedem bloßgelegten Stück nackter Haut küsste, seine Zunge und Zähne zum Einsatz brachte.

Eine Gänsehaut lief wie eine Welle über sie hinweg, rollte von ihrem Nacken bis zu den Fersen, und beinahe bedauerte sie es ein wenig, dass er sich so schnell aufrichtete, als die Hose ausgezogen war. Nur kurz massierte er sie durch das verbliebene schwarze Höschen, schob es dann beiseite und legte seine Finger auf ihren empfindlichen Punkt, begann ihn zu reiben. Mal umkreiste er ihn sanft, mal fuhr er weniger behutsam darüber. Mal ließ er es seine Zeige- und Mittelfinger tun, mal delegierte er die Aufgabe an seinen Daumen, um zugleich mit zwei Fingern in sie einzudringen.

Sie explodierte beinahe unter den Streicheleinheiten, begann zu zittern und wand sich. Dass er sie umrundete, wurde ihr erst bewusst, als sie nicht mehr ihr Spiegelbild, sondern ihn vor Augen hatte – seine Augen, dunkel vor Begierde. Noch immer in ihrer Spalte spielend, drängte er sie gegen die Marmorplatte, welche die Waschbecken einfasste, und ließ dann doch von ihr ab, um sie hochzuheben und auf den kühlen Stein zu setzen. Von ihrer Taille wanderten seine Hände über ihre Oberschenkel, bis zu ihren Knien. Er drückte sie auseinander und schob sich dazwischen.

»Stell dir vor, jeder von denen könnte das jetzt sehen …

statt des langweiligen Films«, murmelte er.

Abermals griff sie nach dem Bund seiner Shorts, diesmal jedoch, um sie über seine Hüfte zu schieben. Sie wollte sehen, ob dieser Schwanz so gut aussah, wie er sich anfühlte. Und das tat er. Insbesondere, als er unter ihren Berührungen zu zucken begann. Als er ihr bedeutete, nicht zu zaghaft zu sein, schloss sie ihre Hand fester darum, doch ließ ihre Bewegungen wieder langsamer werden, als ein Tropfen aus der Eichel trat. Während sie die Feuchtigkeit über dem sehnigen Fleisch verteilte, tastete er sich zur Innentasche seiner Jacke vor. Er brachte eine Reihe Kondome zu Tage, löste eins ab und machte sich daran, die Tüte zu aufzureißen.

»Ich stell mir vor, dass du mich gegen die Leinwand drückst, dass ich meine Hände auf deinen Hintern lege und ich meine Beine fest um dich schlinge«, sagte sie, tat eben das und sah zu, wie der das Gummi überstreifte. »Und dass das Publikum die Luft anhält, weil sich ein Schrei aus meiner Kehle löst, als du in mich stößt.«

Mit einer einzigen Bewegung war er in ihr. Sie lehnte sich zurück, bog den Rücken durch und stützte sich auf ihren Händen ab, um ihm entgegenzukommen, ihn tiefer eindringen zu lassen. Wie aus weiter Ferne nahm sie ihr eigenes Keuchen war, hörte, wie es sich mit seinem vermischte. Wie durch einen Schleier sah sie ihn vor sich, den entrückten Ausdruck seiner Miene, der besagte, dass sein Orgasmus nicht mehr fern war.

Seine Bewegungen, die langsam und genussvoll begonnen hatten, wurden unkontrolliert. In immer kürzer aufeinanderfolgenden Stößen, die stets ein wenig tiefer zu gehen schienen, stieß er in sie, und bald hallten ihre Stimmen und ihr Stöhnen durch den Raum, dessen Helligkeit und Spiegel ihrem Spiel einen zusätzlichen Reiz verliehen.

Leichtigkeit durchflutete sie als sie kam. Sie ließ sich auf der ersten Woge davontragen, wurde von einer zweiten noch ein Stück weiter hinausgespült und von den folgenden, kleineren nach und nach zurückgebracht. Von ihren Kontraktionen angespornt, folgte er ihr und bescherte ihr ein kleines Nachbeben.

Am Rande ihres Bewusstseins nahmen sie wahr, dass jemand versuchte, in den Raum zu kommen. Es wurde an der Klinke gerüttelt und angeklopft. Darüber belustigt, tauschten sie ein Lächeln und blickten dann an sich hinab zu der Stelle, an der sie miteinander verbunden waren.

Beinahe war sie versucht, es auf eine zweite Runde ankommen zu lassen, doch sobald sich der Nebel in ihrem Kopf gelichtet hatte und ihr Verstand wieder ganz bei ihr war, löste sie sich von ihm. Sie zog die Bluse über die Schultern, knöpfte die Hose zu und musterte ihn hin und wieder kurz. Er betrachtete sein Spiegelbild, rückte seine Jacke zurecht, steckte die verbleibenden Kondome ein und zog einen Autoschlüssel hervor.

»Kann ich dich irgendwohin mitnehmen?«, erkundigte er sich und wandte sich ihr zu.

»Das ist nett gemeint, aber nicht nötig«, entgegnete sie und schlüpfte in ihre Jacke. Daraufhin warf sie ihm eine Kusshand zu und verließ den Raum noch vor ihm.

EINS

Rush Hour in Chicago.

Der Wetterbericht im Radio versprach einen der wärmsten Tage des Monats August und ein gebührendes Ende des Sommers. So sonnte sich der Lake Shore Drive schon zur frühen Stunde in flirrendem Licht.

Als sich die Straße gabelte, wechselte Muriel vom am Lake Michigan entlangführenden Highway auf die von Wolkenkratzern gesäumte Michigan Avenue.

Hinter den historischen Gebäuden des Wrigley Buildings und des Tribune Towers galt es nur noch, den Fluss zu überqueren. Der Loop, das Geschäftszentrum der Stadt mit all seinen schillernden Bürokomplexen, war ein längst vertrauter Anblick, der an das Gefühl positiver Gewohnheit anknüpfte. Nach zwei Jahren in Chicago war Muriel nicht mehr oder weniger als die meisten anderen: eine Fremde in der Stadt. Kaum einer ihrer Bekannten oder Freunde war hier geboren.

Fünfzehn Minuten vor neun fuhr sie in die Tiefgarage. Sie parkte den Wagen auf einer der reservierten Stellflächen im zweiten Untergrund, schnappte sich ihre Tasche, stieg aus und ging zu den Fahrstühlen. Aufgrund der hohen Frequentierung wartete sie, wie jeden Morgen, eine schier endlose Weile, doch auch diese Verzögerung war eingeplant. Muriel würde pünktlich sein, selbst nach einem Abstecher in die Küche, wo sie sich den obligatorischen Becher Kaffee holen würde. Sie war so pünktlich wie jeder ihrer Kollegen. Niemand bei *KINGz* kam jemals zu spät.

Endlich öffneten sich die Stahltüren. Muriel trat ein und betätigte den Knopf, hinter dem der silberne Schriftzug mit der schiefen Krone lag.

KINGz – das verband *Mann* mit Reportagen über Adventuretrips durch Neuseeland und Peru, mit Testfahrten in Erlkönigen auf Sardiniens Landstraßen, mit Extremsport- und Fitnesstrends, mit Fashion-Do's und -Don'ts. Von Manierenguides über Ausflüge in die Welt der Technik bis hin zu Einblicken in die Psyche und den Sex der Frau – was auch immer den Mann betraf, was ihn interessierte und sein Herz höher schlagen ließ, las er in diesem He-Magazin.

Nicht zuletzt assoziierte der Leser *KINGz* mit Muriel Jones und ihren *Ungeschminkt-Kolumnen,* die sich mit den brisanten Punkten der Mann-Frau-Verwirrung auseinandersetzten und mit Irrtümern aufräumten. Muriel war dafür bekannt, Fakten auszupacken – Wort für Wort und nur die Wahrheit. Ob diese nun angenehm oder das ganze Gegenteil war, spielte für sie keine Rolle. Ihre Kolumnen behandelten Themen wie Flirtkiller oder One-Night-Stands, Beziehungskrisen oder verschmähte Liebe. Mal ging es um Geheimnisse, die eigentlich keine waren, mal um Dinge, über die kaum jemand nachdachte oder um Simplizitäten, wie die Kunst, einer Frau zum Orgasmus zu verhelfen. Alle männlichen Wünsche und Vorlieben ließ Muriel bei ihren Betrachtungen so gut wie außer Acht und konzentrierte sich auf das, was Frauen wollten. Schließlich war dies die Basis ihrer Texte und oftmals der Ursprung allen Übels. So viele Männer hatten keinen Schimmer, wie Frauen tickten, was sie glücklich machte und befriedigte, womit der Grundstein für ihre eigene Frustration und noch mehr Missverständnisse gelegt war. Es war die berühmte Katze, die sich in den Schwanz biss, und Muriel hatte es sich zur Aufgabe gemacht, diesen Zyklus zu unterbrechen, um so am Ende auch die Leserschaft von *KINGz* zu beglücken.

Das gelang nicht immer. In ihrem Posteingang, dessen Adresse für ihre zweite Rubrik: *Frag doch, wenn du dich traust!* publik war, landeten neben der Fanpost nicht selten E-Mails, die Beschimpfungen und Vorwürfe enthielten. Die meisten dieser Schreiben las Muriel relaxt und wählte einige davon sogar für eine Veröffentlichung aus – natürlich nicht, ohne eine entsprechende Erwiderung zu verfassen.

In der siebzehnten Etage verkündete der leise Gong das Erreichen des Ziels. Die Stahltüren entließen Muriel in einen langen Korridor, der mit gerahmten und aufs Vielfache vergrößerten Coverbildern vergangener Ausgaben dekoriert war. Am Empfang hielt sie Small Talk, der nicht einmal zehn Sekunden dauerte, da die Headphones der beiden Frauen neue Gespräche anmeldeten. Dahinter lagen zwei Konferenzräume sowie die Zimmer des Marketings, der Grafiker, des Layouts, der EDV, der Buchhaltung und schließlich die Online-Abteilung, welche für die Bereitstellung aller Artikel auf der Webseite zuständig war.

In der Küche nahm Muriel ihren Becher aus dem Schrank, schenkte sich Kaffee ein und trank den ersten Schluck, damit beim Transport nichts überschwappte. Einen Kaffeefleck auf dem dunkelblauen Velours, der in der Passage des Großraumbüros ausgelegt war, wussten alle ebenso gut zu vermeiden wie ein Zuspätkommen.

Es war zehn Minuten vor neun, und im Großraumbüro der Redaktion ging es noch entspannt zu. Gelassen oder gedankenverloren drehten sich Muriels Kollegen in ihren Stühlen oder hockten, in ein Gespräch vertieft, bei anderen Redakteuren.

Zuerst passierte sie die Abteilung für Technik. Die drei Männer waren Spezialisten, ging es um Computer und Internet.

»Miss Cool trudelt ein«, witzelte einer und schickte einen Guten-Morgen-Gruß hinterher.

Gleich gegenüber saß das *Bleifuß-Team*, amüsanterweise Zwillinge. Während er sich mit den neuesten Modellen auf dem Markt befasste, nahm sie die Sportwagen, Oldtimer und Kuriositäten unter die Lupe.

Es ging weiter vorbei am *Adventure-Department*, das zurzeit mit nur einem Kollegen besetzt war, da sich der andere in Alaska auf einer Tour mit Schlittenhunden befand.

Muriel folgte dem blauen Velours und ging vorbei an den drei Frauen der *People-Rubrik*, welche Interviews mit Leuten aus Film, Musik und Fashion führten.

Gleich nebenan arbeiteten die Stylisten.

In zweiter Reihe befand sich die kulinarische Abteilung, in der sich eine einzelne Person durchschlug: Emma. Sie war nicht nur Fachfrau für gesunde Ernährung, Kennerin der Sterneköche und Kolumnistin des Männerkochbuchs, sondern auch Muriels beste Freundin. Nach ihrem Umzug vor zwei Jahren und dem Antritt der neuen Stelle hatte Emma sie unter ihre Fittiche genommen und mit Chicago bekannt gemacht.

Muriel winkte Kathy, der am Ende des Veloursteppichs sitzenden Assistentin des Herausgebers, zu und bog zu ihrem eigenen Departement ab, wo Paula schon auf ihre Tastatur einhämmerte und Muriels Gruß mit einem Knurren quittierte, ohne vom Bildschirm aufzuschauen. Muriel war diese Kurzangebundenheit gewohnt. Sie stellte den Kaffee ab, plumpste in ihren Stuhl und streifte einen Schuh ab, um den Startknopf des Rechners mit dem großen Zeh zu betätigen.

»Eines Morgens ist er *vor* dir hier«, brummte Paula.

Muriel wusste, dass Paula sie nicht mochte. Möglicherweise weil sie in ihrer gemeinsamen Rubrik Lifestyle die vermeintlich langweiligeren Berichte verfasste: Knigge-Regeln für den Alltag und das Berufsleben, für die E-Mailkorrespondenz, Restaurantbesuche und Disconächte. Zudem befasste sie sich mit Dingen wie Small Talk- und Kleidungsrichtlinien. Was auch immer Paula schmollen ließ, Muriel zerbrach sich nicht den Kopf darüber. Ohnehin war sie der Überzeugung, dass aus jedem scheinbar tristen Thema etwas Spannendes zu machen war, wenn man es denn mit echter Begeisterung fürs Schreiben anging.

Auf Paulas Kommentar reagierte Muriel mit einem lautlosen Seufzen. »Es ist fünf vor neun. So lange ich hier arbeite, ist er immer, wirklich immer, eine Minute vor neun erschienen. Nicht eher und nicht später.«

»Ich frag mich, wie er das macht«, kam es von Paula und klang so gedankenlos, dass Muriel sich eine Reaktion ersparte.

Als der Rechner nach ihrem Passwort fragte, rollte sie im Stuhl an den Schreibtisch und gab die Kombination aus Buchstaben und Zahlen ein. Sie lud ihren Posteingang auf den Bildschirm und schmunzelte in Anbetracht des Betreffs der ersten E-Mail. Offenbar war sie wieder einmal jemandem auf den Schlips getreten.

Als das Fahlstuhlsignal ertönte, verstummten die Gespräche und jeder, der noch anderswo verweilte, beeilte sich, an seinen Platz zu kommen. Telefonhörer wurden abgenommen, Finger flitzten über Tastaturen, Stifte kritzelten auf Notizblöcken. Schritte näherten sich und wurden lautlos, als sie den Velours betraten. Muriel spürte, wie sich ihre Nackenhärchen aufstellten, so wie es sicher jedem ging, der mit dem Rücken zum Eingang saß.

Auf jedem Meter wurde ein Gruß gemurmelt und erwidert. Dann flatterte eine lose Blattsammlung auf Muriels Schreibtisch. Statt eines Grußes hörte sie: »In mein Büro, sobald es passt, aber noch vor der Redaktionssitzung« und sah, wie Paula sich ein Grinsen verkniff.

Im nächsten Moment war Leander schon vorbei. Er stimmte sich mit Kathy ab und verschwand in seinem Büro, den alle Redakteure als Glaskasten bezeichneten. Dort setzte er sich hinter seinen ebenfalls gläsernen Schreibtisch und nahm das erste Telefonat entgegen.

Auf ein Geräusch hin, wandte Muriel den Kopf und grinste über Emma, die sich hinter ihre Trennwand duckte und eine Grimmasse zog. Muriel zuckte die Schultern und begann, die auf ihrem Tisch verstreuten Papiere zu sortieren. Die Blattsammlung war nichts anderes als ihr aktueller Artikel. Offenbar waren die Tipps zu *Seitensprung für Anfänger* auf Unmut gestoßen. Das Thema selbst kannte Leander seit der Redaktionssitzung, in der sie vorgeschlagen hatte, darüber zu schreiben. Folglich konnte er kaum Anstoß am Grundsatz genommen haben, sondern eher an einem der Absätze. Da er keine Anmerkungen gemacht hatte, überflog Muriel ihren Text in der Hoffnung auf einen Anhaltspunkt. Doch den gab es nicht.

Muriels Blick schweifte zurück zu Leander. Er war ein Ungeheuer, stellte sie nicht zum ersten Mal fest, und fragte sich ebenfalls nicht zum ersten Mal, was sie bei seinem Magazin hielt. Immerhin kannte man ihren Namen inzwischen, und sie hatte zahlreiche Optionen, sei es das Schreiben für eine andere Zeitschrift oder eine Tätigkeit als freie Journalistin.

Ohne sagen zu können, warum sie blieb, beobachtete sie, wie Leander den Telefonhörer zurück in die Station stellte. Alles in ihr verwehrte sich gegen den Gedanken, jetzt zu ihm zu gehen. Sie wollte nicht angekrochen kommen, schon gar nicht, wenn er schlechter Stimmung war. Hätte sein Kommentar dies nicht verraten, dann spätestens die Art, wie er gerade die Brauen zusammenzog und seine Miene weiter verschloss. In seinem Stuhl drehte er sich um neunzig Grad und stützte das Kinn in die Handfläche, um durch die Fensterfront seines Büros über den Fluss und einen Teil der Skyline Chicagos zu schauen.

Ohne Zweifel war Leander attraktiv. Nicht über die Maßen gutaussehend und ganz gewiss nicht aalglatt, aber durchaus ansehnlich. Muriel rief sich den Ausdruck seiner Augen in Erinnerung, als er ihr die Blätter auf den Schreibtisch geworfen hatte. In ihrem Grau hatte eine Kälte gelegen, die ihr einen weiteren Schauder über den Rücken gejagt hatte. Im Gegensatz dazu konnte sie sich nicht entsinnen, Leander jemals lächeln gesehen zu haben. Nicht live zumindest, sondern lediglich auf Fotografien, die ihr noch unheimlicher waren, denn sie empfand sie als irgendwie falsch.

Für gewöhnlich war sein Mund zu einer schmalen Linie gepresst, was die ohnehin harten Konturen betonte. Diese Miene war so kontinuierlich wie der Rest seines Äußeren: *Hugo Boss* von Kopf bis Fuß, egal ob Anzug, Jeans, Jackett, Hemd oder T-Shirt. Wahrscheinlich verabscheute er Shopping und kaufte all seine Kleidung online bei ein und demselben Label, weil er einmal herausgefunden hatte, dass es gut passte. Sein heutiger Aufzug bestand aus einem grauen Anzug und einem etwas dunkleren Shirt, kombiniert mit schwarzen Schuhen und einem Schal. Schals trug Leander so gut wie immer, Krawatten nicht einmal bei öffentlichen Auftritten. Schals besaß er in jeder Farbe und Ausführung. Es war eine, wahrscheinlich die einzige, Gemeinsamkeit, die er und Muriel hatten. Sie mochte den Typen nicht, aber sie liebte sein Faible für Schals. Und die Schals selbst natürlich.

Was sie an Leander abschreckte, war nicht unbedingt die Härte, die er ausstrahlte, sondern vielmehr seine undurchdringliche Fassade. Keiner ihrer Kollegen wusste irgendetwas über ihn, egal wie lange sie schon für *KINGz* schrieben. Niemand hatte eine Ahnung, wo und wie er lebte, womit er seine Freizeit verbrachte, ob er eine Freundin oder Frau hatte, ob er hetero oder schwul war, ob er italienischem Essen den Vorzug vor französischer Cuisine gab. Sicher hatte Leander Gründe, warum er sich verschloss – und Muriel mochte eigentlich keine Sekunde an die Überlegung, welche das waren, verschwenden.

Als sie aufstand, um zu ihm zu gehen, schwang er im Stuhl herum und nahm den Hörer abermals zur Hand. Da sie sich nicht wieder setzen mochte, verließ sie das Büro, ging an der Küche und dem Empfang vorbei zu den Toiletten. Dort angelangt, lehnte sie sich gegen die Tür und wischte alle unerwünschten Gedanken aus ihrem Kopf. Dabei fiel ihr Blick auf ihr Spiegelbild, reflektiert vom Wandspiegel hinter den Waschbecken.

Muriel war niemand, der an sich herumnörgelte oder ein spezielles Körperteil als unakzeptabel erachtete. Sie war wie sie war und gab keinen Deut darauf, ob sie anderen gefiel. Mit einer Größe von einen Meter neunundsechzig war sie nicht sonderlich groß geraten. Die Kurven ihrer Brust und des Hinterns waren mäßig, ihre Taille sicher weiblich, dennoch kaum die einer Wespe. Was okay war, denn Muriel mochte sowieso keine feminine Kleidung. Heute trug sie ihr geliebtes Lederjackett, darunter eine schmal geschnittene schwarze Hose und eine olivfarbene Tunika. Ein paar eckige Pumps, große schwarze Ohrstecker und eine passende Kette akzentuierten das Outfit.

Zwei Dinge mochte Muriel an sich wirklich gern. Zum einen waren das ihre Haare – dunkel und ein bisschen wellig. Zum anderen mochte sie ihre Augen, die grün waren. Nicht das übliche verwaschene Moosgrün, sondern ein leuchtender klarer Farbton, der an das Meer vor einer Karibikinsel erinnerte. Wenngleich Muriel eher blass war, trug sie kaum Make-up, lediglich Wimperntusche und hellen Lippenstift, der ihren vollen Mund zur Geltung brachte.

Muriel trat näher an den Spiegel heran, zog eine der Brauen mit dem Finger nach und tupfte sich eine Wimper von der Wange, um sie mit einem Wunsch fortzupusten. Frieden wünschte sie sich. Inneren Frieden.

Auf dem Weg zurück sah Muriel, dass Leander weder telefonierte noch anderweitig beschäftigt schien. Wieder einmal starrte er aus dem Fenster. Da es bereits neun Uhr dreißig war und somit nur eine halbe Stunde bis zur Redaktionssitzung, die jeden Donnerstag stattfand, klaubte sie im Vorbeilaufen ihren Artikel vom Schreibtisch und ging zum Glaskasten.

Auf ihr Klopfen hin schwang Leander im Stuhl herum.

»Punkt sieben und zehn solltest du überdenken«, sagte er, sobald sie ihm gegenüber Platz genommen hatte.

Zwar wusste Muriel, von welchen Punkten er sprach, allerdings verstand sie nicht, was ihm gerade bei diesen Absätzen missfiel.

»In welcher Hinsicht?«, forschte sie also nach.

»Punkt sieben: der unerwünschte Besuch.« Leander hielt inne, als sammele er seine Gedanken. »Du führst den Kater an, der das schlechte Gewissen im Schlepptau hat, doch du vergisst seinen noch fieseren Vetter, der das ganze Leben in Frage stellt.« Abermals pausierte er und betrachtete sie aus diesen kalten Augen. »Wenn du den nicht erwähnst, kauft dir niemand deine Sachkenntnis zum Thema Seitensprung ab.«

Muriel konnte und wollte ihm nicht widersprechen. »Punkt zehn?«, fragte sie und bemühte sich, nicht so forsch zu klingen, wie es ihr ein Impuls befahl.

»Punkt zehn: das Herz da lassen, wo es hingehört.« Muriel glaubte nicht recht zu sehen, als sich so etwas wie ein Schmunzeln um Leanders Mund andeutete. »Schluss machen, wenn es am schönsten ist«, sagte er mehr zu sich selbst und lehnte sich tiefer in den Stuhl. »Das ist eine Formulierung, die mir irgendwie zu breit getreten ist. Und abgesehen davon ... Woher weißt du, wann es am schönsten war? Nachher brichst du es ab und wirst den schönsten Moment nie erleben.«

»Es war dann am schönsten, wenn das nächste Mal nicht mehr so schön ist«, warf Muriel zerknirscht ein.

Leander schüttelte den Kopf. »Das kommt so nicht rüber. Und ist es dann auch nicht bereits zu spät? Zudem ist dies etwas, was ich dort nicht lesen möchte. Die Passage an sich gefällt mir. Sie ist gut und mit den richtigen Worten formuliert. Bloß diese Phrase stört mich.« Er hob die Hand an die Stirn, massierte die Schläfen mit Daumen und Mittelfinger. Als er wieder aufblickte, sah er müde aus. »Schmeiß die paar Zeilen raus und lass dir was Besseres einfallen«, beschloss er, stand auf und ging zur Tür, um sie für Muriel aufzuhalten. »Wir sehen uns gleich zu neuen Themen.«

***

Statt sich in der Redaktionssitzung zu neuen Themen zu äußern, hätte Muriel sich viel lieber ihrem aktuellen Artikel gewidmet. Eine Abwesenheit von den wöchentlich am Donnerstag stattfindenden Zusammenkünften war jedoch undenkbar. Zumeist wurden aktuelle Projekte besprochen, Feedback eingeholt und Gedanken ausgetauscht oder Reaktionen der Leser und Verkaufszahlen ausgewertet.

KINGz erschien am Ende eines jeden Monats, und die Deadline für die Abgabe der druckfertigen Artikel war auf fünf Tage vor dem Erscheinungsdatum gesetzt. Leander überprüfte die Texte dann stets ein letztes Mal und gab sie für die Layouter frei. Da die Frist für die Augustartikel am nächsten Abend endete, stand Muriel unter Strom und saß, von Unruhe geplagt, im Kreis ihrer Kollegen, ohne sich an der Diskussion zu beteiligen. Überhaupt hörte sie nur mit halbem Ohr zu.

Emma plante offenbar einen schrecklich langweilig anmutenden Bericht über die korrekte Lagerung von Lebensmitteln im Kühlschrank. Im *Adventure-Bereich* wollte man sich mit der Strecke der Rallye Dakar befassen. Darüber hinaus waren ein Interview mit einem aufstrebenden Detroiter Fotografen sowie eine Kurzdoku über die Apnoe-Legende Pipin Ferreras in Vorbereitung.

»Was ist mit Muriel Jones?«, hörte sie Leander fragen und fokussierte den Blick auf ihr gespanntes Umfeld.

»Jupp, was bringt Miss Cool?«, kam es aus dem *Style-Department*.

Natürlich hatte sie sich Gedanken gemacht, doch keiner ihrer Einfälle stimmte sie zufrieden. Irgendetwas anbringen musste sie jedoch.

»Ich weiß noch nicht so recht«, hob sie mit allzu deutlichem Zögern an. »Ich denke gerade an einen Artikel, der sich mit Varianten befasst, das Sexleben langjähriger Partner aufzufrischen.«

»Nicht dein Ernst«, knurrte Leander, während alle anderen die Münder spitzten oder die Arme vor der Brust verschränkten und schwiegen. »Wo sind wir hier? Bei der *Apotheken-Rundschau* fürs Siebzig-Plus-Publikum?«

Muriel warf ihm einen Blick zu, der getötet hätte, wenn Blicke töten könnten.

Leander blieb unbeeindruckt. »Lass dir bis Montag was einfallen oder ich gebe dir ein Thema, das du vielleicht hassen wirst.«

Dann mach doch, ich werde mit allem fertig!, forderte Muriel ihn im Stillen auf und biss sich auf die Zunge, um diesen arroganten Kommentar hinunterzuschlucken, bevor er ihr tatsächlich entwischte. Was wusste Leander schon von ihr, um einschätzen zu können, was sie gern schrieb und was nicht?, fragte sie sich noch eine ganze Weile und war zwei Stunden später, als das Meeting endete, die erste, die den Konferenzraum verließ. Sie stürmte aus dem Zimmer als ginge es darum, Sauerstoff in ihre Lungen zu pumpen und endlich wieder Luft holen zu können.

An ihrem Schreibtisch angelangt, lud sie den aktuellen Artikel auf den Bildschirm, bereits wissend, dass ihr an diesem Tag absolut nichts mehr dazu einfallen würde. Ob sie nun Profi war und es liebte zu schreiben oder nicht.

ZWEI

Wie aus weiter Ferne vernahm Muriel die Good-bye-Melodie von Emmas Rechner. Es war Freitag, kurz vor acht und Emma die letzte Kollegin, die sich ins Wochenende verabschiedete. Mit Ausnahme von ihr selbst. Ihr eigener Feierabend war noch nicht in Sicht.

Emma schlenderte zu ihr und setzte sich auf Paulas Platz.

»Wie lange willst du noch machen?«, erkundigte sie sich und begann im Stuhl zu schaukeln.

»Bis ich fertig bin natürlich. Heute ist Deadline.«

»Wann, denkst du, bist du fertig?«

Muriels Antwort war ein Schnauben.

»Kann ich dir irgendwie helfen?«

Muriel schüttelte den Kopf.

»Okay ...« Emma stand auf und hängte sich ihre Tasche um. »Bleibt es bei nachher? Um zehn Uhr bei mir zum *warm-up-Martini*?«

Im Bemühen, ihren letzten Gedanken zu halten, kniff Muriel die Augen zu und wünschte, Emma würde sie endlich allein lassen. »Möglich, dass ich mich etwas verspäte«, grummelte sie und klimperte einen Satz in das Dokument.

»Also dann, bis irgendwann nachher.«

»Jupp ... «

Als es endlich still war, grübelte Muriel über Leanders Worte nach: Was war so falsch daran, Schluss zu machen, wenn es am schönsten war? Und wie fand man heraus, wann es am schönsten war? Vielleicht war es am schönsten, wenn man sein Herz verlor – was sich mit der Headline des Absatzes stritt. Aber vielleicht war es das wirklich.

Allmählich verabscheute Muriel diese ganze letzte Passage. Zwar war sie Expertin, wenn es darum ging, sich nicht zu verlieben. Nicht aber in Sachen Seitensprünge, denn für sie gab es nun einmal niemanden, den es zu betrügen galt.

Am Ende verstand Muriel, dass es der Titel war, der ihr Denken blockierte und sie änderte ihn ab in *Aufhören, wenn es sich am besten anfühlt.* Nicht nur trat sie damit keine Phrase mehr breit, sie vermied zudem das heikle Thema Liebe – das grundsätzlich an anderer Stelle und von einer anderen Person diskutiert werden sollte.

Eine Stunde später tippte sie den letzten Satz, speicherte das Dokument und blickte auf. Mit Ausnahme zweier Lichtquellen war das Büro in Dunkelheit getaucht. Neben ihrem Arbeitsplatz war der Glaskasten erleuchtet. Leander saß hinter seinem Schreibtisch und schrieb ebenfalls. Mitunter hielt er inne, dachte nach und klimperte dann weiter auf der Tastatur.

Geistesabwendend, und mit den Gedanken eigentlich noch beim Artikel, musterte Muriel ihn. Heute trug er Jeans und ein schwarzes Hemd. Sein Haar war völlig zerzaust, so oft war er in den vergangenen ... Muriel blickte zur Uhr, es war nach neun ... elf Stunden mit den Händen hindurchgefahren. Wahrscheinlich war ihm nicht bewusst, wie oft er das tat. Es war eine Macke, wie sicher jeder eine hatte – oftmals ohne es zu wissen. Während andere mit den Fingerknöcheln knackten oder Selbstgespräche führten, raufte Leander sich eben die Haare.

Bald stand er vom Schreibtisch auf, zog eine graue Jacke über und schaltete die Schreibtischlampe aus. Muriel verscheuchte ihre Gedanken und lud endlich das Postfach auf den Bildschirm. Sie schrieb Leander eine Notiz, packte den korrigierten Artikel in den Anhang und freute sich im Stillen über ihr Timing. Schließlich hielt sie die Deadline ein und konnte zugleich sicher sein, dass Leander die Mail erst zu Hause oder am nächsten Morgen lesen würde.

»Wie lange bleibst du noch?«, fragte er, als er an ihrem Schreibtisch vorüberkam.

»Nicht mehr lange. Zehn Minuten oder so.«

Er nickte, murmelte: »Bis Montag!« und verschwand. Muriel lauschte, wie sich seine gedämpften Schritte auf dem Velours entfernten, wie ihr Stakkato beim Empfang lauter wurde und wartete auf den Gong des Fahrstuhls. Als er ertönte, fuhr auch sie den Computer herunter.

Leander verabschiedete sich grundsätzlich bis zum nächsten Tag oder zum Montag. Nie wünschte er einen angenehmen Feierabend oder ein schönes Wochenende. Wahrscheinlich, so vermutete Muriel mit einem abschätzenden Grinsen, weil er nicht wusste, was das war.

***

Das *Nightlight* war ein Club nördlich des Loops, den Emma und Janis vor einigen Wochen entdeckt hatten. Die zwei waren schon viele Jahre befreundet und hatten die Tradition der nächtlichen Freitagstouren durch die Diskotheken gegründet, bevor Muriel nach Chicago gezogen war.

Beide waren auf sehr individuelle Weise schräg. Emma war die Femme Fatal mit der knallroten Hochsteckfrisur und Kurven, die nicht nur Biker gern einmal abfahren wollten. Janis war die Frau mit dem durchtrainierten Körper, der Sucht nach Tätowierungen und dem Beauty-Face, in das ihre Verehrer nicht selten schockiert starrten, wenn sie erfuhren, dass lediglich Frauen auf ihrer Speisekarte standen. Anne, die Fotografin war, komplettierte das Quartett an den meisten Freitagabenden. Heute fehlte sie, da sie und ihr Lebensgefährte einen Film im Kino ansahen.

Das *Nightlight* war nicht sehr groß und bislang nur unter Insidern bekannt. Sein Publikum war bunt gemischt, nicht zu jung und nicht überstylt, sondern eher lässig. Auf dem Mainfloor, der von wechselnden LEDs in Szene gesetzt war, wurde gut tanzbare House-Musik gespielt.

Muriel tanzte an diesem Abend nicht, aber sie genoss die Musik. Ab und zu wechselte sie in die Lounge, wo die Partygänger beim Chill-out in fluffigen, dunkelroten Samtsofas relaxten und den Sinn des Lebens mit Fremden diskutierten.

Zurück an der Bar des Mainfloors bestellte Muriel ihren zweiten Mai Tai und beobachtete die Tanzenden. Ihr Blick blieb bei Janis hängen, die sich *front-to-back* an eine Frau schmiegte. Hinter der anderen tanzend, hielt sie in ihrer rechten Hand den Longdrink, Wodka-Lemon, wie immer. Ihre Linke umschlang die Taille der Frau, eine Blondine, die wunderbar in Janis' Beuteschema passte.

Ihr Tanz war wie ein Vorspiel – Muriel verbesserte sich im Stillen – es *war* das Vorspiel. Janis' Finger fuhren zwischen den Brüsten der Blonden hinauf zu ihrem Hals, zwangen sie dazu, den Kopf zurückzulegen, umfassten ihr Kinn und zeichneten die Linie ihrer Wangen nach. Janis' Lippen formten sich zu einem Lächeln, als sie der anderen etwas ins Ohr sagte und bei dieser Gelegenheit einen Kuss unterhalb ihres Ohrläppchens platzierte. Die andere reagierte darauf mit einer kleinen Explosion. Ihre Hände schlossen sich um Janis' Gesicht, während sich ihr Körper dichter an sie presste. Sie und Janis schienen sich allein auf der Tanzfläche zu fühlen, und die Gewissheit, dass sie es nicht waren, störte sie nicht im Mindesten.

Muriel wandte sich ab. Den Zeitpunkt, mit Emma ein Gespräch zu beginnen, hatte sie inzwischen verpasst. Zwar saß die Freundin nur einen Hocker weiter, doch sie war von dem DJ, zu dessen Tracks sie während der letzten Stunde getanzt hatte, auf einen Drink eingeladen worden. Die beiden flirteten und lachten über Dinge, die sie einander erzählten.

Für Flirts und Gespräche hatte Muriel so wenig übrig wie für Emotionen im Allgemeinen. Nicht einmal zum Aufwärmen brauchte sie so etwas. Das war Zeitverschwendung, wenn es allein darum ging, in der Kiste zu landen. Ging es um mehr, schwand Muriels Interesse ohnehin völlig. Sie ließ sich nicht auf jemanden ein, dessen Intention nicht so eindeutig war wie ihre eigene. Sie wollte keine Komplimente, keine Drinks und keine Informationen. Absolut nichts mochte sie von denen wissen, mit denen sie schlief. Nicht, wo sie arbeiteten, nicht, wie sie ihre Freizeit verbrachten, nicht, ob sie verheiratet waren oder sich gerade getrennt hatten. Im Grunde musste sie nicht einmal ihre Namen erfahren. Sie brauchte kein behutsames Annähern oder das Ausloten von gemeinsamen Vorlieben.

Muriel wollte One-Night-Stands. Ausschließlich. Und in der pursten Form überhaupt. Kein Kuscheln vorher, kein Kuscheln danach, kein Wort zu viel, keinen Abschiedskuss und keine Post-its mit Telefonnummern.

Muriel trank von ihrem Cocktail und ließ den Blick über die Tanzfläche schweifen. Die Beats waren inzwischen härter und mehr Männer tanzten, darunter niemand, der für sie von Interesse war.

»Aus welchem Grund bist du hier?«, hörte sie mit einem Mal jemanden neben sich fragen.

Wie so oft fügte sich auch heute alles von allein, dachte sie, und ließ sich Zeit mit einer Antwort.

Er war ihr bereits aufgefallen. Abwechselnd war er in der Lounge oder im Mainfloor aufgetaucht, um die Menge mit größter Leidenschaftslosigkeit zu scannen. Nicht ein Fussel war auf seiner schwarzen Jacke, und das T-Shirt darunter war blendend weiß. Seine Frisur war akkurat, jede blonde Welle lag wie sie liegen sollte. Seine Brauen schienen gezupft, sie spiegelten sich praktisch. Er betrachtete sie, mit nichts als Sachlichkeit in seinen hellen Augen – ganz so, als hätte er gerade gefragt, ob sie ihre Pizza lieber mit Oliven oder Artischocken mochte. Seine Nase war nicht zu breit und nicht zu klein, nicht hakig oder schief. Seine Lippen hatten den perfekten Schwung und waren weder zu voll, noch zu schmal. In jeder Hinsicht traf er die exakte Mitte.

»Um Cocktails zu trinken«, erwiderte Muriel endlich und hoffte, er würde ihr den nächsten nicht spendieren wollen.

Er sagte nichts dergleichen. Er sagte überhaupt nichts, sondern musterte sie weiter abwartend.

Muriel wandte sich ab und sah, wie Janis der anderen abermals etwas ins Ohr sagte. Nun konnte es sich nur um die Frage handeln, ob sie gehen wollten. Keine Minute später verließen die beiden die Tanzfläche. Im Vorbeigehen warf Janis einen Blick auf Emma, beschloss, nicht zu stören und ließ allein Muriel wissen, dass sie verschwinden würde.

Muriel quittierte es mit einem Nicken und trank einen weiteren Schluck.

»Willst du Sex?«, hörte sie nun und verkniff sich ein Grinsen.

»Willst du welchen?«

»Nicht allein. Da ist noch jemand.«

Oha, dachte Muriel. Es wurde spannend.

»Ist diese andere Person auch hier?«

»Ist er. Wir nehmen gleich ein Taxi zum Hotel, in dem ich wohne. Du kannst mitfahren, wenn du möchtest.«

Muriel verneinte, denn gemeinsame Autofahrten standen weit oben auf der Don't-Liste und wurden vermieden, wenn es irgend möglich war. Sie hob ihren Mai Tai und ließ das Eis darin klimpern. »Lass mich den hier austrinken. Ich komme nach. Welches Hotel?«

Er nannte ihr den Namen, die Zimmernummer, eine Uhrzeit und verschwand in Richtung Lounge.

***

Das *Mandurah* lag in einer Seitenstraße nahe der Magnificant Mile und wurde hauptsächlich von Geschäftsleuten gebucht, da die Touristen die unmittelbare Nähe der pulsierenden Hauptstraße bevorzugten. Anders als die Hotels der Magnificant Mile, die mit Prunk und alten Werten betörten, setzte das *Mandurah* auf modernes Design und schlichte Eleganz. So war schon die Lobby in klaren Strukturen gehalten und puristisch eingerichtet. Alles hier war weiß, von den Sesseln und Tischen im Wartebereich bis hin zur Rezeption, deren Tresen aus weißem Glas gefertigt war.

Muriel schickte den Fahrstuhl in die letzte Etage, wo sich die Suiten und Appartements befanden, wie die wenigen Türen verrieten. Je mehr Zimmer sie passierte, desto dringlicher wurde das Ziehen in ihrem Schoß. Unter ihrer Haut prickelte es, und sie biss sich auf die Lippe, um durch den leichten Schmerz von der Erregung abzulenken.

Zimmer 708 lag am äußersten Ende.

Er öffnete und trat ein Stück zurück, um sie hereinzulassen. Im Vorbeigehen registrierte Muriel, dass er die Jacke nicht mehr trug. Das weiße T-Shirt fiel locker über die Jeans, die bereits geöffnet war. Offenbar mochte er ebenfalls keine Zeit verschwenden.

Der Eingangsbereich wurde vom spärlichen Licht einer Wandleuchte erhellt, während ein Teil des dahinter liegenden

Raumes lediglich vom Schummerlicht des Plasmafernsehers illuminiert war. Ein Musiksender brachte Chill-out-Tunes und ließ dazu Filmsequenzen ablaufen, die an einen Bildschirmschoner erinnerten. Muriel erkannte die Umrisse des Bettes, eines Schreibtisches und mehrere Sitzgelegenheiten. Wie in der Lobby war auch hier alles weiß.

Sie zog ihre Jacke aus, warf sie über die Lehne eines Sessels und wandte sich zu ihm um. Er kam näher. Das Ziehen in ihrem Schoß wandelte sich in ein Pulsieren, das kaum auszuhalten war. Ein Teil von ihr wollte seine Hand dagegen spüren, damit der Druck gelindert wurde, oder ihn noch besser gleich in sich aufnehmen, damit es aufhörte. Ein anderer Teil genoss die süße Qual und mochte sie hinauszögern.

Er zog das T-Shirt über den Kopf, knüllte es zusammen und warf es in einen zweiten Sessel. Dann war er bei Muriel und öffnete die Knöpfe ihrer Bluse. Als auch der letzte auf war, schob er den schwarzen Stoff über ihre Schultern. Dass die Ärmel nicht über Muriels Handgelenke glitten, wusste er zu nutzen, indem er hinter sie griff und ihre Hände in der verhedderten Bluse festhielt. Indes fuhr seine andere Hand von der Mulde zwischen ihren Schlüsselbeinen abwärts, zwischen ihre Brüste, über ihren Bauch und zu den Knöpfen ihrer Hose. Mit einem Ruck zog er ihr die Bluse von den Händen, umfasste ihren Po und presste seine Hüfte gegen sie.

Ein Zischen verließ Muriels Mund als sie seine Härte spürte. Sie kam ihm weiter entgegen, griff zwischen sie beide, um die Jeans von seinen Hüften zu zerren und ihn noch besser zu fühlen. Mit einem Rascheln fiel seine Hose zu Boden und er stieg aus ihr heraus, kickte sie zur Seite.

Muriel tastete über seine Bauchmuskulatur aufwärts. Sie legte ihre Hände auf seine Brust, während seine ihren Rücken hinauf strichen. Mit einem offenbar geübten Fingergriff löste er den Verschluss ihres BHs, griff darauf in ihr Nackenhaar und zog ihren Kopf nach hinten, um seinen Mund auf ihren Hals zu pressen. Während er biss und knabberte, streifte er ihr den BH ab, umfasste zuerst ihre rechte Brust, knetete sie und ließ sie gehen, um der anderen die gleiche Aufmerksamkeit zukommen zu lassen.

Muriel streife seine Shorts ein wenig nach unten, fuhr unter den Bund und schloss eine Hand um seinen Schwanz. Er keuchte an ihrem Hals. Auf ihrem Weg abwärts hinterließen seine Lippen eine nasse Spur auf ihrer Haut, die empfindlich war für jeden noch so geringen Luftzug. Als er einen Nippel in den Mund nahm und seine Zunge damit spielte, war es Muriel, die keuchte und seine Erektion fordernder massierte.

Jetzt sofort, dachte sie, und ein Wimmern entfuhr ihrer Kehle, als er seine Zähne zum Einsatz brachte. Nicht zu sanft und nicht zu fest knabberte er auch an der anderen Brustwarze. Seine Lippen saugten sie ein, ließen sie wieder gehen. Er pustete darüber, um zu sehen, wie sie sich weiter aufrichtete, und ließ seine Zunge darübertänzeln.

Dann fuhr er in ihre geöffnete Hose, in ihren Schritt und unter ihren Slip. Sein Mittelfinger massierte den empfindlichsten aller Punkte und drang dann in sie ein.

»Du bist verdammt heiß«, murmelte er und hob den Kopf, zog die Hand zurück und steckte ihr den Finger in den Mund, damit sie sich selbst schmeckte.

Darauf trat er einen Schritt zurück.

»Zieh die Hose aus!«, verlangte er.

Muriel tat wie geheißen, wobei sie den Blick so wenig von ihm ließ wie er von ihr.

»Den Slip!«, forderte er, sobald die Hose auf dem Boden lag.

Muriels Finger glitten unter die Spitze des schwarzen Höschens und streiften es über ihre Hüften, bis es von allein zu Boden fiel. Da sie für gleiche Verhältnisse war, griff sie nach seiner Shorts und sorgte dafür, dass auch diese verschwand.

Sein Glied sah verlockend aus im schummrigen Licht. Es hatte eine schöne gerade Form, was bei jemand Perfektem nicht anders zu erwarten gewesen war. Als sie die sehnige Unterseite entlang leckte und die Eichel in den Mund nahm, spürte sie, wie sich auch jeder andere Muskel in seinem Körper anspannte.

»Oh, verdammt«, stöhnte er und vergrub seine Hände in ihren Locken. Mal sah er ihr zu, mal schloss er die Augen und ließ sie spielen, zuckte und schnappte nach Atem. Bald zog er sich zurück, schob Muriel aufs Bett. Von ihm geleitet, bewegte sie sich zum Kopfende hin.

»Wie bekommst du es am liebsten besorgt?«, raunte er. »Mit dem Finger? Mit der Zunge?«

Allein der Gedanke trieb Muriel in eine dumpfe Ekstase. Sie wand sich unter ihm, legte seine Hände auf seinen Hintern, hob ihr Becken und rieb sich an ihm. »Dein Schwanz wäre mir gerade am liebsten.«

Ein leises Lachen war die Antwort. »Da musst du dich noch ein bisschen gedulden.«

Er bedeutete ihr, ein weiteres Stück nach oben zu rutschen. Als sie es tat, stieß sie mit dem Hinterkopf gegen etwas, dass noch nicht das Kopfteil des Bettes sein konnte. Sie erschrak, als ihr bewusst wurde, dass es der andere war, und kam sich in derselben Sekunde dumm vor, schließlich war sie darauf vorbereitet worden. Dass er so plötzlich da war, steigerte jedoch ihr inneres Kribbeln. Also lehnte sie sich gegen den Zweiten, legte ihre Wange an seine Brust und strich über seine Schenkel, die sie einschlossen. Die Härchen darauf krabbelten über ihre Fingerspitzen. Seine Hände fuhren ihre Arme hinunter, packten sie bei den Gelenken und hoben sie in seinen Nacken. Zur Verdeutlichung, dass sie dort bleiben sollten, hielt er sie kurz fest.

Seine Hände waren angenehm warm, als sie über die Innenseite ihrer Arme wanderten und sich auf ihre Brüste legten. Dass seine Daumen über ihre Nippel rieben, war wie Süßstoff für Muriels Lust. Ihr Sichtfeld verklärte sich und ließ die Dunkelheit im Zimmer beinahe schwarz erscheinen. Indes schob der Erste ihre Beine auseinander. Sein Atem tanzte über ihre Haut, und Muriel fröstelte bei jedem Zentimeter, den er sich aufwärts und wieder hinab bewegte. Sie spürte seinen Finger auf ihrer Klit und abermals in ihr. Zielsicher fand auch seine Zunge den winzigen Punkt, der bald unter den Berührungen anschwoll.

Muriel stöhnte. Sie konnte ihr Becken nicht dazu bringen, stillzuhalten und umklammerte den Nacken des anderen, dessen Härte sie nun in ihrem Rücken spürte. In ihrem Bewusstsein träufelten die Sekunden dahin wie Öl, und in jeder einzelnen wurde sie ein Stück höher getragen. Von Welle zu Welle, von Schauder zu Schauder. Sie flüsterte, ohne zu verstehen, was sie sagte oder darüber nachzudenken. Sie hörte ihren eigenen heiseren Atem, das Dröhnen ihres Pulsschlages und das Rauschen ihres Blutes in ihren Ohren.

Als sie kam und das Ziehen von ihrem Unterleib in alle Glieder schoss, sammelte sich ein Surren in ihrer Brust. Es stieg höher, rasselte über ihre Kehle und verließ ihren Mund als erleichterter Aufschrei, dem weitere leisere folgten.

Während die Abstände zwischen ihren Zuckungen länger wurden und ihre Sinne halb zu ihr zurückkehrten, löste sie ihre im Nacken des anderen verknoteten Hände. Er hörte nicht auf, sie zu streicheln und seine Berührungen taten so gut wie die des Ersten. Muriel mochte das Gefühl ihrer Haut aneinander, warum auch immer. Sentimentalität übermannte sie nicht selten nach einem Orgasmus wie dem eben erlebten, doch glücklicherweise ging sie schnell vorüber. Ihre Finger streiften über den Hals des Mannes, spürten die Glieder einer Kette und tasteten sich an ihr entlang. Als sie den Anhänger in der Hand hielt, dreht sie den Kopf und öffnete die Augen, um ihn zu betrachten. Es war ein schlichtes silbernes Kreuz, in dessen unterem Ende ein dunkler Stein eingefasst war, dessen genaue Farbe sie nicht zu benennen vermochte.

Abermals ergriff er ihre Hände, legte sie zurück und drängte sich dichter gegen sie, was ihr ein Lächeln abrang.

Ich bin gespannt auf dich, Sweetheart, dachte sie.

Indes kam der Blonde über sie, stützte sich links und rechts von ihr auf. Er beugte sich zu ihr herab, murmelte an ihr Ohr. »Ist es immer noch mein Schwanz, den du am meisten willst?«

Muriel nickte. Seine Worte beschworen ein neues Summen in ihr. »Sicher doch.«

»Dann sag, dass du es willst!«

Muriel betrachtete ihn in der Dunkelheit. »Ich will, dass du keine Fragen mehr stellst, sondern mich vögelst.«

Er schien zufrieden, positionierte sich an ihr und drang in sie ein. Muriel keuchte und bewegte sich ihm entgegen. Sie wollte die Arme senken, um sich abzustützen und mehr Kraft zu haben, aber der Zweite hinter ihr hielt sie fest.

Die Stöße begannen langsam, doch wurden von Mal zu Mal härter. Immer tiefer bewegte er sich in sie hinein und berührte sie weit drinnen, was ihr zusätzliche Kicks verschaffte. Sein Stöhnen echote durch das Zimmer, begleitet von leisen Wortfetzen und Sätzen, die er nicht zu Ende brachte. Wieder einmal befand sich Muriel auf einer Schwelle, wollte einerseits um Erlösung flehen und einfach explodieren, anderseits meinte sie, noch Stunden so weitermachen zu können.

Als der andere seine Hände zuerst auf ihren Bauch legte, darauf ihre Hüften packte, schließlich jedoch ihre Beine zu sich zog und sie weiter öffnete, strich Muriel mit dem Handrücken über sein Gesicht. Sie spürte die Konturen seiner Schläfen und Wangen, die Stoppeln des am Morgen rasierten Kinns.

Sie kam ein weiteres Mal, nur wenige Sekunden bevor auch Mr Perfect Erleichterung fand und sich mit einem letzten groben Stoß in sie schob. Auf die Arme gestützt, verharrte er über ihr, dann zog er sich aus ihr zurück.

Um Atem ringend, nahm Muriel wahr, wie sich der Zweite hinter ihr bewegte und sie behutsam auf dem weißen Leinen ablegte. Noch von Ekstase eingelullt, hob sie eine Hand an die Stirn und stellte fest, dass sie glühte. Auch ihre Wangen taten das. Ihr gesamter Körper war von Hitze erfüllt und kühlte sich nur allmählich auf die normale Temperatur ab.

Auf ein Geräusch hin, wandte sie den Kopf und erkannte die Silhouette des anderen. Er stand mit dem Rücken zum Bett, schlüpfte in eine Hose, kroch in die Schuhe und zog eine Jacke über. Dann verschwand er.

Die Hand noch immer an die Stirn gelegt, sah Muriel zur Decke. Es gab keinen Grund, sein Verhalten zu interpretierten, sagte sie sich, und versuchte es dennoch.

Mr Perfect neben ihr regte sich. »Ich nehme an, du bleibst nicht zum Frühstück?«, erkundigte er sich nach einem Räuspern.

Muriel ließ ein abgehacktes Lachen hören. »Gewiss nicht«, entgegnete sie und stand auf, um sich anzuziehen.

Drei

Muriels Appartement lag in Old Town – ein multikultureller Stadtteil, bekannt für seine viktorianischen Wohnhäuser, die einen wundersamen Kontrast zur dahinter thronenden Skyline abgaben. Da die Hauptstraße gern von Touristen besucht wurde, hatten sich natürlich auch zahlreiche Bars, Restaurants und andere Vergnügungslokalitäten angesiedelt, von denen einige Kultstatus besaßen.

Muriel wohnte abseits des Trubels. Die Straßen jenseits des Zentrums waren ruhig, ein Parkplatz ließ sich immer finden, und war ihr einmal nicht danach, zum Joggen in den Park zu fahren, lief sie eine Runde ums Karree. An Samstagen bevorzugte sie jedoch den Park. Nicht den weitläufigen Lincoln Park, der an den Wochenenden von halb Chicago aufgesucht wurde, sondern den sehr viel unspektakuläreren Oz Park.

Aufgrund der frühen Stunde waren an diesem Samstag noch nicht viele Menschen unterwegs. Muriel begegnete lediglich anderen Joggern und ein paar Jungs in Baseballkluft, die zum Spielfeld trabten.

Ihre Laufschuhe stampften über den Boden. Wegen der Anstrengung ging ihr Atem schneller, doch kontrolliert. Drei Schritte, einatmen. Drei Schritte, ausatmen. Sie spürte eine angenehme Spannung in den Oberschenkeln und Waden und joggte in die Kurve, hinter der der Weg zurück zum Parkplatz führte.

Die vergangene Nacht ging ihr nicht aus dem Kopf. Das gefiel ihr nicht. Sie mochte nicht länger daran denken, sondern diese Nacht vergessen wie andere Nächte. Allerdings war dieses Erlebnis besser gewesen, als alles in der nahen Vergangenheit. Es war so verdammt gut gewesen, dass das Prickeln unter ihrer Haut beim bloßen Gedanken daran zurückkehrte. Was sie reizte, war weniger die Erinnerung an den Sex mit dem Blonden, sondern vielmehr die an den anderen, der eben nicht mit ihr geschlafen hatte – warum auch immer ... Vielleicht, weil er seine Befriedigung aus dem Zuschauen zog. Vielleicht, weil sie ihn nicht wirklich angetörnt hatte.

Letztere Möglichkeit wurmte Muriel irgendwie, und dass dies so war, ärgerte sie noch ein wenig mehr. Seit wann interessierten sie die Beweggründe eines Fremden? Wieso rief sie sich in Erinnerung, wie er sich anfühlte und was seine Berührungen in ihr ausgelöst hatten? Was war es schon, das sie ausgelöst hatten?

Lust? Verlangen? Neugierde? Sehnsucht?

Nein! Die bloße Überlegung war lächerlich, dachte Muriel grimmig.

Sie biss die Zähne aufeinander und steigerte ihr Jogging-Tempo, sodass ihre Atemzüge bald in Stößen über ihre Lippen flogen. Für einen Moment schloss sie die Augen und drängte dann die Bilder aus ihrem Denken. Es gab keinen Platz und keine Zeit für derlei. Sie musste sich auf ihren Job konzentrieren. Wenn sie bis Montag keine brillante Idee parat hatte, würde Leander ihr einen Auftrag geben.

Worüber also konnte sie als nächstes schreiben? Über No-Go's fürs erste Date? Darüber, welcher Frauentyp auf welchen Mann abfuhr? Beim nochmaligen Betrachten der ersten Idee, empfand sie einen so immensen Widerwillen dagegen, dass sie sie komplett löschte. Sie wollte sich nicht über verflixte erste

Dates auslassen, über verliebtes Wimperngeklimper oder die verdammten Schmetterlinge!

Schwachsinn! All das war Schwachsinn!

Muriel biss die Zähne fester aufeinander und ignorierte das Ziehen ihrer Gesichtsmuskulatur. Ihre Beine liefen inzwischen wie von selbst und würden nur mit einiger Überwindung zum Stoppen zu bringen sein. Unbewusst hatte sie ihre Hände zu Fäusten geballt und zwang sich nun, sie zu lockern. Ihre Fingerspitzen fühlten sich taub an.

Konzentrier dich auf deinen Job!, befahl sie sich abermals, doch spürte bereits, wie ihr die Gedanken, die sie so krampfhaft festzuhalten versuchte, entglitten. Vor die kühlen Motive ihres Arbeitsalltags schoben sich andere, die in warmen Farben schimmerten.

***

Eine Allee. Sonnenlicht, das durch die Bäume schillerte. Ein grünes Cabrio. Musik von Billy Joel. Songs wie *All About Soul* und *The Downeaster Alexa*. Ihr langes Haar wurde vom Wind in Strähnen geteilt und zerwuselt. Er schob sich die Sonnenbrille höher auf die Nase und bedachte sie mit einem Lächeln. Er nahm eine Hand vom Lenkrad, um ihre zu halten und seine Finger mit ihren zu verschränken.

Das Marschland der Küste von Louisiana. Fußabdrücke, die sich mit Wasser füllten. Ein Strandkorb, der James hieß. Unter einer der Fußstützen hatte jemand ein Scrabblespiel vergessen.

Venetian Island, der Außenbezirk von New Orleans, der Hurrikan Katrinas brachiale Gewalt zu spüren bekommen hatte. Das gelbe Holzhaus, das vor der Wut des Sturms verschont geblieben war.

Weite, pure Natur auf Spaziergängen nach Feierabend. Zwei Gläser und eine Flasche Merlot auf den Holzstufen vor dem

Eingang. Das unter dem Dach liegende Schlafzimmer wurde über eine Leiter erreicht. Nach einem Streit war sie so erbost gewesen, dass sie die Leiter weggenommen und sich für eine Stunde verdrückt hatte. Länger hatte sie es nicht ausgehalten.

Selig war der Ausdruck in seiner Miene, wenn er schlief. Mal war sie es gewesen, die ihn geweckt hatte, mal waren es die Sonnenstrahlen, welche durch das Dachfenster hereinfielen. Blinzelnd und noch halb schlummernd, hatte er sie an sich gezogen, um sie zu lieben.

Bei schlechtem Wetter hatten sie die Samstage und Sonntage im Bett verbracht und waren nur aufgestanden, um frischen Tee zu kochen oder die Makkaroni vom Vortag aufzuwärmen. Sie hatten beobachtet, wie der Regen gegen das Fenster platschte, hatten in ihren Büchern geschmökert und sich bestimmte Passagen vorgelesen.

Die silberne Zinkbadewanne im Bad, das schon vor dreißig Jahren nicht mehr dem Standard entsprochen hatte. Zehn Eimer kaltes Wasser und fünfzehn Eimer heißes Wasser ergaben die optimale Badetemperatur. Darauf drifteten einige Zentimeter Schaum, aus dem nur ihr Kopf und ihre Kniespitzen lugten. Er stand vorm Spiegel und rasierte sich. Sein Rasierer machte plätschernde Geräusche, wenn er ihn ausspülte. Die Klingen schabten leise über seine Haut. Er hielt inne und betrachtete sie, statt sich selbst, im Spiegel und wandte sich dann zu ihr um. Er warf den Rasierer auf den Rand des Waschbeckens und stieg, wie er war – in Jeans und Pullover – zu ihr in die Wanne. Als er saß, strich er über ihre Wange, nahm ihre Hand, hauchte einen Kuss darauf und fragte sie, ob sie ihn heiraten wollte.

***

Eine Träne kullerte über Muriels Wange. Sie wischte sie weg und bemerkte, dass ihre Hände schon wieder verkrampft waren. Ein altbekannter Schmerz hatte sich in ihrer Brust gesammelt und quetschte ihr Herz in seinen Klauen. Weiter und weiter trugen sie ihre Beine, bis sie auf dem Asphalt des Parkplatzes liefen. Muriel verlangsamte ihr Tempo und legte die letzten Meter bis zum Auto in einem lediglich schnelleren Gang zurück. Am Wagen angelangt, blieb sie stehen, stemmte die Hände in die Hüften, stützte sie dann auf die Knie und beugte sich vornüber. Ihr Kopf schwirrte. Sie kniff die Augen zusammen.

Es musste doch irgendwann aufhören, flehte sie im Stillen. Irgendwann musste es ihr gelingen, sich damit abzufinden. Es zu akzeptieren.

Zwei Jahre war es her, dass sie New Orleans verlassen hatte. Sie hatte verkauft, was zu verkaufen gewesen war, hatte das Übrige verschenkt und entsorgt. Sie hatte geglaubt, dass es helfen würde. Eine neue Stadt. Ein neuer Job. Neue Freunde. Eine neue Muriel mit einem neuen Leben. Ein Leben, das die alte Muriel aus weiter Ferne so manches Mal mit finsterer Miene betrachtete und sich fragte, wer diese Frau war, der sie den Rest von sich anvertraut hatte ...

***

Jeweils am dritten Sonntag eines Monats war Brunch-Time. Muriel traf sich mit Emma, Janis und Anne zu einem späten, ausgiebigen Frühstück.

Im Monat August war Anne die Gastgeberin, was optimal zum Sommerwetter passte, denn sie war die einzige, die ein Haus mit Garten bewohnte.

Annes Lebensgefährte öffnete Muriel und ließ sie wissen, dass die Frauen bereits im Garten waren. Darauf verschwand er in seinem Büro, um an irgendwelchen physikalischen Formeln zu tüfteln. Muriel mochte den Typen nicht sehr. Auch Emma und Janis hielten ihn für einen humorlosen Stoffel.

Wenngleich er nicht sehr oft Thema war, wusste Anne in etwa, was sie alle von ihrem Partner dachten. Es war ihr herzlich egal, schließlich teilte sie auch nicht Emmas Vorliebe für Querdenker oder Janis' Interesse an Frauen und schon gar nicht Muriels *Fuck-and-Go-Einstellung.*

Die drei saßen am Picknicktisch auf der Terrasse, tranken Sekt und kicherten über etwas, das Janis gesagt hatte. Die erste Sektflasche war bereits geleert, hingegen schienen Kaffee und Tee noch unangerührt. Croissants und Bagels lugten aus einem Brotkorb. Daneben standen Schalen mit geschnittenem Obst und Gemüse, eine Platte mit verschiedenen Käsesorten, jede Menge Dips sowie der ganze süße Krempel, auf den Muriel immer verzichtete. Nicht, weil sie die Kalorien scheute, sondern weil sie lieber Herzhaftes aß – zu jeder Mahlzeit.

»Meine Güte«, stöhnte Janis und blinzelte sie gegen das Sonnenlicht an. »Es wird Zeit, dass du kommst. Ich bin schon halb betrunken.«

»Ach, gekommen ist Muriel gestern bestimmt zur Genüge und pünktlich«, warf Emma ein und sorgte mit dem Kommentar für mehr Gelächter. Selbst Muriel konnte sich ein Grinsen nicht verkneifen.

Sie zog den letzten freien Stuhl zurück, setzte sich, angelte Weintrauben aus der Schale und zupfte eine der prallen grünen Früchte ab. Während sie genüsslich aß, schickte sie Emma einen Blick über den Rand ihrer Sonnenbrille. »Du etwa nicht?«

Emma schüttelte den Kopf. »Er war sehr unterhaltsam, aber ich habe beschlossen, allein nach Hause zu gehen.«

Muriel nahm die zweite Flasche Sekt aus dem Cooler und drehte den Draht auf. Anne, die deshalb meinte, ihre Rolle als Gastgeberin zu vernachlässigen, sprang auf, um ihr die Flasche aus der Hand zu nehmen.

Muriel hielt sie aus Annes Reichweite. »Beruhig dich, okay! Du sollst uns nicht bewirten, sondern bloß deinen Garten zur Verfügung stellen.«

Als Anne wieder entspannte, löste Muriel den Draht vom Flaschenkopf, hielt den Korken fest, damit er nicht herausflog und entfernte ihn vorsichtig. »Außerdem lässt du es immer knallen, und wie ihr alle wisst …«, hob sie an und blickte auffordernd in die Runde.

Anne und Emma beendeten den Satz unisono. »… gehört sich das nicht.«

»Genau. Absolut gegen jede Etikette ist das.«

»Auf einer Spießerparty vielleicht«, murmelte Janis und hielt Muriel ihr geleertes Glas hin.

Die schenkte ihr nach und füllte ihr eigenes Glas. »Worauf trinken wir im August?«

Immer tranken Sie auf irgendetwas. Und da sie dies seit mehr als einem Jahr jeden Monat taten, wurde es allmählich schwer, etwas Originelles zu finden.

Als Emma sich vor einem halben Jahr von ihrem Freund getrennt und mit Tequila betrunken hatte, hatten sie auf »Tequila« angestoßen. Als Anne den Zuschuss für die Fotokampagne eines Modekatalogs für Mollige bekommen hatte, hatten sie sich auf »ein paar Kilo zu viel« zugeprostet. Als Janis sich beim Basketballtraining den Arm gebrochen und mit der verheirateten Orthopädin, die ihr den Gips gelegt hatte, eine Affäre gestartet hatte, waren ihre Gläser auf »den Basketball« erhoben worden. Gab es keinen Anlass, erfanden sie einen und tranken beispielsweise auf »Jude Laws blaue Augen« oder auf »Spaghetti Aglio Olio«.

»Auf Kampfjetpiloten«, schlug Anne vor. Sie hatte den Kopf in den Nacken gelegt und schaute in den Himmel, wo außer den Kondensstreifen der beiden Jets, die eben über das Firmament gedonnert waren, kein Weiß das Blau störte.

Janis hatte einen Einwand. »Ich will nicht auf irgendeinen Kerl trinken.«

Muriel fand das zwar berechtigt, hielt es allerdings für übertrieben, den Toast um die weibliche Endung zu verlängern. Allerdings hatte sie selbst keine bessere Idee, wie es sich nach wie vor auch mit ihrer nächsten Kolumne verhielt, was sie allmählich zu nerven begann. Ihre Gedanken wollten einfach nicht über die Dinge hinaus, die sie sah: Honigbienen, Gänseblümchen, lila Blumen ... und Erinnerungen, die unglücklicherweise noch immer in ihrem Hirn kursierten: Erinnerungen an Zinkbadewannen und silberne Kreuzanhänger.

Nichts davon war einen Toast wert.

»Auf Blaubeermuffins«, tönte Janis. Dazu schnappte sie sich eines der kleinen Küchlein, schälte es aus dem Papier, biss ab und kaute mit dem Ausdruck höchsten Genusses in der Miene. »Ich bin süchtig nach den Teilen«, murmelte sie zwischen zwei Bissen und wischte sich die Krümel vom Mund.

Einen Blaubeermuffin-Toast mochte Anne nicht ausbringen und machte darauf aufmerksam, dass sie erst im Juli auf »Kirscheis« angestoßen hatten. Hätte Anne nichts gesagt, hätte Muriel das Veto eingelegt. Das Kirscheis hatte sie sich gefallen lassen, fand jedoch, dass ihnen für die Toasts etwas Geistreicheres einfallen sollte, als immer neues Essen – Süßes noch dazu.

»Was ist mit dir?«, sprach Anne Muriel an. »Warum bist du so still, wo du für gewöhnlich vor Ideen sprühst?«

»Eine Blockade, wie ich befürchte«, gab Muriel zu und zwirbelte den Stil des Glases zwischen den Fingern. »Also los, Mädels, entweder euch fällt gleich was ein oder ich trinke ohne Toast.«

»Lass uns doch auf Leander trinken!« Ein spitzbübisches Funkeln lag in Emmas Blick, als sie das sagte. »Darauf, dass er deiner Blockade den Garaus macht, indem er dir am Montag einen Auftrag serviert, den du ... Wie hat er es genannt? ... « Sie legte einen Finger an den Mund, als grübele sie. »Den du verabscheuen wirst, richtig?«

»Ein Thema, das ich hassen werde«, korrigierte Muriel sie. »Gibt es irgendwelche anderen Vorschläge? Wie wär's mit Honigbienen oder Gänseblümchen?«

»Quatsch!«, kam es abermals von Emma. »Lasst uns auf den September trinken und darauf, dass er jeder von uns einen richtig guten Moment bringen möge. Etwas, das den September-Toast wert ist!«

***

Sprach man in Chicago von der El, bezog man sich auf die Chicago Elevated, die S- und U-Bahnen des öffentlichen Verkehrsnetzes. Niemand benutzte den langen Namen, nicht einmal Touristen.

Um nach dem Brunch bei Anne nach Hause zu kommen, nahmen Emma und Muriel die Red Line der El, die Chicago von Süd nach Nord durchquerte. Emma wohnte in Buena Park, das noch weiter nördlich hinter Old Town lag. Was wochentags nur zur Rush Hour üblich war, galt für Sonntage rund um die Uhr: Die Bahn platzte beinahe aus den Nähten, und so standen sie für ein paar Stationen dicht aneinandergedrängt. Emmas Nähe machte Muriel nichts aus, doch sie mochte es nicht, wenn andere ihr so nahe kamen. Sie konnte die sich vermischenden Gerüche nicht ausstehen. Also schmiegte sie sich von hinten an Emma, die sich an einer Metallstrebe festhielt, legte das Kinn auf ihre Schulter, schloss die Augen und dachte sich all die Menschen in der S-Bahn weg.

Glücklicherweise stiegen viele im Loop aus. Es wurden sogar Sitzplätze frei. Sobald sie saßen, wollte Emma wissen, was nach dem Besuch im Club geschehen war. Muriel versorgte sie mit ein paar Details, doch ging dabei nicht allzu sehr in die Tiefe.

Nachdem Emmas letzte Beziehung in die Brüche gegangen war, lebte sie ihr Leben ausschließlich nach ihren Vorstellungen. Sie hatte es nicht eilig, einen neuen Partner zu finden, sondern holte erst einmal all das nach, was in der Monotonie des Alltags auf der Strecke geblieben war. Das tat sie nicht unbedingt mit One-Night-Stands und nicht in unüberschaubaren Zahlen. Die meisten ihrer Männer sah sie für mehrere Wochen, bevor sie sie fallen ließ, um frei für Spannenderes zu sein. Ihre weiblichen Reize wusste sie hierbei einzusetzen und konnte kaum über einen Mangel an Angeboten klagen. Geizte sie momentan auch mit Emotionen, schloss sie dennoch nicht aus, dass ihr ein neuer Mr Right begegnen würde.

Wenngleich Emma nicht prüde war, trieben ihr Muriels Schilderungen eine gewisse Röte in die Wangen.

»Du meine Güte«, ächzte sie immer wieder, doch wurde bald nachdenklich. »Ehrlich gesagt, mache ich mir ein bisschen Sorgen«, gab sie schließlich zu.

Obwohl es Muriel rührte, dass ihre Freundin sich um sie sorgte, war es das Letzte, was sie hören mochte. Sie wandte sich ab und blickte aus dem Fenster. Im Spiegelbild sah sie, dass Emma in einer Geste der Ratlosigkeit die Schultern hob und senkte. »Du kannst nicht ewig so weitermachen. Irgendwann musst du doch mal ...«

»Was muss ich?«, fiel Muriel ihr ins Wort.

»Na ja, an deine Zukunft denken.«

Als Muriel nicht reagierte, überlegte Emma weiter: »So ein Leben wird doch irgendwann ... nun, zumindest in gewisser

Weise, unbefriedigend, oder nicht?«

»Bisher nicht, nein.«

»Das kann ich nicht glauben. Was mich betrifft, so komme ich langsam an einen Punkt, wo es mich anzuöden beginnt.«

Es kostete Muriel einige Mühe, den Blick ihrer Freundin zu erwidern, eben jenen, den sie während der letzten Minuten und im immer unangenehmer werdenden Gespräch wie ein kleines Feuer auf ihrer Haut hatte brennen gefühlt.

»Aber ich bin nicht du. Manchmal glaube ich, ich bin nicht einmal ich.« Den letzten Teil bedauerte sie sofort und biss sich auf die Lippen.

»Muriel, du musst ihn endlich gehen lassen!«

»Das habe ich doch, deshalb bin ich hier.«

Emma schüttelte den Kopf, doch schien keine Worte zu finden, in welche sie ihre Gedanken packen konnte. Also schwieg sie.

VIER

Muriel ging davon aus, dass die korrigierte Version ihres Artikels von Leander akzeptiert worden war, denn er sagte nichts Gegenteiliges. Wie nicht selten, wenn etwas gut war, äußerte er sich überhaupt nicht dazu.

Als er eine Minute vor neun ins Büro gekommen war, hatte er eine Brise eisiger Luft hinter sich hergezogen, in der seine miese Laune wie eine Bedrohung waberte. Auf jedem Meter hatte er seinen Guten-Morgen-Gruß geknurrt und dabei geklungen, als wünschte er sie alle zur Hölle. Muriel hatte ihm betont freundlich geantwortet, ihn im Stillen einen Psychopaten geschimpft und sich telepathische Fähigkeiten gewünscht, mit denen sie ihm die Erkenntnis ins Hirn pflanzen könnte, dass sie und die anderen Redakteure nicht von ihm abhängig waren, sondern es sich andersherum verhielt.

Etwa eine Stunde lang arbeitete sie ihre E-Mails ab und suchte ein paar heraus, die für eine Veröffentlichung in der Leserrubrik in Frage kamen. Gerade formulierte sie eine erste Antwort, da erhielt sie eine E-Mail von Leander.

Betreff: Septemberkolumne

Ich warte auf deinen Vorschlag. Du bist mit allem ein wenig spät dran in letzter Zeit.

Muriel fixierte ihren Blick auf den Bildschirm. Um keinen Preis wollte sie zu ihm in den Glaskasten schauen, denn dann würde er vielleicht erkennen, wie wütend sie war. Ihre impulsive erste Reaktion auf seine E-Mail formulierte sie gedanklich schnell um, hackte sie in die Tastatur, las sie noch einmal und kürzte sie um die zu emotionale Erläuterung.

AW: Septemberkolumne
Arbeitstitel: Bist du der Richtige für sie?
Thema: Welcher Typ Frau steht auf welchen Typ Mann

Die Antwort erfolgte in weniger als einer Minute. Offenbar wartete er wirklich.

AW: AW: Septemberkolumne
Langweilig!!!
Zweiter Versuch?

Muriel verkniff sich ein Knurren. Sie wollte nicht, dass Paula auf ihr Problem aufmerksam wurde und sie zu löchern begann. Ohnehin schielte die Frau schon dauernd über ihren Monitor.

Im Grunde hatte Muriel mit einer solchen Reaktion gerechnet. Genau genommen vermutete sie, dass Leander ihren Vorschlag ablehnte, um ihr seine abscheuliche Idee aufs Auge zu drücken.

Wieso schrieb er den Mist nicht einfach selbst, wenn er ihn unbedingt veröffentlich wollte? Muriel hämmerte ihre zweite Antwort ein.

AW: AW: AW: Septemberkolumne
Arbeitstitel: Feminismus
Thema: Klärung, Missverständnisse, Feminismus im Wandel

Nachdem sie die Nachricht abgesendet hatte, gab sie vor zu arbeiten. Tatsächlich konnte sie sich aber auf nichts anderes konzentrieren, als auf ihren Ärger und das Warten. Leanders Rückantwort dauerte diesmal länger, beinahe drei Minuten.

AW: AW: AW: AW: Septemberkolumne

Langweilig. Schon hundertmal diskutiert.

Arbeitstitel: 10 außergewöhnliche Heiratsanträge

Thema: siehe Titel!

Beim Lesen ihrer neuen Aufgabe, und dem Bewusstmachen derselben, meinte Muriel, der Puls würde ihr zum Hals herausspringen. Intuitiv legte sie eine Hand darüber, damit niemand das Pochen bemerkte.

Das musste ein Scherz sein!

Bedauerlicherweise scherzte Leander nie.

Da lohnte sich auch kein Blick in seinen Glaskasten, mit dem sie prüfen konnte, ob er nicht doch in sich hineingrinste. Denn bekanntlich grinste Leander auch nicht.

Was sollte dieses verflixte Thema?

Das Letzte, was ihre Blockade benötigte, war etwas dermaßen Uninspirierendes. Sicher gab es Männer, die ihren Frauen einen besonders individuellen Antrag machen wollten, aber ihre Tipps bezogen sie dann doch lieber von Experten oder Menschen, die sich in die Materie hineinversetzen konnten. Und wollten. Schon jetzt war Muriel sich sicher, dass ihre eigenen Empfehlungen vor Sarkasmus triefen und der Text als Lachnummer enden würde. Für die Rubrik Humor war sie allerdings gewiss nicht zuständig.

***

In der Mittagspause, die Muriel und Emma in einem Sushi-Restaurant verbrachten, hatte sich der Ärger noch nicht gelegt.

»Soll ich den Auftrag vielleicht ablehnen, damit er einen Grund hat, mich rauszuschmeißen?«, erboste sie sich weiter.

Emma zog die Stirn kraus und tupfte sich mit der Serviette über die Lippen, bevor sie antwortete. »Warum sollte er das tun? Du bist sein bestes Pferd im Stall. Die Leser lieben dich … die meisten zumindest. Und ich denke, Leander mag deine Artikel ebenso.« Mit missbilligender Miene beobachtete sie, wie Muriel ein mit Reis und Lachs gefülltes Noriblatt auf die Inaris und die Nigiris schmiss. »Und jetzt hör auf, den Fisch zu quälen! Er ist schon tot.«

Zwar nahm Muriel ihre Stäbchen und aß, doch so lecker das Sushi auch war, es schmeckte ihr heute nicht.

»Meine Güte«, platzte es irgendwann aus Emma heraus. »Er will lediglich, dass du diesen Artikel schreibst …«

»… er hat mir angedroht, dass ich ihn hassen werde.«

»Na und? Dann steh darüber! Tu so, als fändest du das Thema toll! Mach deinen verdammten Job!«

Muriel schob den Teller von sich. Die Stäbchen zwischen ihren Fingern zwirbelnd, starrte sie auf die Maserung der dunklen Tischplatte.

Emma hatte so recht. Sie benahm sich unprofessionell und zickig. Wie ein verwöhntes kleines Mädchen, das am liebsten pinkfarbene Schuhe trug und nun heulte, weil sie ein Paar grüne anziehen sollte.

Davon abgesehen, war es völlige Zeitverschwendung, sich über eine Aufgabe aufzuregen, die sie am Ende doch erledigen musste. Viel effektiver war es da doch, Stunden, wie die aktuelle in der Sushi-Bar, zu nutzen. Es waren öffentliche Orte wie dieser, an denen sie stets die besten Ideen hatte – inspiriert vom Leben, das sich vor ihrer Nase abspielte. Und war es nicht gerade die Herausforderung des vermeintlich Unmöglichen, die einen Profi ausmachte? Hatte sie nicht selbst behauptet, aus Liebe zum Schreiben alles, wirklich alles, schreiben zu können?

Ein Lächeln umspielte Muriels Mund, als sie beschloss, sich den verflixten Heiratsanträgen zu stellen. Und wenn Leander sie im nächsten Monat bitten würde, exotische Tiere zu interviewen, mit denen ein Mann seine Frau am erfolgreichsten beeindruckte, würde sie begeistert in die Hände klatschen.

»Na, Gott sei Dank«, murmelte Emma, als sie Muriels bessere Laune bemerkte, und setzte ihr den verschmähten Teller wieder vor. »Jetzt iss brav auf, damit morgen schönes Wetter wird. Dieser Regen da draußen geht mir auf die Nerven.«

***

Muriel tauchte unter den Schaum in das Badewasser. Sie mochte die dumpfe Stille, in der allein ihr Herzschlag zu hören war, und stellte sich vor, dass sie in einem Ozean war, tief unten auf dreißig Metern. Um die Zeit unter Wasser zu verlängern, ließ sie in Abständen Luft aus ihren Lungen, was das Herzschlaggeräusch mit dem der aufsteigenden Blasen vermischte.

Wieder über Wasser strich sie die Haare zurück und lehnte den Kopf gegen das Gummikissen.

Ein Bungee-Sprung?, überlegte sie. Er konnte sich von einer Brücke stürzen und ein Banner hinter sich herziehen, auf dem die Frage stand. Der Haken war, dass das wahrscheinlich gegen die Sicherheitsvorkehrungen verstieß und somit nicht umsetzbar war.

Aber wie wäre es mit einem gemeinsamen Fallschirmsprung?, grübelte sie weiter, und der Landung auf einem riesigen Stofftuch, auf welchem sein Antrag zu lesen sein würde.

Muriel griff über den Rand der Wanne und klaubte den

Notizblock samt Stift vom Boden. Der Unterwasser-Antrag und der Antrag auf einem Open-Air-Konzert waren dort bereits notiert. Sie kritzelte den Fallschirmsprung darunter.

Neben möglichen Themen surrten Adjektive, welche die jeweiligen Subtitel abgeben konnten, durch ihren Kopf: *Atemlos* für die Frage unter Wasser. *Abgerockt* für die auf dem Konzert. *Schwindelfrei* für den Sprung.

Und dabei blieb es. Alle Ideen, die Muriel hierauf in den Sinn kamen, waren so öde und abgedroschen, dass sie damit rechnen musste, dass Leander sie ihr um die Ohren hauen würde.

Sie warf Zettel und Stift zurück auf den Boden, legte die Arme auf dem Wannenrand ab und sagte sich, dass drei Einfälle völlig okay waren für einen Tag – einen halben, genau genommen. Denn eigentlich hatte sie erst ab der Mittagspause angefangen, darüber nachzudenken.

Was ist mit einem Heiratsantrag beim Sex?, überlegte sie dennoch weiter und ein verschmitztes Grinsen schmuggelte sich auf ihre Lippen. Traute sich das jemand? War es zu riskant oder vielleicht ein Leichtes zu fragen, wenn das Opfer ohnehin am Ja-Schreien war? Wenn sie ihn zwischen ihren Beinen und tief in sich hatte? Wenn ihre Hände über seine Muskeln fuhren, über seinen Rücken kratzen, in seinen Haaren wühlten? Wenn sie ihren Namen ins Ohr geflüstert bekam und seinen Namen als Keuchen erwiderte?

Sex war etwas Wunderbares, wenn man sich liebte, sich vertraute, sich in- und auswendig kannte. Hätte er ihr die Frage beim Sex gestellt, statt in der Badewanne ... Muriel hätte wahrscheinlich ebenfalls mit Ja geantwortet.

Sie schloss die Augen und versuchte diesmal gar nicht erst, ihre Gedanken festzuhalten. Sie wusste ja nur zu gut, wie stur diese freien Gesellen waren, und dass sie grundsätzlich taten, was sie wollten, dass sie flogen, wohin es sie zog.

Noah ..., seufzte sie im Stillen und sank tiefer ins Wasser. *Noah, Noah, Noah* ... so, wie sie es getan hatte, wenn er in ihr gewesen war. Sie tauchte die Arme unter Wasser, ließ ihre Hände zuerst sanfte Wellen schlagen und legte sie dann auf ihren Bauch.

Noah hatte ihr gesagt, dass sie sich gut anfühlte, dass sie sich fantastisch anfühlte, und Muriel wünschte in diesem Moment, dies nachvollziehen zu können. Aus seiner Perspektive. Wenn sie sich jedoch berührte, spürte sie nichts als ihre Haut und die Knochen darunter.

Mit einem Lächeln auf den Lippen malte sie sich Geschehnisse aus, die nie passieren würden, malte sie so bunt, dass sie völlig real erschienen: Morgen würde sie aus dem Büro kommen und er würde auf der letzten Stufe vor ihrer Wohnungstür hocken. Die enge Jeans auf halb acht, die Schnürsenkel der Converse lose, die Ärmel des Hemdes über die Ellenbogen gestreift, den gestarteten Laptop auf seinen Knien. Er würde den Kopf heben, wenn sie um die Ecke bog, das zu lange Haar aus seinem Sichtfeld schütteln und den linken Mundwinkel hochziehen.

Muriels Hand fuhr ein Stück tiefer, ihre Finger strichen so lange über die Innenseiten ihrer Schenkel, bis diese aufklappten. Wie ferngesteuert schob sich ihre Hüfte nach vorn. Ein Wispern verließ ihren Mund, als sie ihren Mittelfinger auf den kleinen Knopf legte und ihn zu umkreisen begann. Bald nahm sie die zweite Hand zu Hilfe, um sich weiter zu öffnen.

Nun war es nicht länger ihr Finger, sondern Noahs, der sie diesem süßen Vergnügen aussetzte. Dann seine Zunge, die sie leckte, wieder und wieder über die allmählich anschwellende Perle streifte. Der Sog seiner Lippen war himmlisch. Seine Bartstoppeln kratzen ein wenig auf ihrer Haut, doch das war alles andere als unangenehm. »Komm für mich«, murmelte er an ihre Haut und sie wölbte sich ihm entgegen, damit er weitermachte. »Schrei für mich, Muriel. Ich will dich hören«, forderte er und ein Laut stieg aus ihrer Kehle auf. Das Spiel seiner Zunge wurde intensiver. Er nahm einen Finger hinzu und drang in sie ein, formte ihn in ihrem Inneren zu einem Haken, der die richtige Stelle berührte, und verstärkte den Druck auf den Kitzler.

Seine Hüfte schob sich zwischen ihre Beine. Muriel spürte seine Eichel an ihrer Mitte und wünschte sich, er würde mit einem einzigen Stoß in sie eindringen. Ihre Hände legten sich um seinen Hals, ihre Fingerkuppen ertasteten die metallenen Glieder seiner Kette, strichen an ihnen nach unten und umschlossen bald das Kreuz. Es war glatt und an seinem unteren Ende befand sich ein kleiner Huckel, von dem Muriel wusste, dass es ein eingefasster dunkler Stein war.

Das Badewasser platschte protestierend als Muriel kam. Ihr Körper spannte sich zu einem Bogen, ihr Atem stockte für die Dauer von Sekunden, bevor sie losließ, Luft ausstieß und sich vom Rausch packen ließ. Von Erlösung eingelullt, taumelte sie davon, ins himmelblaue Lala-Land, wo es keinen Anfang und kein Ende gab, kein Oben und kein Unten, keinen Halt und kein Fallen.

Als sie die Augen aufschlug, hob und senkte sich ihre Brust noch immer hastig. Sie benötigte einen Moment, bevor sie wahrnahm, was sie sah und wo sie war und dass sie allein war.

Sie fröstelte im kalt werdenden Wasser. Pfützen schwammen auf dem Wannenrand und sammelten sich auf dem Boden davor. Ein paar Tropfen sickerten in ihre Notizen und weichten die hingekritzelten Wörter auf.

Muriel öffnete den Abfluss und stieg aus der Wanne.

***

Es gab keine Nacht, in der sie nicht träumte. Früher war das anders gewesen. Aber seit Muriel in Chicago lebte, waren ihre Träume alles andere als harmlos, und so manches Mal geriet sie in Versuchung, gar nicht erst schlafen zu gehen, um zu vermeiden, dass sie sich in einen weiteren Wahnsinn träumte.

In dieser Nacht eilte sie in einem Brautkleid über eine Weide nahe ihres ehemaligen Hauses, vorbei an einem Sumpf und einer Einzäunung, in der Lämmer grasten.

Muriel hatte den Rock ihres Kleides gerafft, um ihn vor Schmutz zu schützen, doch sie konnte nicht ändern, dass die mit Seide bezogenen Absätze ihrer Schuhe bei jedem Schritt im weichen Grund versanken. Sie lief zu einer Baumgruppe, in der sie ihn hatte verschwinden sehen und rief ihn. Obwohl sie sich bemühte, einen Sprint einzulegen, kam sie dennoch nur in Tippelschritten voran. Das Gras surrte unter ihren Füßen, wirkte wie eine zusätzliche Bremse und hinterließ am Ende einen hässlichen schmutzigen Rand am Saum des weißen Kleides.

Endlich erreichte sie die Baumgruppe, stieg über eine Wurzel und blickte sich um. Die kahlen Zweige der Bäume ragten wie dämonische Arme aus dem Waldboden. Totes Laub raschelte über den Grund.

Noah lehnte gegen einen Baumstamm. »Komm her, Muriel«, hörte sie ihn sagen. »Komm her, alles ist okay.«

Sie näherte sich ihm auf Armlänge, doch bevor sie ihn erreichte, löste er sich auf. Muriel schrie vor Verzweiflung und rannte weiter. Zweige kratzten über ihr Gesicht und verursachten blutige Striemen. Sie stolperte über eine Unebenheit im Boden, fiel und hörte, wie der Stoff ihres Rocks riss. Noch halb am Boden liegend, hob sie den Kopf und entdeckte Noah abermals.

»Was hast du bloß?«, wunderte er sich.

Er sah nun anderes aus. Seine Haut war dunkler, sein Gesicht wirkte eingefallen. Erneut verschwand er, bevor Muriel bei ihm war. So irrte sie weiter durch die Baumgruppe, welche gar nicht so klein war, wie angenommen, drehte sich um ihre eigene Achse, sah nirgends ein Ende. Inzwischen wusste sie nicht einmal mehr, aus welcher Richtung sie gekommen war, doch das spielte keine Rolle. Wichtig war allein, Noah zu fassen zu bekommen und nicht mehr loszulassen. Wann immer sie ihm jedoch nahe genug kam, löste er sich in Nichts auf. Zudem sah er mit jedem Mal schrecklicher aus. Am Ende besaß er große Ähnlichkeit mit dem halb verwesten Kapitän des Flying Dutchman.

Er stand auf den Holzstufen einer Hütte, stemmte die Hände in die Hüften als warte er auf sie. Muriels Fuß hatte sich in einer Wurzel verfangen und sie bekam ihn nicht frei.

Er lächelte und nahm die letzte Stufe. Als er über die Schwelle des Holzhauses trat und die Tür hinter ihm zufiel, gelang es Muriel, sich loszureißen. Sie stolperte die Stufen hinauf, hetzte über die Veranda und zerrte am Knauf. Zuerst ließ sich die Tür nicht öffnen, doch dann schlug sie nach einem kräftigen Ruck zurück. Sofort wurde Muriel von einem Sog erfasst und in das Hausinnere gezogen, aber dort gab es nichts. Kein Zimmer, keinen Noah … nur beklemmende Leere. Die Tür schloss sich hinter ihr und sperrte sie in die Dunkelheit.

***

Muriel schreckte aus dem Schlaf. Mit der Hand fuhr sie über ihre Kehle, die noch vom Schrei schmerzte. Ihr Herz raste in der Brust, als wolle es einen Rekord brechen.

Ein Blick auf den Wecker verriet ihr, dass es kurz vor fünf war. Zwar blieb ihr noch eine Stunde, doch es war ausgeschlossen, dass sie wieder einschlafen würde, also warf sie die Bettdecke zurück und setzte die Füße auf den kühlen Fußboden. Eine Weile hockte sie auf der Bettkante und starrte vor sich hin, die Bilder des Traumes noch allzu klarsehend. Irgendwann kniff sie die Augen zu, massierte die Schläfen mit Zeige- und Mittelfinger, stand auf und schlüpfte in die Laufsachen.

Fünf

Die Redaktionssitzung am Donnerstag begann mit der Auswertung der ersten Verkaufszahlen der am Vortag erschienenen Ausgabe des Monats August sowie einem Blick auf den gesamten Verkauf des Vormonats.

An die seit Jahrzehnten erfolgreiche Konkurrenz von *Men's Health* und *GQ* kam *KINGz* selbst nach inzwischen zehnjähriger Marktpräsenz nicht heran. Nichtsdestotrotz bewegten sich die Verkaufszahlen im oberen sechsstelligen Bereich. So war auch der August optimal angelaufen. Wie jeden Monat war ein gutes Viertel der Auflage bereits am ersten Tag verkauft worden, was hauptsächlich den Stammlesern und Abonnenten zu verdanken war.

Beim morgendlichen Check des Posteingangs hatte Muriel mehrere bekannte Namen entdeckt. Einige Männer schrieben ihr beinahe jeden Monat, die meisten davon waren nett, andere das Gegenteil. Fünf der regelmäßigen Schreiber luden sie des Öfteren auf ein Date ein, einer von ihnen hatte sich bereits zur letzten Kolumne geäußert. Offenbar war er verheiratet und empfand das Thema *Seitensprung* als einen Ansporn, es ein weiteres Mal bei Muriel zu versuchen. Sie wollte nicht darauf wetten, doch ging stark davon aus, dass sich auch die anderen vier bald zu Wort melden würden.

Nachdem die Zahlen diskutiert waren, bat Leander die einzelnen Redaktionen, sich zum Fortschritt ihrer Arbeit zu äußern und eventuelle Probleme anzusprechen. Es ging reihum und, anders als sonst, reagierte Leander erstaunlich gelassen, selbst wenn ihm etwas nicht gefiel. Die üblichen arroganten Bemerkungen ließ er stecken und sprang nicht einmal erzürnt vom Stuhl auf, um den Raum für ein paar Minuten zu verlassen, was Muriel darüber nachgrübeln ließ, ob ihr Wunsch bezüglich der telepathischen Fähigkeiten erhört worden war.

Als sie selbst an der Reihe war, zählte sie die Anträge auf, die ihr bereits in den Sinn gekommen waren: der Atemlose, der Abgerockte, der Schwindelfreie und der Ekstatische – eben jener, der beim Sex gemacht wurde. Während ihre Kollegen insbesondere zu Letzterem unterschiedlich reagierten, blieb Leander still und machte sich Notizen. Zum Schluss führte Muriel die beiden neuen Ideen auf, die sich in den vergangenen beiden Tagen auf den Zettel gesellt hatten. Für den romantischen Antrag sah sie ein Mitternachtspicknick auf einem Jägerhochstuhl vor, während ein Stück weit entfernt Kerzen angezündet wurden, welche, sobald alle brannten, die berühmte Frage im Bild ergaben. Für den kreativen Antrag musste ein Puzzle zusammengesetzt werden.

»Der hinkt den anderen hinterher«, sagte Leander, warf den Kugelschreiber auf den Tisch und sah zu Muriel, die ihm gegenüber zwischen Emma und Paula saß. Die plötzliche Angriffslust in seinen Augen war ein Vorbote seiner nächsten Worte. »Für deine anderen Berichte ist es okay, aus weiblicher Perspektive zu schreiben, aber für diesen hier musst du versuchen, wie ein Mann zu denken. Bekommst du das auf die Reihe oder nicht?«

Muriel war sich bewusst, dass sie sich innerlich anspannte, doch konnte nicht recht dagegenwirken. Auch Emma bemerkte es und trat sie unter dem Tisch gegen das Schienbein. Statt Leander zu antworten, wollte Muriel ihn fragen, ob er jemals wie eine Frau gedacht hatte, doch sie verkniff es sich und konzentrierte sich auf ihr schmerzendes Schienbein.

»Sicher kann ich das.«

»Schön. Dann gehe ich davon aus, dass ich fortan lediglich Ideen präsentiert bekomme, die ein Kerl haben würde.«

»Selbstverständlich«, entgegnete Muriel und wünschte, es hätte weniger geknurrt geklungen.

Leander ließ nicht locker. »Es geht nicht darum, dass *Mann* darüber nachdenkt, was *Frau* tun würde. Er möchte seinem Antrag den eigenen persönlichen, maskulinen Stempel aufdrücken, sie aber dennoch beeindrucken und überraschen. Er will, dass ihr Antrag sie umhaut.«

»Schon klar!«

Wieso hielt er nicht endlich die Klappe?

Und wieso piesackte er nicht jemand anderen?

Er dachte nicht im Traum daran, sondern betrachtete sie weiter, als lauerte er darauf, dass sie die Flinte ins Korn warf. Wenngleich es nicht leicht fiel, hielt Muriel seinem Blick stand. Sie würde nicht diejenige sein, die zuerst wegsah.

Er war es schließlich, der sich abwandte, indem er seinen Stift aufnahm, auf seine Notizen schaute und wiederum im ganz lässigen Tonfall fortfuhr: »Okay, die Herren vom Sport. Wie weit seid ihr mit Pippin Ferreras?«

***

Brautmodengeschäfte, Kataloge mit Einladungskarten, Testessen im gutbürgerlichen Restaurant, Testhören von Bands, ein Tanzkurs, herzchenförmige rote Papierschnipsel – all das hatten sie sich erspart. Zwei Ringe, eine Kirche, ein Pfarrer, ein paar Gäste, ein Flugzeug und eine Inselgruppe in Ozeanien. Das war der Plan gewesen. Am Ende waren die letzten beiden Punkte weggefallen.

Und durch andere ersetzt worden.

Begonnen hatte es mit Noahs ernster Miene an einem Nachmittag im März. Dem folgten unzählige Besuche bei Ärzten und in Krankenhäusern. Er blieb dort stationär oder wurde mehrmals wöchentlich ambulant behandelt. Immer wieder hörten sie Prognosen, die niemand hören wollte, gepaart mit Fachbegriffen, die niemand verstand. Es gab Hoffnung im Juni, Ernüchterung im Juli. Der August brachte selbst für Louisiana ungewöhnlich heißes Wetter. Muriel hatte nicht mehr atmen können – nicht mehr atmen wollen.

Im September war er einfach gegangen. Zu schnell. Und doch viel zu langsam. Nichts hatte Muriel je so weh getan, wie der Anblick seines Leidens. Nichts hatte sie je so herausgefordert, wie für ihn stark zu sein, egal wie groß ihre eigene Erschöpfung war – nach durchwachten Tagen und Nächten oder dem schlichten Wunsch zusammenzubrechen und nichts mehr zu fühlen. Nichts hatte sie je so viel Überwindung gekostet, wie das Eingeständnis, dass sein Tod nach allem schließlich etwas Gutes war.

Noah hatte sie gebeten, mit ihm an die Westküste zu fahren, nach Oregon, und es dort als legalen, ärztlich assistierten Suizid zu Ende zu bringen – nicht um seinet-, sondern um ihretwegen. Doch abgesehen davon, dass dies nicht ohne Weiteres innerhalb von so kurzer Zeit umzusetzen gewesen wäre, hatte Muriel sich nicht überwinden können. Schon gar nicht ihretwegen.

Am Ende des Monats hatte sie seine Hand gehalten, als er seinen letzten Atemzug getan hatte. Sie hatte seine Augen geschlossen, deren starrer Blick auf ihrem Gesicht festgefroren war.

***

Muriel überzog die Mittagspause um eine Stunde. Wieder am Platz holte sie ihre Notizen hervor und legte eine neue Datei an, in welche sie die Ideen zu den Heiratsanträgen übertrug und Stichpunkte für die Texte machte.

Wie so oft rauschten die Stunden davon. Nur mit halbem Ohr hörte Muriel, wie sich ihre Kollegen nach und nach in den Donnerstagabend verabschiedeten, sich auf ein Glas Wein oder zu einer After-Work-Party verabredeten.

»Ding Dong«, raunte Emma an ihr Ort und grinste, weil Muriel sich erschreckte.

»Du spinnst doch ...«, murrte sie und musste dennoch lachen.

»Ich bin dein Feierabendwecker und möchte dich wissen lassen, dass Janis und ich nachher auf einen oder zwei Longdrinks losziehen. Lust, uns zu begleiten?«

»Was ist mit Anne?«

»Keine Ahnung, ich habe sie noch nicht erreicht.« Emma wandte sich zum Gehen. »Überleg es dir und gib mir Bescheid!«

Mit einem Grinsen auf den Lippen blickte Muriel der Freundin nach. Als sei es eine Kunst, schwang sie den wohlgeformten Hintern und warf den Jungs vom Sport, die noch mit Ferreras beschäftigt waren, einen lockeren Spruch an die rauchenden Köpfe. Sobald Emma verschwunden war, vertiefte Muriel sich abermals in den Text auf dem Bildschirm, tippte und grübelte, fluchte mal leise vor sich hin und griente dann wieder über eine gute Formulierung. Als sie endlich aufblickte, bot sich ihr das übliche Bild: Ein dunkles Büro. Ihr Arbeitsplatz sowie der Glaskasten waren die einzigen Lichtquellen.

Gegen zwanzig Uhr fuhr Leander seinen Rechner herunter und verließ den Glaskasten. Den üblichen *Bis-morgen-Gruß* bereits auf den Lippen habend, war Muriel überrascht, als er bei ihr stehen blieb.

»Hast du eine Minute Zeit oder störe ich?«

»Nein, schon okay«. Sie lehnte sich im Stuhl zurück. Einem Impuls folgend, wollte sie die Arme verschränken, doch verbat sich diese unkommunikative Geste.

»Geht's dir gut?«, fragte er.

Bei diesen Worten wurde der Wunsch, die Arme zu verschränken lediglich dringender und mehr Willenskraft war gefragt. Hatte sie sich verhört oder hatte Leander sich tatsächlich nach ihrem Befinden erkundigt? Statt einer Antwort hob sie fragend die Brauen.

»Bei mir, meine ich«, wurde er daraufhin deutlicher.

Er ging zu Paulas Arbeitsplatz und schob ihren Stuhl in den Gang, um darauf Platz zu nehmen. Die Ellenbogen auf den Lehnen abgestützt, die Fingerspitzen aneinander gelegt, musterte er sie. »Fühlst du dich wohl hier?«

Muriel hasste Lügen. Nichtsdestotrotz war sie gehemmt, ihm die Wahrheit zu sagen. Sie entschied sich, lediglich auf die letzte Frage zu reagieren. Die war unverfänglich.

»Ich fühle mich hier wohl, ja. Ich liebe meine Arbeit. Ich habe nette Kollegen.«

»Aber ... ?«

Aber du bist ein echter Arsch!, schoss es ihr durch den Kopf.

»Aber deine Art zu kommunizieren ist gewöhnungsbedürftig«, sprudelte es dann doch aus ihr heraus. »Genau genommen bezweifle ich, dass ich mich je daran gewöhnen werde.«

»Und was ist deine Konsequenz daraus?«

»Ich weiß noch nicht genau. Wahrscheinlich werde ich meine Möglichkeiten bei anderen Zeitschriften ausloten.«

Wie gewohnt war Leanders Miene unlesbar. Weder Überraschung noch Verärgerung, weder Enttäuschung noch Besorgnis waren darin zu erkennen. Ohne Muriel aus den Augen zu lassen, schwang er im Stuhl hin und her.

»Es ist deine Entscheidung«, sagte er. »Du solltest jedoch vorsichtig sein mit deiner Einschätzung und bestimmte Geschehnisse oder Reaktionen nicht überbewerten.« Schließlich lehnte er sich vor, stützte die Ellenbogen auf den Knien ab und verschränkte die Finger. »Anerkennung spreche ich äußerst selten aus, wie du bemerkt hast. Daran wird sich nichts ändern. Ich werde mich nämlich nicht ändern, so wenig wie du oder sonst jemand hier sich ändern wird. Wenn ich Kritik anbringe, möchte ich, dass Korrekturen vorgenommen werden. Wenn ich nichts sage, gefällt mir das Geschriebene.«

Der Verlauf dieses Gespräches missfiel Muriel. Er schien zu glauben, dass sie ein Problem damit hatte, dass er sich nicht lobend zu ihren Texten äußerte. Was nicht zutraf. Sie wollte keinen Honig um den Bart geschmiert haben, sondern lediglich behandelt werden, wie alle anderen, und nicht der Sündenbock für seine miserable Laune sein.

Einen Moment lang schien Leander auf eine Reaktion ihrerseits zu warten. Als die ausblieb, sprach er weiter. »Ich mag deine Art zu schreiben und bin mir bewusst, wie gut sie bei den Lesern ankommt. Du bist ein wichtiger Part des Teams, und es wäre bedauerlich, würdest du dich entscheiden, es zu verlassen.«

Du meine Güte!, ächzte Muriel im Stillen. Was sollte sie hierauf entgegnen? Sie konnte ihn schlecht damit konfrontieren, dass sie das Gefühl hatte, er wolle sie provozieren – denn das würde sich mit seiner Aufforderung beißen, sie solle nichts überbewerten. Da sie seinem Blick nicht länger standhielt, wandte sie ihn ab und starrte auf den Monitor.

Leander stand auf. »Mach nicht mehr so lange«, hörte sie ihn sagen. »Bis morgen.«

»Bis morgen«, entgegnete sie und klimperte die nächstbeste Phrase, welche ihr in den Sinn kam, in die Tastatur.

***

Auf dem Heimweg änderte Muriel ihre Pläne für den Abend und rief Emma an, um ihr abzusagen. Nach dem Gespräch mit Leander war ihr nicht nach einer lauten Bar zumute, sondern eher nach wirklicher Entspannung.

Das kleine SPA, in das es sie nicht regelmäßig, doch auch nicht selten zog, besuchte sie ausschließlich wegen der Sauna und weil es an späten Wochenabenden so gut wie sicher war, dass sie dort allein war.

Als Muriel eintrat, verabschiedete Kasumi gerade zwei Frauen, die offenbar Stammkundinnen waren. Mit einem Zwinkern wandte sie sich darauf an Muriel.

»Wie's aussieht, kannst du heute wieder völlig ungestört saunieren.«

Muriel sah auf die Uhr. Es war bereits nach einundzwanzig Uhr, und das SPA schloss in anderthalb Stunden. »Ich mache meine drei Runden und werde sicher pünktlich fertig sein.«

Kasumi winkte ab. »Schon okay, lass dir Zeit.«

Muriel passierte den in warmen Rot- und Gelbtönen gehaltenen Gang bis zur Umkleide, wo sie sich auszog und ins Handtuch wickelte. Von der benachbarten Dusche ging es in die Sauna.

Wie immer begann Muriel auf der mittleren Holzbank, legte sich auf den Rücken, winkelte die Beine an und befahl ihren Gedanken loszulassen. Wie gewohnt, ließen die sich nicht ohne Weiteres befehlen, schon gar nicht nach einem Tag wie diesem, sondern hielten an Details fest und sandten bestimmte Wortfetzen zur Analyse in ihr Hirn.

Im Nachhinein konnte sie nicht glauben, dass sie Leander tatsächlich gesagt hatte, dass sie sich nach einem anderen Job umschauen würde – noch seltsamer war seine gelassene Reaktion darauf. Dabei hatte er nicht gelassen reagiert, weil er ihre Entscheidung nicht bedauern würde, sondern vielmehr, weil er nicht damit rechnete, dass sie wirklich ging.

Zum wiederholten Male sagte sie sich, dass derlei Überlegungen sie nirgends hinbrächten und versuchte, sie gegen das geliebte Lala-Land auszutauschen. Statt weiter im Büro zu hocken, wollte sie auf einem Floß treiben, das von den Wellen eines Sees geschaukelt wurde, oder unter einem Baum liegen, der inmitten einer endlosen Wiese wuchs, doch die Pforten des Lala-Landes öffneten sich immer nur soweit, dass sie einen Blick erhaschen konnte und verschlossen sich, sobald sie einen Fuß hineinsetzten wollte.

Zur zweiten Runde würde es einfacher sein, beschloss Muriel und verließ die Sauna nach zehn Minuten, um im Eisbad abzutauchen und die obligatorische Pause im Ruheraum einzulegen. Als das Prickeln auf der Haut nachließ und die Vorfreude auf eine weitere Runde Schwitzen die Oberhand gewann, ging sie zurück zur Sauna. Sie erschrak ein wenig, als sie durch die Glasscheibe hindurch jemanden auf der mittleren Bank entdeckte. Schnell wandelte sich der kleine Schreck in eine Enttäuschung darüber, dass ihr Alleinsein gestört sein würde, und sie spielte mit dem Gedanken, das Saunieren vorzeitig zu beenden. Da der andere sie bereits gesehen hatte, entschied sie, die zweite Runde durchzuziehen und danach Schluss zu machen. Möglicherweise waren seine zehn Minuten auch gleich vorüber.

Muriel betrat die Sauna also und antwortete mit einem »Hallo« auf sein »Hey«. Im Vorübergehen musterte sie ihn, stieg dann die erste und zweite Bank hinauf, um sich auf die oberste zu legen.

Seine Ähnlichkeit mit Kasumi mochte auf ein verwandtschaftliches Verhältnis zurückzuführen sein oder auch nur auf der asiatischen Herkunft beruhen. Er war recht hübsch, sein Körper schlank und athletisch. Mit einem roten Igelball rollte er gedankenverloren über seinen Oberschenkel, was dünne rote Striemen auf seiner glatten, vor Feuchtigkeit schimmernden Haut verursachte.

Sobald Muriel lag, schloss sie die Augen. Natürlich war das Lala-Land nun erst recht nicht erreichbar, doch mit geschlossenen Augen fiel es ihr leichter, die unerwünschte Gesellschaft auszublenden. Zumindest für ein paar Minuten. Irgendwann fragte sie sich jedoch, ob der andere seine Saunarunde nicht bald beenden wollte.

Als sie die Augen aufschlug, traf sich ihr Blick mit seinem. Offenbar hatte er sie schon eine Weile beobachtet. Dass sie ihn ertappt hatte, schien ihn nicht zu stören. Er betrachtete sie weiterhin unverwandt und knautschte den Igelball in der Faust.

»Normalerweise hab ich die Sauna für mich um diese Uhrzeit …«, sagte er. Es klang nicht wie ein Vorwurf, sondern eher als hätte er lediglich einen für ihn selbst bestimmten Gedanken geäußert.

»Normalerweise trifft das auch auf mich zu«, entgegnete Muriel.

»Kasumi meinte, du kommst unregelmäßig, aber immer spät. Du benutzt nur die Sauna, magst keine der üblichen Anwendungen.«

»Stimmt.«

»Nicht mal Massagen …« Er setzte den Igelball auf seinen Unterarm und rollte ihn aufwärts bis zur Schulter. »Warum nicht? Die sind doch sehr entspannend.«

Mit der Antwort wartete Muriel bis die Striemen auf seinem Arm zu verblassen begannen. »Ich mag's einfach nicht. Sicher ist Kasumi top in dem, was sie macht.« Sie hielt inne, als er lächelte und der Besitzerin des SPAs noch ähnlicher sah. »Seid ihr verwandt?«

»Sie ist meine Schwester.« Er nahm den Ball in die andere Hand, um ihn auch über den zweiten Arm rollen zu können. »Ich bin Kin.«

»Muriel.«

Darauf schwieg Kin wieder – ein anderes Schweigen als zuvor. Es war intensiver und unterstrichen von seinem Blick. Als er seine Sitzposition änderte, die Beine auf die Bank zog und sich ihr zuwandte, ahnte Muriel, wie dieser Saunagang enden würde.

Kin rutschte noch ein Stück näher und streckte den Arm aus, um seinen Igelball auf ihrem leicht angewinkelten Knie zu platzieren. Langsam rollte er den Ball zu ihrer Hüfte hin, doch ließ die Berührung nur ganz leicht sein. An ihrem Bauch angelangt, umkreiste er ihren Nabel, indem er den Ball unter der flachen Hand rollte, und fuhr dann die Rinne zwischen ihren Rippen entlang zu ihren Brüsten.

Kins Lächeln war inzwischen verschwunden und einem verlangenden Ausdruck in seiner Miene gewichen. Ein Funkeln lag in seinen mandelförmigen Augen als er abermals näherrutschte, sich vor Muriel hockte und den Ball abwechselnd um ihre Brüste kreisen ließ. Muriels Brustwarzen wurden hart. Sie schloss die Augen und spürte, wie Lust die Kontrolle übernahm, ihre Hüften auf dem Handtuch kreisen ließ und ihre Gedanken weich machte. Wie von allein drifteten sie nun ins Lala-Land.

»Diese Massage scheinst du zu mögen«, hörte sie Kin sagen.

»Hmmm«, brachte Muriel über die Lippen und hielt den Atem an, als sie seinen Mund auf sich spürte. Statt des Balls umkreiste nun seine Zunge ihre Brustwarzen und seine Zähne knabberten sanft daran. Indes schob sich Kins Hand zielgerichtet über ihren Bauch, über ihren Venushügel. Als seine Finger zwischen ihre Schamlippen glitten und ihren Kitzler fanden, stieß Muriel ein Keuchen aus.

»Auch diese Massage scheint dir echt gut zu gefallen«, murmelte Kin an ihre Nippel und pustete darüber.

Als er innehielt, öffnete Muriel die Augen und neigte den Kopf, um ihn anzusehen. Die Lust schimmerte dunkel in seinen ohnehin fast schwarzen Augen.

»Setz dich hin und lehn dich zurück«, sagte er.

Muriel folgte seinem Wunsch, wenngleich die Luft so weit oben noch heißer und beinahe unerträglich war. Sobald sie ihm zugewandt saß, öffnete er ihre Schenkel, sodass ihre Spalte aufklaffte und senkte den Mund darauf.

Die erste Berührung seiner Zunge war so intensiv, dass Muriel die Luft scharf einzog und für einen Moment das Gefühl hatte, es würde ihre Nase innen verbrennen. Mit einem Seufzen stieß sie die heiße Luft durch den Mund wieder aus und vergrub die Hände in Kins schwarzen Haaren. Die zuerst federleichten Berührungen seiner Zunge gewannen bald an Intensität, und als er die bereits geschwollene dunkelrosa Perle einsaugte, durchzuckte es Muriel als stünde sie unter Strom. Mit einem lustvollen Murren bog sie den Rücken durch und schob ihre Mitte dichter an seinen Mund.

Als Muriel spürte, dass sich ihr Orgasmus ankündigte, unterbrach Kin das Spiel. Er stand auf, nahm Muriels Hand und bedeutete ihr, eine Etage tiefer Platz zu nehmen.

Als er vor ihr stehend sein bereits voll erigiertes Glied massierte, verstand Muriel dies zuerst als Aufforderung, es in den Mund zu nehmen, doch Kins Blick wanderte von ihrer Hand zu ihrer Mitte.

»Zeig mir, wie du es dir selbst machst!« Ein heiserer Klang

schwang nun in seiner Stimme mit. »Ich will deine Finger in deiner Pussy sehen.«

Während er das sagte und seine eigenen Finger über seine glänzende Eichel strichen, lag ein provozierender Ausdruck in seiner Miene.

Muriel begann, sich selbst zu streicheln. Mal hatte sie die Augen dabei geschlossen, um das, was gerade geschah, in ihrer Fantasie weiter anzutreiben, mal beobachtete sie Kin und wie er seine Erektion in schon routinierten, wenig sanften Griffen bearbeitete und sich dabei ausschließlich auf das konzentrierte, was sich zwischen ihren Beinen abspielte.

Als ein erster milchiger Tropfen auf seine Eichel trat, konnte Muriel nicht anders, als sich vorzubeugen und ihn abzulecken. Dass sie sich dabei weiter streichelte, machte Kin so sehr an, dass sich seine Muskeln vor Erregung anspannten und er einen Moment pausierte, um nicht sofort zu kommen. Sobald er sich wieder unter Kontrolle hatte, nahm er ihren Kopf zwischen beide Hände und drang tief in ihren Mund ein, legte den Kopf zurück und genoss, was Muriels Zunge und Lippen mit ihm taten.

Schließlich kniete er vor ihr auf der Holzbank, schob seine Hüften zwischen ihre Beine und stieß in sie. Muriel zuckte unter diesem einen kräftigen Stoß ein wenig überrascht zusammen, doch kam ihm bei allen weiteren entgegen. Sie schloss die Beine um ihn und legte die Hände auf seine feste Brust. Das dämmerige Licht der Sauna ließ die Schweißperlen auf seiner Haut schimmern. Von seinem Hals und seinen Schultern rannen sie hinab, verliefen sich oder tropften auf ihren Bauch. Muriel mochte das heiße, glitschige Gefühl seiner Haut und strich die Tropfen glatt, als seien sie ein ölhaltiger Balsam.

Je näher Kin seinem Höhepunkt kam, desto mehr Kraft lag in seinen Bewegungen. Bald knarrten die Holzstreben unter ihnen und vermischten sich mit seinem Stöhnen. Muriels Atmen ging nur noch stoßweise und wurde immer wieder unterbrochen von ekstatischen Lauten.

Ihr Orgasmus überrollte sie unerwartet heftig. Muriel schlang die Beine fester um Kins Hüften, wollte ihn noch tiefer in sich spüren, und schloss die Hände um seine Handgelenke. Jede Faser ihres Körpers brannte unter ihm, als sie ihre Erleichterung herausschrie. Sobald die Kontraktionen einsetzten, zog Kin seinen Schwanz aus ihr und massierte ihn wenige Sekunden weiter. Kurz darauf spritzte sein Saft über ihren Bauch.

Noch halb benommen verteilte ihn Muriel mit dem Schweißfilm auf ihrer Haut und beobachtete dabei, wie Kin erleichtert aufatmete, wie seine Atmung bald ruhiger ging und die Leidenschaft seines Blickes verblasste. Ein amüsiertes Blitzen blieb, als er sich neben sie setzte. Muriel richtete sich ebenfalls auf, zog die Beine vor den Körper und schmunzelte ihn über ihre Knie hinweg an.

»Für gewöhnlich schätze ich keine Gesellschaft beim Saunieren ...«, murmelte sie.

Ein Lächeln huschte über Kins Mund. »Geht mir ähnlich.« Er lehnte sich gegen die obere Bank und legte einen Arm darauf. »Zwar spiele ich gerade mit dem Gedanken zu fragen, ob du fortan nicht zufällig öfter donnerstags um diese Uhrzeit saunieren möchtest ...«

»Aber diesen Gedanken sprichst du natürlich nicht aus«, vervollständigte Muriel seinen Satz mit einem Zwinkern. »Denn du bist kein Wiederholungstäter.«

Kins Lächeln wurde breiter. »Nein, das bin ich nicht.«

»Gut.« Muriel wickelte das Handtuch um ihre Hüften, beugte sich zu ihm hinüber und gab ihm einen Kuss auf die Wange. »Ich auch nicht.«

Sechs

Das *Velvet* war um einiges größer als das *Nightlight.* Hier gab es vier Bars, Lounges, ein Café und zwei Floors, wo House und R&B aufgelegt wurden. Während ihrer ersten Zeit in Chicago war dies der Stammclub von Muriel und ihren Freundinnen gewesen, doch ihr letzter Besuch lag inzwischen ein halbes Jahr zurück.

Emma und Anne nahmen zwei freie Plätze an der Bar für sich in Anspruch, und es dauerte nicht lange, bis zwei Jungs bei ihnen standen und ihre nächsten Drinks spendierten.

Die Musik auf dem Housefloor war so knackig, dass Muriel dem Drang, sich zu bewegen nicht wiederstehen mochte und sich zu Janis auf die Tanzfläche gesellte. Sie tanzte nicht oft, doch tat sie es, besaß es für sie etwas Süchtigmachendes – hatte sie einmal damit begonnen, konnte sie schlecht aufhören. Ihre Füße mochten dann einfach nicht mehr still halten, vorausgesetzt die Tracks blieben gleich gut. Im *Velvet* war dies meist der Fall.

Janis legte hin und wieder eine Pause ein, doch Muriel blieb auf dem Floor und ließ sich im Rhythmus treiben. Sie achtete nicht auf die anderen Tanzenden und wie sie sich bewegten. Sie war nur offen für die Musik. Sie spürte die Bässe auf ihrer Haut und lächelte. Musik, vor allem gute und laute Musik wie diese, machte sie glücklich.

Als sie aufsah, kehrte Janis gerade auf die Tanzfläche zurück. Ihre Schritte waren lässig, trotz der High Heels. Sie hob die

Arme über den Kopf und strich mit ihren Händen durch den Nebel. Bald darauf war sie hinter Muriel, schloss sie in eine lockere Umarmung und passte sich ihrem Rhythmus an.

Während sie tanzten, fiel Muriel Emma auf, die allein an der Bar saß, da Anne offenbar im Club unterwegs war. Sie löste sich behutsam aus Janis' Umarmung, ging zu Emma, nahm auf dem freien Hocker neben ihr Platz und bestellte einen Wodka Lemon.

Auf der Herfahrt in der El hatte Muriel Emma vom Gespräch mit Leander erzählt. Die Freundin hatte es kaum fassen können und konnte dies offenbar noch immer nicht, denn sie kam erneut darauf zu sprechen.

»Unglaublich, dass er dir das alles gesagt hat.«

»Jupp, der absolute Hammer. Stell dir vor, du arbeitest so vor dich hin, ahnst nichts Schlimmes und dann kommt so etwas ... «

»Er mag dich.«

»Er mag, was ich schreibe.«

Emma stupste sie mit dem Ellenbogen an. »*Dich* mag er auch.«

Muriel fand es kindisch, das zu diskutieren. Sie nahm ihr Getränk entgegen und schob ein paar Dollar über den Tresen. »Kommst du mit auf einen Bummel durch den Club?«, fragte sie und trank einen Schluck.

Den Themenwechsel quittierte Emma mit einem schiefen Grinsen und sah dann zu Janis hin. »Nein, ich hab jetzt Lust zu tanzen.«

***

Muriel schlenderte in die benachbarte Lounge, wo lila Kastensofas um gleichfarbige Tische standen. Weiße Pendelleuchten hingen in schnurgeraden Linien von der Decke, ihr gedämpftes Licht perfektionierte die stimmige Atmosphäre.

In einer der Sitzgruppen entdeckte Muriel Anne, die sich mit Jeremy unterhielt. Er war schwul und durch und durch liebenswert. Muriel begrüßte ihn und gesellte sich zu den beiden.

Eben erzählte Jeremy vom Shoppingtrip, den er einige Tage zuvor mit seiner besten Freundin unternommen hatte, da wurde Muriel auf Neuzugänge an der Bar aufmerksam. Mr Perfect vom vergangenen Freitag bestellte sich dort einen Drink. An seiner Seite sah sie einen Dunkelhaarigen, der ihm in puncto Aalglattheit in nichts nachstand.

Eine leise Ahnung beschlich sie und sagte ihr, dass der Dunkelhaarige der zweite Mann im *Mandurah* gewesen war. Wenngleich sie ein wenig enttäuscht war, dass er ebenso wenig Ecken und Kanten zu bieten hatte wie sein Kumpel, konnte sie dennoch nicht aufhören, ihn anzustarren. Er war ein Stück größer als der Blonde, seine Schultern breiter. Seine Jeans hing leger auf seiner Hüfte. Wann immer er sich umschaute – und das tat er häufig – konnte sie sein Gesicht sehen, das so hübsch wie unaufregend war. Eigentlich hätte er damit gepunktet und einen optimalen Kandidaten für Muriels *I-don't-care-Show* abgegeben.

Eigentlich ...

Grundsätzlich!

Muriel wollte nicht darüber nachdenken, warum sie nicht mochte, dass er so glatt war, doch der Gedanke blieb. Sie gestand sich ein, dass dieser Mann mit der Kreuzkette ihr Interesse geweckt hatte. Die ganze Woche über hatte er sich immer wieder in ihre Gedanken geschlichen, was sie prinzipiell als störend empfand. Der einfachste Weg, dem ein Ende zu bereiten, war, Sex mit ihm zu haben.

Jeremy verabschiedete sich mit einer innigen Umarmung

und gab Muriel einen zweiten Kuss. Annes Frage, ob sie mit nach nebenan käme, verneinte Muriel. Sie wollte in der Lounge bleiben und abwarten, was an der Bar geschah.

Mehr und mehr Frauen scharten sich vermeintlich zufällig um die beiden Männer. Die Szene wirkte wie ein moderner Pferdemarkt, bloß wurden hier keine gesunden Zähne, geraden Gliedmaßen und intakten Hufe vorgezeigt, sondern wohlgeformte Pos und runde Brüste. Auf subtile und dennoch eindeutige Weise. Die Ladies gaben vor, in ein Gespräch vertieft zu sein und lenkten ihre Aufmerksamkeit so bemüht anderswohin, dass ihre verstohlenen Blicke in Richtung der beiden, umso auffälliger waren. Hingegen gaben die Männer vor, von alledem nichts mitzubekommen. Früher oder später würde eine der Frauen sie ansprechen, was für sie noch weniger Mühe bedeutete, als sie ohnehin hatten.

Im Stillen wettete Muriel, dass gut die Hälfte der interessierten Frauen mehr als Sex wollte. Sie sahen die teuren, geschmackvollen Klamotten, waren fasziniert von der Aura, welche die Männer umgab, und meinten, per Röntgenblick sogar den Autoschlüssel mit Stern-Anhänger in der Hosentasche erkennen zu können.

Zur offensichtlichen Enttäuschung einiger nahm der Dunkelhaarige sein Glas und schob sich durch die Menge. Als sein Blick sich mit Muriels verhakte, wusste sie, dass sie gleich Gesellschaft bekommen würde.

»Hallo«, sagte er, setzte sich und ließ ein Lächeln über seine Lippen wandern, das wirklich schön war. Schön und glatt und nichtssagend.

»Hallo«, entgegnete Muriel. »Wie ist der White Russian? Den hatte ich hier noch nie.«

Er hielt ihr das Glas hin. »Ich meine, er ist ganz gut.«

Sie nahm es, nippte daran und gab es ihm zurück. »Er ist ganz okay, ja.«

»Ich bin Nick.«

Okay, das war ein Name. Das erste von vielen möglichen Details, die sie eigentlich nicht zu wissen brauchte. Eigentlich.

»Ich bin Muriel.«

»Toller Name.«

»Danke.«

»Bist du öfter hier?«

Oh Gott ... der Killer unter den Fragen! Ein Wunder, dass der nicht gleich als erstes gekommen war. Und ein Glück für ihn, denn dann hätte er Platzverbot erteilt bekommen.

»Nicht in letzter Zeit.«

***

Als Muriel zu Nick ins Taxi stieg, war sie längst nicht mehr sicher, das Richtige zu tun und ärgerte sich, mit ihren Prinzipien gebrochen zu haben. Insbesondere, weil er exakt das tat, was sie am wenigsten wollte: Er erzählte.

Er war Chefkoch in einem Fünf-Sterne-Restaurant und konnte sich seit Neuestem sogar der höchsten Auszeichnung, dem *Five Star Diamond Award*, rühmen. Sein Appartement, in das sie ihn nun begleitete, teilte er mit einer Dalmatinerdame, vor deren Eifersucht er sie vorsichtshalber schon einmal warnte.

Muriel wünschte, er würde endlich den Mund halten, denn mit jedem Wort, das er sagte, war sie versuchter, den Taxifahrer zu bitten, sie aussteigen zu lassen. Zudem störte sie, dass dieser Mann nicht eine Frage stellte. Was sie für gewöhnlich begrüßte, schreckte sie in diesem Fall ab. Er war so selbstverliebt, dass er nicht auf die Idee kam, das Leben eines anderen könne annähernd so interessant sein wie sein eigenes.

Es war kurz vor sechs Uhr und dämmerte bereits, als das

Taxi vor einem Appartementkomplex in South Loop hielt. Muriel stieg aus, fröstelte und zog ihre Jacke fester um ihren Oberkörper. Bald war Nick neben ihr und legte den Arm um sie. Mit jedem Schritt, den sie an seiner Seite in Richtung des Eingangs tat, wuchs der Unmut in ihr. Inzwischen war es ihr egal, ob er der Unbekannte war oder einfach irgendjemand. Prinzipiell hatte sie nicht einmal Lust, mit ihm zu schlafen.

Nachdem Nick einen Code eingetippt hatte, öffnete sich die gläserne Tür. Er trat vor ihr ein und rief den Fahrstuhl. Auf der Fahrt in die 15. Etage sprachen sie nicht, und Muriel mied seinen Blick. Mit noch immer vor der Brust verschränkten Armen lehnte sie gegen die Stahlwand und starrte auf ihre Schuhe.

Im Appartement wartete die Dalmatinerdame. Muriel war froh, dass Nick der Hündin keine Chance gab, sich ihr zu nähern, sondern sie in ein anliegendes Zimmer schickte, dessen Tür er schloss. Den Protest in Form eines kurzen Bellens ignorierte er, zeigte Muriel das Gästebad und ließ sie wissen, dass er ebenfalls duschen und im Schlafzimmer warten würde.

Die längste Zeit im Bad verbrachte Muriel damit, in den Spiegel zu schauen und sich die Frage zu stellen, ob sie noch alle Tassen im Schrank hatte. Schließlich stieg sie aus ihren Kleidern und duschte.

In ein Handtuch gewickelt, ging sie zu der Tür, hinter der das Schlafzimmer lag. Der Raum war hell erleuchtet und nicht viel individueller eingerichtet als ein Hotelzimmer. Ein großes Bett, dessen Wäsche offenbar noch von der letzten Nacht zerwühlt war, dominierte das Zimmer. Nick hatte es sich darauf bequem gemacht. Die Arme hinter dem Kopf verschränkt, ein Bein ausgestreckt, das andere leicht angewinkelt, blickte er ihr entgegen. Wassertropfen glitzerten auf seiner Haut. Sein

Schwanz, der bisher schlaff zur Seite gehangen hatte, begann sich zu härten und auf eine vielversprechende Größe anzuschwellen. Alles in allem gab Nick einen netten Anblick ab, doch horchte Muriel in sich hinein, vernahm sie nicht ein verlangendes Seufzen. In ihr war nichts außer Gleichgültigkeit.

»Ich will, dass du mir einen bläst«, sagte er und griente in froher Erwartung.

Muriel ließ ihr Handtuch fallen und kroch auf das Bett. Sie positionierte sich über ihn und rieb ihre Spalte an seinem inzwischen voll einsatzbereiten Glied.

Er keuchte und rückte ihr ein Stück entgegen, sodass seine Eichel in sie eindrang. »Aber meinetwegen können wir zuerst auch ein bisschen ficken.«

Muriel hob die Hüfte, ließ ihn wiederum lediglich in ihr vor- und zurückgleiten. Wann immer er dabei gegen ihren Kitzler stieß, tänzelte ein Kribbeln durch ihren Unterleib.

»Du lässt dir wohl gern Zeit«, laberte Nick weiter.

Muriel schenkte ihm ein kurzes Lächeln, das er fehlinterpretierte. Die Arme noch immer hinter dem Kopf verschränkt, stellte er sich offenbar auf ein langes, spielerisches Vorspiel ein, dessen Regeln allein sie festlegte. Sie wünschte, er könne ihre Gedanken lesen und die miese Note sehen, die sie seinem Ego gerade ausstellte.

»Sag mir, wie du gefickt werden willst!«, forderte sie ihn auf und ließ seine Eichel abermals um ihre Perle kreisen.

Wenngleich ihm die Bitte zu gefallen schien, schien er dennoch nicht in der Lage, seine Wünsche auszudrücken. So war seine Antwort nicht mehr als ein: »Na setz dich einfach drauf und reite mich.«

Muriel spürte, wie Verärgerung in ihr aufwallte und der ohnehin nur schmalen Lust den letzten Antrieb zu rauben drohte. Wenn einer schon keine Fantasie hatte, so hielt er im Bett doch am besten die Klappe oder zeigte sich physisch ein wenig aktiver.

»Willst du es hart oder sanft«, provozierte sie ihn. »Willst du ihn tief drin in mir? Soll ich dich um den Verstand ficken oder soll ich dir noch etwas davon übrig lassen? Soll ich deinen Schwanz so lange quälen, bis du um Erlösung flehst, oder willst du deinen Saft möglichst schnell über meinen Bauch und auf meine Titten spritzen?«

Nick gab einen Laut von sich, der bedeutete, dass er mit allem einverstanden war und das Entertainment außerordentlich genoss.

Ohne Vorwarnung nahm Muriel seinen Phallus in sich auf und ritt ihn. Sie konnte seinen Schaft gezielt gegen ihren G-Punkt lenken und tat es mit aller Kraft und Wut über seine Dummheit und die Zeitverschwendung, die sie gerade betrieb. Die Hände zu seinen Seiten aufgestützt, den Kopf gesenkt, um ihm bloß nicht in die Augen schauen zu müssen, beobachtete Muriel, wie ihr Becken immer wieder hart auf ihn niedersauste, wie sein Schwanz zwischen ihren Beinen verschwand, und konzentrierte sich auf das Gefühl des Anstoßes. Mit jedem Mal wurde es heftiger, drängender, steigerte sich und ließ ihren Atem schneller gehen. Wie aus weiter Ferne vernahm sie sein Keuchen, doch gab nicht einen Deut darauf, wie weit er war. Selten war sie so leise gekommen. Kaum mehr als ein Ausatmen war von ihr zu hören, während sein Keuchen andauerte.

Als sie ihn freigab, hob er den Kopf. »Was ist los?«

Sie kletterte vom Bett und wickelte sich ins Handtuch. »Ich geh dann jetzt«, sagte sie.

Seine Überraschung wandelte sich schnell in Verärgerung. Er setzte sich auf. »Wie bitte? Wie bist du denn drauf?«

»Sorry!« Muriel wandte sich zur Tür um und versah ihn

mit einem entschuldigenden Schulterblick. »Mein Irrtum.«

»Das kann nicht dein Ernst sein«, hörte sie ihn rufen, als sie die Tür bereits hinter sich geschlossen hatte. »Du tickst doch nicht richtig!«

Diesbezüglich konnte sie ihm nur beipflichten. Sie tickte nicht richtig, dass sie überhaupt mit ihm gefahren war. Doch dass sie jetzt ging, war ihr voller Ernst. Und es fühlte sich gut an.

***

Muriel war noch nie in South Loop gewesen und hoffte, den kürzesten Weg zur El zu finden. Die Sonne war inzwischen aufgegangen, und ihre Strahlen vermischten sich mit Nebel, der die oberen Etagen der höheren Appartementhäuser einhüllte. Von der fernen Hauptstraße her dröhnte bereits Verkehrslärm, wohingegen die Nebenstraßen, in denen Muriel ging, noch leer waren und in den Samstag hineinschlummerten.

Ein Geräusch ließ sie aufhorchen. Der ihr bekannte, gleichmäßige Takt ließ darauf schließen, dass sich ein Läufer von hinten näherte. Rasch kamen die Schritte näher, waren bald auf ihrer Höhe und zogen an ihr vorbei.

Muriel erschrak, als sie Leander erkannte. Er hatte sie ebenfalls erkannt, warf einen erstaunten Blick über seine Schulter und wandte sich dann ganz um.

»Guten Morgen«, sagte er.

Obwohl er bereits eine Weile unterwegs zu sein schien, klang er kaum außer Atem. Auch blieb er nicht stehen, sondern bewegte sich in kleineren Schritten rückwärts weiter.

»Guten Morgen«, entgegnete Muriel und fühlte sich mit einem Mal noch unwohler; sowohl in ihrer Haut als auch in dieser Umgebung.

Sie trug die Klamotten, in denen sie die halbe Nacht getanzt hatte, und ihre Miene schrie wahrscheinlich vor Müdigkeit.

Da es in dieser Gegend keinen Club gab, musste es ziemlich offensichtlich sein, warum sie zu dieser Stunde hier unterwegs war. Und das war peinlich. Es war wie ein Teilverlust ihrer Privatsphäre.

Eben die Frage, was sie hierher verschlug, las sie in Leanders Miene und wappnete sich. Doch er fragte nicht. Er verabschiedete sich bis zum Montag, drehte sich zurück und lief weiter. Bald verschwand seine Gestalt im Nebel.

Muriel war froh, als sie die Bahnstation erreichte.

Gestalten wie sie waren an einem frühen Samstagmorgen nichts Ungewöhnliches in der El, weshalb sie endlich das Gefühl loswerden würde, Dreck auf der Haut zu haben.

Sieben

Neue Woche, alte Routinen.

Tiefgarage um fünfzehn vor neun. Becher Kaffee um fünf vor neun. Ein kurzer Talk mit Emma. Paulas Grummeln. Rechner an um drei vor neun. Klingelnde Telefone, klappernde Tastaturen. Anfragen, Terminbestätigungen, Namen, Informationen. Der Gong des Fahrstuhls um eine Minute vor neun. Leanders Gemurmel auf jedem Meter. Check und Sortierung des Posteingangs.

Und noch immer nur fünf Heiratsanträge.

Atemlos. Abgerockt. Schwindelfrei. Ekstatisch. Verträumt. Wieder und wieder drehten die Adjektive Kreise in Muriels Hirn. *Wo sind die anderen fünf?*, überlegte sie gegen Mittag mittelschwer verzweifelt. Was waren die anderen fünf?

Nicht einmal das Internet hatte Brauchbares ausgespuckt, was lediglich Beweis dafür war, dass die Welt tatsächlich ein Defizit an originellen Ideen zu dem Thema hatte.

Das Banner am Flugzeug war eine ebenso abgenutzte Idee wie eine Einblende auf der Kinoleinwand oder gar die Anzeige in der Tageszeitung. Leanders Kommentare dazu hörte Muriel schon jetzt. Und der im Sektglas, im Eis oder im Creamcheese-Bagel versteckte Ring war nicht nur kein Geheimtipp, sondern schon oft genug in der Speiseröhre gelandet. Ein Heiratsantrag vor der Notoperation war zwar außergewöhnlich, jedoch nicht im Sinne des Fragestellers und der Befragten.

Vielleicht konnte man einen Antrag auf das Hobby der Frau abstimmen, grübelte Muriel weiter und wurde von Minute zu Minute nervöser. Irgendwann katapultierte sie ihren Bleistift quer über den Schreibtisch, denn es war die einzige Möglichkeit aufzuhören, sich damit gegen die Unterlippe zu klopfen.

Paula warf ihr einen kritischen Blick zu. Muriel ignorierte die Kollegin, lehnte sich im Stuhl zurück und verschränkte die Arme hinter dem Kopf.

Welchen Hobbys gingen Frauen nach? Töpfern, Bauchtanz, Yoga, Sprachkurse, Malerei, Klavierspielen ... Das alles eignete sich nicht. Hierzu fielen ihr keine typisch männlichen Ideen ein. Kein Mann – Muriel dachte an Leanders Worte und korrigierte sich – kein *Kerl* würde sich seiner Freundin zuliebe, und nur um ihr einen Heiratsantrag zu machen, mit irgendwelchen Yogaübungen zur Feile machen.

Handball! Fußball! Basketball! Mannschaftssports!

Als habe jemand mit dem Finger geschnippt, blitzte es Muriel vor Augen und da war die Idee.

Ms Wonderful spielte aktiv in einer Mannschaft. Das Heimspiel wurde angepfiffen. Die ersten Teamplayerinnen landeten innerhalb weniger Minuten auf der Strafbank. Es folgten mehr vermeintliche Fouls an der gegnerischen Mannschaft, mehr rote Karten. Buh-Rufe an den rigorosen Schiedsrichter wurden laut. Zunehmende Verwirrung stand auf dem Gesicht der Liebsten. Schließlich befand sie sich ganz allein auf dem Feld. Das war sein Einsatz.

Bingo! Willkommen, Nummer sechs: der athletische Antrag.

Mit diebischer Freude tippte Muriel ihre Idee ein. Bei solch einem Ereignis würde sie im Publikum sitzen wollen. Das war gut. Das war sehr gut, und vor allem war es eine Idee, auf die ein Mann kommen würde.

»Was ist denn mit dir los?«, hörte sie Emma fragen und mochte den Kopf kaum vom Monitor abwenden, um den Ideenfluss nicht zu unterbrechen.

»Grandioser Einfall«, gab sie knapp zurück.

»Echt? Sprich!«

»Beim Mittag. Wohin gehen wir? Wie wär's mit *McDonald's* oder so? Ich hab schon ewig keinen McRib mehr verdrückt.«

Emma gab ein vorwurfsvoll klingendes Grunzen von sich. »Natürlich hast du das nicht. Schon vergessen, dass ich in der Vital- und Gesund-Rubrik schreibe. *McDonald's* steht auf der schwarzen Liste.«

»Okay«, murmelte Muriel und war längst wieder im Text. »Was ist mit *Pizza Hut*?«

***

Am Mittwoch machte Leander, schon halb in seinem Büro angelangt, auf dem Absatz kehrt und stoppte vor Muriels Arbeitsplatz.

»Komm gegen zehn zu mir«, bat er sie.

Paula räusperte sich. Emma zückte eine Augenbraue. Muriel schaute für die folgenden zwei Stunden Kopfkino. Was hatte sie denn nun schon wieder angestellt?

Auf erneutes Genöle eingestellt, nahm sie zur gewünschten Zeit Leander gegenüber Platz und war überrascht, dass er so etwas wie Small Talk zu betreiben versuchte. Je mehr er erzählte, desto größer wurde Muriels Verwirrung. Zuerst sprach er von *Stooch*, einem Label für Männermode, das regelmäßig im *KINGz* Erwähnung fand. In der Juli-Ausgabe hatte es beispielsweise ein Interview mit dem Designer gegeben. Wie sich jetzt herausstellte, war der Typ ein Bekannter von Leander.

Muriels erster Gedanke ging dahin, dass Leander sie bei Nichtlieferung guter Ideen für ihre Kolumne in die Fashion-

Abteilung versetzen würde – was sie tatsächlich als Strafe und endgültigen Kündigungsgrund empfinden würde.

Doch Leander deutete nichts dergleichen an, und sollte er ihre Irritation gespürt haben, ließ er es sich nicht anmerken. Stattdessen redete er weiter von einer Presseveranstaltung, die *Stooch* am übernächsten Samstag ausrichtete. Wie zahlreiche andere Medienleute hatte er eine Einladung erhalten und würde hingehen.

Bevor sich Muriel weiter in der Überlegung verstricken konnte, warum er all das mit ihr besprach, erklärte er, dass er davon ausging, dass sie ihn begleitete.

Sie verschluckte sich – an Luft wahrscheinlich – und hustete, bis ihre Augen unter Tränen standen. Zwischendurch entschuldigte sie sich, nahm das von Leander angebotene Wasser entgegen und leerte das Glas in wenigen Zügen. Am Ende hustete sie noch ein wenig länger als nötig, um die Antwort hinauszuzögern und überhaupt erst einmal, eine zu formulieren. Das einzige, was ihr einfiel, war eine Frage: Warum?

Und warum besaß er nicht den Anstand, sie höflich zu bitten? Er ging davon aus, dass sie Zeit hatte. An einem Samstag.

Hatte sie nicht!, beschloss Muriel kurzerhand. Das war die einzige Antwort, die sie ihm präsentieren konnte, um sich vor dieser Verpflichtung zu drücken. Am übernächsten Samstag sollte sie unbedingt ... Was gab es Wichtiges zu tun?

Sie musste dringend ... Lebensmittel für die Woche einkaufen. Das war super wichtig! Überlebensnotwendig.

Sie musste ihre Wohnung aufräumen. Definitiv! Kein Aufschub möglich!

Sie musste ... irgendeinen dringenden Termin ausmachen ... bei einem Arzt, beim Friseur, bei ... Ach, bei wem auch immer.

Muriels Hirn ratterte auf Hochtouren. Sie wollte das nicht.

Sie mochte nicht mit Leander verreisen. Doch vor allem wollte sie das nicht, wenn New Orleans das Ziel war. Nie im Leben würde sie in diese Stadt zurückkehren, auch nicht für wenige Stunden, denn das kam einer Selbstgeißelung gleich.

Allein wie er den Namen der Stadt aussprach, ärgerte sie fürchterlich. Sie schluckte mehrmals, um ihn nicht zu korrigieren. Nur ein typischer, snobistischer Nordstaatler, wie er einer war, sprach New Orleans so grauselig falsch aus.

»Hätte ich geahnt, wie sehr dich meine Bitte schockiert, hätte ich eine Ankündigung in einer E-Mail verfasst«, sagte Leander als Muriels Husten verstummte. Obwohl seine Aussage ironisch klang, blieb seine Miene ernst.

»Wieso bittest du niemand anderen?«, fragte sie.

»Warum sollte ich? Weil du schon anderweitig verpflichtet bist?«

Allerdings!, war Muriel drauf und dran zu antworten. Sich selbst war sie verpflichtet. »Nein, ich denke nur, jemand aus der Fashionabteilung würde es eher schätzen, auf ein solches Event zu gehen.«

»Irgendwann trifft es jeden einmal.« Nicht länger war es Ironie, die seiner Stimme Ausdruck verlieh, sondern Sarkasmus. »Offenbar hast du diesmal den schwarzen Peter gezogen.« Er schnaubte. »Betrachte es als einen Job, wenn du es nicht als Vergnügen sehen kannst.«

Natürlich war es ein Job! Das war es doch für jeden, der, wie Leander sich ausgedrückt hatte, den schwarzen Peter zog. Für die männlichen Redakteure, die mit ihm zu Autorennen oder Segelregatten fuhren, wie für die wenigen Redakteurinnen, die ihm auf Charity-Galas, Presseveranstaltungen oder eben Modeevents zur Seite standen.

»Es ist schon okay«, entgegnete Muriel seinem Tonfall angepasst. »Wir müssen es nicht weiter diskutieren. Ich kaufe mir ein tolles Kleid – oh, und lass mich wissen, was du tragen wirst, damit wir farblich aufeinander abgestimmt sind – und begleite dich nach New Orleans.«

Leander betrachtete sie eine Weile aus diesen undurchdringlich grauen Augen und sagte dann: »Mir ist gleich, was du anziehst und welche Farbe es hat. Und jetzt ... husch, husch! Du hast keine Zeit zu verlieren. Wie ich annehme, stressen dich die Heiratsanträge ein bisschen.«

Eine derartig arrogante Unterstellung konnte Muriel schließlich doch nicht überhören. »Wie kommst du darauf?«

»Nun ja, seit vergangener Woche machst du einen äußerst schlecht gelaunten Eindruck auf mich.«

Muriel stand auf. Wenn sie nicht gleich verschwand, würde sie platzen. Allerdings mochte sie den Rückzug nicht antreten, ohne ihn wissen zu lassen, dass genau diese Art sie abschreckte. So rigoros wie Leander austeilte, musste er auch einstecken können. Vorgesetzter oder nicht – am Ende waren sie beide Menschen, die einander einigermaßen respektvoll begegnen sollten.

»Dann muss es in deinem Leben eine Sache geben, die dich konstantem Stress aussetzt«, konterte sie und verließ den Raum, ohne ihm die Möglichkeit einer Erwiderung zu geben.

***

Wenn Leander auf dieser Veranstaltung unbedingt mit einer Frau aufkreuzen musste oder wollte, wieso ließ er sich dann nicht von jemandem aus seinem privaten Umfeld begleiten?, grübelte Muriel noch als sie längst zu Hause war.

Hatte er keine Frau oder Freundin, so gab es doch sicher eine gute Bekannte, die ihm diesen Dienst erweisen würde.

Verzichtete er etwa darauf, weil er Privates und Dienstliches so strikt trennte? Muriel rief sich alle Events, die Leander in den letzten Jahren besucht hatte, in Erinnerung und mit ihnen die entstandenen Pressefotos. Der Untertitel eines jeden lautete: *Leander Sands, Herausgeber des KINGz-Magazin, in Begleitung seiner Redakteurin / seines Redakteurs soundso.*

Die Schüssel mit dem Salat, den Muriel sich zubereitet und nicht einmal zur Hälfte gegessen hatte, schob sie bald von sich. Noch auf dem Hocker sitzend, steckte sie die Hände in die Hosentaschen und blickte sich um.

Tatsächlich musste hier gründlich aufgeräumt werden. Auf der dunklen Oberfläche des Tresens lagen Krümel, wie auch auf den Dielen zu ihren Füßen. In der Spüle stapelte sich das Geschirr der letzten Tage, weil sie den Geschirrspüler noch nicht ausgeräumt hatte.

Einen unwilligen Laut ausstoßend, stand Muriel auf, beförderte das verschmähte Gemüse in den Müll und die Schüssel zu den Tellern, Tassen und dem Besteck in die Spüle. Sie nahm ein Glas aus dem Schrank. Der am Vorabend geöffnete Cabernet Sauvignon stand noch auf der Anrichte, umgeben von einem Muster aus vom Flaschenboden gezauberten roten Ringen. Sie schenkte das Glas halbvoll, trank einen Schluck und schlenderte von der Küche in den Wohnbereich.

Ihr Appartement war eine zu einem Loft umgebaute Dachgeschosswohnung – ideal für Muriel, die keine Türen benötigte, da es schließlich niemanden gab, von dem sie sich hin und wieder zurückziehen müsste.

Das Telefon klingelte. Muriel erkannte die Nummer und meldete sich. »Hallo Dad!«

Finley Harrison war für sie der beste Mensch der Welt. Als Kind hatte sie ihn angehimmelt, als Teenager bewundert und ihm schließlich nachgeeifert. Inzwischen war sie an ihm vorbeigezogen, wessen sie sich beide bewusst waren, doch er hatte nie nach Größerem gestrebt – wohl auch nicht die Möglichkeit dazu gehabt. Er war zufrieden mit dem, was er besaß, wie es immer gewesen war. Für die beruflichen Erfolge seiner Tochter freute er sich so sehr, wie ihn der private Verlauf ihres Lebens sorgte. Was er jedoch für sich behielt.

Muriels Vater war ebenfalls Redakteur. Seit sie denken konnte, schrieb er Berichte zu politischen und wirtschaftlichen Themen für die *StarTribune*, die Tageszeitung der Twin Citys Minneapolis und Saint Paul. Nachdem seine Frau und Muriels Mutter sie verlassen hatte als Muriel acht Jahre gewesen war, hatte er sie allein aufgezogen. Was Muriel früher selbstverständlich erschienen war, betrachtete sie nun mit großem Respekt. Sie war ein ziemlich lebhaftes Kind gewesen, das eine Menge Aufmerksamkeit verlangte und beizeiten einen eigenen Willen entwickelte, den sie als Teenager vehement durchzusetzen versuchte.

Die Redaktion der Tageszeitung war Muriels zweites Zuhause gewesen, denn nicht selten war ihr Vater dort bis spätabends oder auch am Wochenende beschäftigt. Die Atmosphäre des lebhaften Großraumbüros, die in die Jahre gekommene Einrichtung und veralteten Apparate – all das hatte sie fasziniert. Die Arbeitsabläufe und Gespräche der Redakteure waren so spannend für sie gewesen, dass sie sich häufig eingeklinkt hatte, was in den ersten Jahren für Amüsement gesorgt hatte. Später hingegen waren ihre Anregungen sogar willkommen gewesen. Es überraschte jedenfalls niemanden, dass Muriel im Anschluss an die High School Medienwissenschaft und Journalismus studierte.

Um ihren Vater auf den neuesten Stand zu bringen, erzählte Muriel ihm von der Presseveranstaltung. Wie erwartet, sah

Finley darin eine Chance, die zwischen ihr und dem Herausgeber bestehenden Diskrepanzen zu mindern. Muriel ersparte es sich, ihn abermals darauf hinzuweisen, dass jeder Redakteur Kommunikationsschwierigkeiten mit Leander hatte, egal wie viele Events sie zusammen besucht hatten. Stattdessen weihte sie ihn in ihr aktuelles Projekt und ihre Ideenblockade ein.

Ganz auf das Thema konzentriert, schlug ihr Vater vor: »Warum überlegst du dir nicht etwas, das mit einem Handwerk zu tun hat?«

***

Im Anschluss an das Telefonat graste Muriel das Internet nach Handwerksberufen ab. In nicht vielen entdeckte sie Potenzial zur Kreativität. Am ehesten eigneten sich noch die Töpferei, Bildhauerei oder Glasbläserei. Zu denen fiel ihr wiederum keine wirklich umwerfende Möglichkeit der Fragestellung ein.

Bald war es Mitternacht, doch sie verwarf den Gedanken, ins Bett zu gehen, vor allem, weil sie wusste, dass sie nicht schlafen können würde. Also zog sie eine Jacke über und verließ die Wohnung.

Die Hände in den Jackentaschen vergraben, schlenderte sie durch die Blackhawk Street und passierte zwei- oder dreigeschossige Reihenhäuser. In der Sedgewick Street gab es einige Restaurants und Kneipen, die noch Gäste hatten. Die meisten servierten italienische oder amerikanische Küche und trugen Namen wie *Old Casual Dining* oder *Golden Coast*.

Als Muriel Letzteres las, kam ihr der Gedanke, dass der nächste Antrag mit Edelmetallen zu tun haben könnte. Mit einer Goldschmiede.

Willkommen Heiratsantrag Nummer sieben, begrüßte sie die Idee. Er würde sie in eine Goldschmiede entführen, ihr dort den Ring anfertigen und am Ende die berühmte Frage stellen.

ACHT

Auf der ersten Redaktionssitzung im September erwähnte Leander, dass er und Muriel nach New Orleans zu *Stooch* fliegen würden. Seither hörte Emma nicht mehr auf zu reden. Während der Konferenz hatte sie gerade so still halten können, doch sobald sich die Fahrstuhltüren hinter ihnen geschlossen hatten, war nicht länger an Schweigen zu denken.

Sie war so aus dem Häuschen, dass sie nicht einmal einen Einwand gegen ein Lunch bei *Pizza Hut* vorbrachte. Genau genommen wurde sie sich erst mit dem Blick auf die Speisekarte bewusst, wo sie war und bestellte einen Rucola-Salat. Muriel, die davon ausging, dass die Mittagsmahlzeit einmal mehr die einzig halbwegs nahrhafte des Tages sein würde, entschied sich für knusprige Champignons als Starter und eine extrascharfe Pizza.

»Warum stopfst du dich jetzt so voll?«, wurde sie daraufhin von Emma getadelt. »Dann musst du das Kleid ja eine Nummer größer kaufen.«

Muriel seufzte. Zum einen über Emmas Gedanken, zum anderen, weil sie sich hatte überreden lassen, den Nachmittag freizunehmen, um mit Emma einkaufen zu gehen.

»Vielleicht kaufe ich ja kein Kleid.«

»Natürlich kaufst du ein Kleid! Du kannst dort nicht in einem Hosenanzug aufkreuzen.«

Ein wenig genervt runzelte Muriel die Stirn. »Was machst

du für einen Aufstand? Es spielt keine Rolle, was ich trage. Ich muss mich nicht rausputzen und Leander ist es auch egal.«

»Das hat er doch nur so gesagt. An welche Farbe denkst du? Und sag nicht Schwarz! Schwarz ist keine Farbe.«

Muriel schmunzelte und nahm ein neues Viertel Pizza auf die Hand. »Ich bin offen für alles, was nicht rot, blau, gelb, orange, rosa, lila, braun oder weiß ist.«

»Na toll. Was bleibt da übrig? Grün und grau?«

»Bingo.«

»Dann würde ich mich für etwas Grünes entscheiden. Vielleicht finden wir ein schönes Hellgrün, das zu deinen Augen passt.«

***

Sie fanden etwas schönes Silbergraues, das zu allem passte.

Das Kleid war ärmellos, und sein Stoff fiel weich und glatt in der ersten Lage bis über ihre Taille, in der zweiten bis zu den Knöcheln. Ein eingearbeitetes Tuch wurde unter der Brust zu einem einfachen Knoten gebunden; seine Zipfel hingen lose herunter. Eine farblich abgestimmte Stola, die um den Hals geschlungen oder in den Nacken gelegt werden konnte, sorgte für einen schönen Akzent.

Nachdem sie auch passende graue Pumps gefunden hatten, belohnten sie ihren Shopping-Erfolg in einem Café mit einem Latte Macchiato. Emma hatte eine Liste mit Rezepten dabei, von denen sie zwei für die Septemberausgabe auswählen musste. Im August hatte sie die französische Küche vorgestellt, Gemüse-Quiche und Coq au vin. Für den September sollte es etwas Mexikanisches sein.

Die Prozedur war eigentlich immer dieselbe: Emma sammelte Rezepte, nahm fünf in die nähere Auswahl, kochte sie der Reihe nach und servierte schließlich die beiden besten ihren

Freundinnen, damit sie sich, für den Fall, dass sie völlig daneben lag, kurzfristig umentscheiden konnte.

Obwohl sie ausreichend zum Mittag gegessen hatte, lief Muriel das Wasser im Mund zusammen, als sie an den herzhaften Geschmack und die feurige Würze von Chili con Carne, Chicken Buritos und Co. dachte. Tapfer sah sie jedoch die Rezeptkarten durch und ließ Emma ihre acht Favoriten wissen. Wie sonst auch, deckten diese sich nicht mit denen der Freundin. Da Emma Muriels Vorschläge aber immer berücksichtigte und mindestens einen davon kochte, kam es hin und wieder doch vor, dass einer davon am Ende im *KINGz* landete.

Halb in Gedanken löffelte Muriel den Schaum von ihrem zweiten Latte und blickte hin und wieder aus dem Fenster, wobei ihr auffiel, dass die meisten Passanten grimmig dreinschauten. Sie alle schienen auf das Nieselwetter eingestimmt, zogen den Kopf zwischen die Schultern, runzelten die Stirn und eilten in langen Schritten ihres Wegs. In einiger Entfernung hielt ein Bus. Muriels Blick blieb an einer Frau hängen, die in der grauen Masse praktisch strahlte. Nicht allein durch die leuchtenden Farben, die sie trug. Sie hörte Musik über Kopfhörer, schien eher zu schweben als zu gehen, störte sich nicht an den Nieseltropfen und lächelte vor sich hin.

Der vorherige Geistesblitz war nicht einmal vierundzwanzig Stunden her, da blitzte es erneut in Muriels Kopf.

»Bus!«, rief sie, warf den Löffel auf den Teller und kramte in ihrer Tasche nach einem Zettel, auf dem sie Notizen machen konnte. Der Beleg für das Kleid würde herhalten müssen.

»So weit ist es nun auch wieder nicht«, entgegnete Emma und betrachtete sie mit einigem Argwohn.

Muriel kritzelte ein paar Stichpunkte auf den Zettel und hob den Kopf, um Emma anzustrahlen. »Nummer acht! Der Bus!«

Emma lachte. »Sorry, aber ich verstehe gar nichts! Geht es dir gut?«

»Mir geht es fantastisch«, grinste Muriel weiter und machte mehr Notizen. »Ich hatte gerade die Idee für Antrag Nummer acht«, ließ sie Emma endlich wissen.

»Oh, toll! Welcher ist Nummer sieben?«

»Die Goldschmiede. Er schmiedet ihr einen Ring, fühlt sich dabei kerlig wie Hephaistos und macht ihr damit einen Antrag.«

Emma lachte noch herzhafter. »Na bitte, es geht doch. Und was hat es mit dem Bus auf sich?«

»Dein Bus! Der Bus, der dich jeden Morgen zur Arbeit fährt. Du läufst zur Haltestelle, guter Dinge, nichtsahnend, wartest die obligatorischen fünf Minuten, die du zu früh da bist. Und dann kommt er, dein Bus, fährt heran und hält. Die Türen öffnen sich, doch du kannst dich nicht vom Fleck rühren. Du bist wie gelähmt, denn statt der üblichen Buswerbung für ein Shampoo oder einen Autohändler lacht dich dein eigenes Gesicht an.«

Emma griff die Idee auf und unterstrich sie mit einer theatralischen Geste. »Neben deinem Foto liest du die Frage aller Fragen: ›Honeymaus, willst du mich heiraten?‹« Sie lehnte sich zurück, verschränkte die Arme und zog eine abschätzende Schnute. »Das ist gut«, beschloss sie. »Verdammt gut. Vor allem, weil es eine typisch männliche Idee ist, die eine Frau total umhauen wird. Allein der Gedanke ... Dein Foto, fünffach lebensgroß auf einem Bus, und alle starren dieses Foto an. Und dann starren sie dich an, wenn du in jenen Bus steigst. Nicht zuletzt ist da die Frage, auf die du seit einer halben Ewigkeit wartest.«

Muriel lächelte und kritzelte mehr Stichpunkte auf den Zettel.

***

Am Abend fuhr Muriel zu Janis. Als sie vor dem Haus parkte, schloss die Freundin gerade das Tattoostudio, welches sich im Erdgeschoss befand. Janis' Wohnung lag in der ersten Etage. Die zweite wurde von einer Rentnerin bewohnt, die sich regelmäßig über die düster dreinblickenden Gestalten beschwerte, die ein- und ausgingen. Nach einem abgebrochenen Kunststudium hatte Janis beschlossen, ihrer besonderen Neigung zu folgen und sich zur Tätowiererin ausbilden lassen. Jede der Kreationen, welche sie auf ihrer Haut trug, war ihrer eigenen Phantasie entsprungen und durch die Nadel eines befreundeten Kollegen gestochen worden. Janis' Rücken war ein einziges und wahrscheinlich niemals vollendetes Kunstwerk, das über ihre Schultern bis hinauf zum Hals rankte.

In der Wohnung angelangt, öffnetet Janis einen Rotwein und erzählte von einem Mädchen, das sich am Vormittag einen Schmetterling hatte tätowieren lassen, um ihren Freund zu beeindrucken.

Janis konnte Schmetterlingstattoos nicht ausstehen, noch weniger mochte sie jedoch Zimperliesen, die während der ganzen Prozedur heulten und diese über sich ergehen ließen, um einem anderen zu gefallen. Nicht zum ersten Mal erklärte sie, dass man sich ein Tattoo nicht nur mit dem nötigen Maß an Selbstbeherrschung stechen ließ, sondern es auch wirklich und ausschließlich für sich selbst wollte.

Noch im Nachhinein aufgebracht, plumpste Janis neben Muriel auf die Couch und erboste sich weiter: »Wenn man sich dazu entschließt, weiß man, dass es weh tut. Also zickt man nicht, heult nicht rum, bezahlt die Rechnung und trägt den beeindruckenden, permanenten Körperschmuck mit Stolz.«

Muriel ließ ihr Glas gegen das von Janis klingen. »Amen!«

Janis vergaß ihren Groll und grinste. »Dass ein gewöhnliches

Schmetterlingstattoo zu beeindrucken vermag, bezweifle ich allerdings«, fügte sie an und trank einen Schluck. Darauf stellte sie das Glas ab und streckte sich. »Emma sagte, ihr hättet heute ein Kleid für dich und irgendein Event gekauft, zu dem Leander dich nötigt«, sagte sie mit einem Gähnen. »Was hat es denn damit auf sich?«

»Diese Schwatzdrossel kann nichts für sich behalten.«

»Wieso auch? Ist sie geheim, die Reise in den heißen Süden?«

»Nein, natürlich nicht. Aber es ist ein wunder Punkt.«

Da Janis nicht locker ließ, erzählte Muriel vom geplanten Trip nach New Orleans und machte ihrem Ärger über Leanders Verfrorenheit Luft. »Er hat nicht einmal gefragt, sondern es einfach beschlossen.«

»Wie kann er nur ...«, foppte Janis sie. »Führt sich auf, als sei er dein Chef oder so.«

Muriel boxte die Freundin in die Seite. »Jetzt fall du mir auch noch in den Rücken. Der Kerl kann nicht mal das Reiseziel richtig aussprechen. Niuw Orliens«, äffte sie Leander nach. »Diese Stadt heißt nicht Niuw Orliens!«

»Nicht?«, amüsierte sich Janis »Wie denn sonst?«

Muriel schickte der Freundin einen düsteren Blick. »N'Orlins.«

»N'Orlins ... okay! Dieser Südstaatenakzenkt klingt so heiß in deiner Stimme!«

»Tut er das ...«

»Meine Güte!« Janis schnaubte und setzte sich auf. »Entspann dich mal! Vielleicht wird es ja lustig in ...« Sie räusperte sich. »N'Orlins«

»Aber nur vielleicht.«

***

Nach der zweiten leeren Flasche Wein war für Muriel nicht mehr an eine Heimfahrt zu denken, also öffnete Janis eine dritte.

Gegen Mitternacht lagen sie endlich im Bett. Muriel war beinahe eingeschlummert, da sagte Janis: »Erzähl mir, woran du denkst, wenn du an Sex denkst!«

Muriel, die sich bereits in ihre Schlafposition – linke Seite, linkes Bein angewinkelt, rechtes Bein ausgestreckt, rechte Hand unter dem Kissen, linker Arm locker abgelegt – befand, drehte sich um und betrachtete die Freundin. Deren Gesicht wurde vom durch das Fenster einfallenden Mondlicht erhellt. Eine dunkle Strähne ihrer streng auf Kinnlänge gekürzten Frisur lag auf ihrer Wange.

»Das variiert«, erwiderte sie.

Janis wurde deutlicher. »Gibt es etwas, das du noch nicht erlebt hast, aber gern einmal erleben würdest?«

Muriel spürte, wie ein Prickeln in ihr einsetzte.

»Eine sexuelle Phantasie?«

Janis strich die verirrte Strähne zurück. »Ja.«

»Hast du denn eine?«

»Natürlich.« Sie lachte leise. »Aber ich habe zuerst gefragt und erzähle dir meine erst, wenn ich deine gehört habe.«

Muriel zog beide Beine dicht an den Körper, um dem beginnenden Pulsieren Einhalt zu gebieten.

»Sex in der Öffentlichkeit«, gab sie schließlich zu.

Janis' Lächeln wurde breiter. »Details!«

Nie zuvor hatte Muriel eine solche Phantasie ausformuliert. Sie war geneigt, es auf einen Versuch ankommen zu lassen, doch unabhängig davon, wohin das führen sollte, wusste sie nicht so recht, wo sie beginnen und welche Worte sie wählen sollte.

»Da ist ein Strand«, begann sie. »Ein leerer Strand. Und

ich bin schwimmen. Nackt. Als ich aus dem Wasser komme, bemerke ich die Männer, die in einiger Entfernung ihr Lager aufgeschlagen haben. Ich lege mich auf meine Decke in die Sonne, deren Strahlen warm über meine Haut tänzeln und sie trocknen. Meine Gedanken werden träge und ganz leicht. Ich drifte in einen Schlummer und höre die Geräusche meiner Umgebung bald nur noch wie durch einen Dämpfer: das Gluckern des Wassers, das Wispern des Windes, das Zirpen einer Zikade. Die plötzlichen Berührungen will mein Bewusstsein zuerst in einen Traum ordnen, doch mir wird sogleich bewusst, dass sie real sind. Ein paar Hände streichen über meine Brüste, nicht spielerisch oder gar fragend, sondern verlangend. Die Hände fahren tiefer, legen sich auf die Innenseite meiner Beine und schieben sie auseinander. Der Mund auf meiner Pussy sorgt für die ersten kleinen Explosionen in meinem Unterleib. Ich hebe meine Hüfte, damit ich ihn noch intensiver spüren kann. Wer auch immer mich verwöhnt, nimmt nun seine Finger zu Hilfe, um den Punkt zu umkreisen.«

Muriel konnte nicht anders als eine Hand zwischen ihre Beine zu schieben, um dem Ziehen in ihrem Bauch entgegenzuwirken. »Er leckt mich weiter, dringt mit der Zunge in mich ein. Er quält den Kitzler noch ein bisschen länger, bringt mich dazu, höher und höher zu fliegen. Bevor ich jedoch oben ankomme, hält er inne. Da dieses abrupte Nichts unerträglich ist, beginne ich, mich selbst zu streicheln, was natürlich lange nicht so gut ist, wie eine fremde Zunge oder gar ein fremder Schwanz. Allerdings bin ich mir sicher, dass ich Letzteren gleich zu spüren bekommen werde. Würde ich die Augen aufschlagen, könnte ich zuschauen, wie er sich auszieht, aber ich will ihn gar nicht sehen. Und ich mag mich auch nicht vergewissern, dass er allein ist. Genau genommen ist es mir egal, ob wir Zuschauer haben und wie viele. Endlos lange Sekunden später spüre ich seine Eichel an meiner Spalte und seinen Finger auf meiner Klit. Nun spielt er doch ein wenig, zieht meine Schamlippen auseinander, wahrscheinlich, um besser sehen zu können, wie sein Schwanz durch meine Nässe gleitet. Wahrscheinlich auch, um sich daran aufzugeilen, wie ich mich anspanne, wenn er sich abermals in die vielversprechende Position bringt. Vielleicht wartet er darauf, dass ich darum bettele, doch das brauche ich nicht, denn statt mir fordert ihn eine rauchige, gereizt klingende Stimme auf, mich zu ficken. Das ist ihm Ansporn genug. Endlich stößt er in mich, ganz tief hinein, und zieht sich gleich zurück, um es noch einmal zu tun und mir den Schrei zu entlocken, der beim ersten Mal in meiner Kehle stecken geblieben ist. Er vögelt mich hart und rücksichtlos und ohne mich sonst irgendwo zu berühren – gerade so, wie ich es gerade haben will. Er gibt mir keine Küsse, keine Streicheleinheiten, sondern nur seinen prallen Schaft, seine Lust auf mich.«

Muriel arrangierte das Kissen unter ihrem Kopf neu, um bequemer liegen zu können. Sie schob beide Hände darunter und ignorierte das Pochen in ihrem Unterleib. »Du bist dran!«, forderte sie Janis auf.

»Hmmmm ...«, machte sie und Enttäuschung schwang in ihrer Stimme mit. »Ich hätte dir noch länger zuhören können. Was ich mir vorstelle, ist in einem Satz gesagt.«

»Nur ein Satz? Hat er wenigstens Kommas?«

»Ich würde ein paar setzen.« Das Mondlicht legte einen Glanz in ihre dunklen Augen. »Im Gegensatz zu dir besitze ich kein schriftstellerisches Talent, um diese Sache so mit Worten auszuschmücken.«

»Na dann ...«

Janis streckte die Hand aus und zeichnete mit dem Finger die Linie von Muriels Unterlippe nach. »Ich würde gern eine Frau verführen, die das absolut nicht erwartet.«

Muriel lag ganz still. »Aber?«, fragte sie vorsichtig, um Janis' Finger nicht vom Kurs abzubringen.

»Aber ich weiß nicht, ob sie mich lässt.«

»Was sollte sie dagegen einzuwenden haben?«

Janis nahm einen zweiten Finger hinzu. Sie strich über die Kante von Muriels Kinn und ihre Kehle hinab. Langsam zog sie die Bettdecke nach unten, kam dann näher.

Ihr Mund schmeckte herb vom Wein. Ihre Zunge fuhr über Muriels Lippen, bat um Einlass und bekam ihn gewährt. Muriel vertiefte den Kuss. Sie rutschte näher zu Janis, legte eine Hand auf ihre Taille und zog sie so dicht an sich, dass sich ihre Körper berührten und sie den Schauder auf der Haut der anderen Frau spürte. Janis' Brustwarzen wurden hart unter ihrer Berührung. Sie keuchte leise und begann, ihre Hüfte gegen sie zu bewegen.

Mit immer kürzer werdenden Küssen löste sich Janis von ihrem Mund, ließ ihn abwärtswandern. Bald spielte ihre Zunge mit ihren Brüsten, ihre Lippen saugten erst den einen, dann den anderen Nippel ein. Sie legte ihre Hand in Muriels Schritt und massierte sie durch den Stoff ihres Slips. Muriel schob sich ihr entgegen und forderte sie so auf, mehr Druck auszuüben.

Janis zog erst Muriel aus, dann streifte sie ihren eigenen Slip ab. Sie rollte Muriel auf den Rücken und setzte sich auf sie. Ihre Mitte war heiß und feucht und als sie sich an ihr rieb, löste sie damit ein köstliches Dilemma in Muriel aus. Zuerst bewegte sie sich langsam, spielerisch fast, dann immer drängender und so, als könnte sie in sie eindringen. Muriel wünschte, sie könnte.

Janis schien ihre Gedanken zu lesen, denn sie griff über sie hinweg, öffnete einen Schrank und holte einen Dildo hervor. Der Anblick, wie Janis ihn in den Mund nahm und daran entlangleckte, ließ Muriel aufseufzen. Ein Seufzen, das lauter wurde, als der Dildo in sie glitt. Während Janis sie damit vögelte und die Stöße heftiger werden ließ, senkte sie den Kopf und küsste sich um ihren Bauchnabel herum abwärts.

Muriel vergrub die Hände im Haarschopf der Freundin. Einzelne Strähnen fielen nach vorn und kribbelten über ihre Haut, über die Innenseite ihrer Schenkel.

Muriel knurrte und bog sich, als Janis' Mund sie berührte. Sie ließ den Dildo stecken, zog die Scham auseinander und leckte über den Kitzler. Wieder und wieder glitt ihre Zungenspitze darüber hinweg, mal langsamer, mal schneller. Als die Abstände zwischen Muriels Stöhnen kürzer wurden, hielt Janis jedoch inne.

Muriel betrachtete die Freundin im weißen Licht der Nacht und interpretierte das sinnliche Lächeln als den Vorboten einer neuen Idee. Janis kroch nach oben, schmiegte ihren warmen Körper an sie und streichelte sie. Ihr Schoß war bereits auf Höhe von Muriels Kinn, da stieg sie zur Seite. Verkehrt herum rutschte sie nahe an Muriel heran und stellte ein Bein auf – eine Einladung die Muriel zögern ließ. Nie zuvor hatte sie eine Frau gekostet.

Janis stieß einen Laut des Gefallens aus, als Muriels Mittelfinger sie berührte und nach der winzigen Knospe tastete. Er fand sie schnell, schob sich unter das Häutchen und spielte mit der Rundung darunter, spürte, wie sie anschwoll. Indes zog Janis den Dildo aus ihr, um ihren Mund ganz auf sie pressen zu können. Angespornt von dem, was Muriels Berührungen in ihr auslösten, leckte und saugte sie und stieß ihre Zunge in sie.

Muriel kostete schließlich und wurde von einer angenehmen Süße überrascht, die sie mit keinem anderen Geschmack vergleichen konnte. Also ließ sie ihre Zunge tun, was bisher ihr Zeigefinger getan hatte. Ihre Lippen umschlossen die Klit der anderen, saugten ein wenig daran, was Janis zu mögen schien. Sie passte sich der Freundin an, indem sie ihr Spiel abwechselnd derber und sanfter werden ließ. Sie zog die Scham auseinander, um besseren Zugang zu haben und schob einen Finger hinein, um von innen einen Gegendruck auszuüben. Je länger sie leckte, desto neutraler wurde Janis' Geschmack, bis er schließlich nicht mehr und nicht weniger war, als ein Aphrodisiakum, das Muriels Erregung ein Krönchen aufsetzte.

Von ihrem Bauchraum ausgehend, übertrug sich ein Zittern auf ihren Körper. Sie umschlang den weichen Körper der anderen, öffnete sich ihr mehr, saugte sie härter ein und scheuchte ihre Zunge so lange durch die Pussy, bis auch Janis zu zittern begann. Als sich Muriels Orgasmus ankündigte, schloss sie die Augen, um die flauschigen Schwingen der Erlösung zu ihren eigenen zu machen und damit ins Nimmerland zu fliegen.

»Gott, war das gut«, murmelte Janis. »Das wollte ich schon so lange.«

»Wie lange denn?«

»Seit wir das erste Mal zusammen feiern waren.«

»Herrje, das ist wirklich lange her.« Muriel musste lachen.

»Jupp, aber du warst total auf deine Models fixiert.«

Neun

Es war der erste Freitag seit Monaten, an dem kein Clubbing stattfand. Emma war auf einer Familienfeier, Anne unternahm etwas mit ihrem Freund und Janis veranstaltete eine Mitternachtssession im Tattoo-Studio.

Muriel war es recht. Die Vorstellung, in einem Club abzufeiern und sich auf einen weiteren abgeschmackten, oberflächlichen Typen einzulassen, traf sich so gar nicht mit ihrer Stimmung. Sie genoss die Stunden, die sie ganz für sich selbst hatte.

Nachdem sie ihre Wohnung mit Staubwedel und Wischmopp verwöhnt hatte, gab sie einem neuen Buch eine Chance. In eine Decke gehüllt, saß sie auf einer Fensterbank und las die obligatorischen fünfzig Seiten. Unglücklicherweise vermochte auch John Grisham nicht, sie zu fesseln. Muriel zweifelte nicht daran, dass das Buch eigentlich so grandios war, wie seine Vorgänger und schlussfolgerte, dass es an ihr selbst lag. So sehr mit sich selbst beschäftigt, war sie nicht in der Lage, sich auf eine fremde Geschichte einzulassen. Was auch immer es war, das ihren Geist dermaßen auf sich konzentrierte – es blieb ihr ein Rätsel. Diese innere Unruhe war seit Kurzem unangenehm präsent, und hätte sie sich erklären können, woraus sie resultierte, hätte sie die Ursache abgestellt.

Muriel legte den Roman beiseite, trank einen Schluck Rotwein und blickte hinunter auf die stille Straße, die im Licht der Straßenlaternen schlief. Es war noch nicht Mitternacht und bisweilen tingelten Menschen vorbei, deren Ziel wahrscheinlich Downtown war.

Sie beobachtete einen Streifenwagen, der die Straße entlangfuhr und nur wenige Häuser entfernt hielt. Zwei Cops stiegen aus, einer öffnete die hintere Tür und half einem Mädchen heraus, das sehr wackelig auf den Füßen war. Muriel erschien sie sehr jung, ganz sicher war sie minderjährig. Sie vermutete, dass die Polizisten sie irgendwo betrunken aufgegabelt hatten und nun nach Hause brachten.

Muriel dachte darüber nach, dass sie im Alter von achtzehn noch keinen Geschmack an Alkohol gefunden hatte und fragte sich, wie die heute sogar noch jüngeren Teenies bloß dazu kamen, sich so rigoros die Kante zu geben. Gerade nannte sie sich im Stillen einen alternden Spießer, als sie eine weitere Idee durchzuckte.

Eine brillante, aberwitzige und vor allem typisch männliche Idee für Heiratsantrag Nummer neun. Als sei sie nie dagewesen, verpuffte die eben noch so vordergründige Lethargie. An ihre Stelle traten die Vorfreude auf das Ausformulieren sowie eine gewisse Erleichterung darüber, nun nur noch einen einzigen Antrag finden zu müssen. Gemessen an der Frequenz, in der die Ideen auf sie einstürmten, würde Nummer zehn nicht mehr lange auf sich warten lassen. Bis es jedoch soweit war, galt es, sich mit Nummer neun, dem gewagten Antrag, zu befassen.

Muriel schnappte sich Notizblock und Stift, die am anderen Ende der Fensterbank lagen und hielt ihre Gedanken fest. Dieser Antrag war nichts für feinfühlige, empfindsame und romantisch veranlagte Frauen, sondern eher was für taffe Zeitgenossinnen, die über einen ausgeprägten Sinn für schwarzen Humor verfügten. Eben diese Frauen würde die Sache jedoch auch ziemlich in Rage bringen, weshalb der Mann, der sich hierfür entschied, nicht nur mutig sein musste. Vor allem sollte er seine Partnerin gut kennen und sicher sein, dass sie ihm am Ende – von Euphorie beseelt – vergeben würde.

Das heikle Unterfangen sah vor, die Frau wegen Ladendiebstahls (den sie natürlich nicht begangen hatte) verhaften zu lassen und im Streifenwagen zur nächsten Wache zu transportieren. In der Zelle erwartet die sicherlich zeternde Lady Erlösung in Gestalt ihres Partners, der sie bittet, seine Frau zu werden. Hatte er sie richtig eingeschätzt, würde sie ihm mit einem belustigten Ja um den Hals fallen, statt ihn für den Mordsschrecken, den er ihr eingejagt hatte, mit einer Ohrfeige zum Teufel zu schicken.

***

Am Abend lud Emma zum Testen der beiden Gerichte ein, deren Rezepte sie im *KINGz* zu veröffentlichen gedachte. Muriel, die auf die köstlichen *Nachos Supreme* spekuliert hatte, war ein wenig enttäuscht, dass sie das Rennen nicht gemacht hatten. Stattdessen gab es mit Hähnchen und Spinat gefüllte Enchiladas sowie eine Mexikanische Lasagne – was beides gleichermaßen vielversprechend klang.

Zuerst wurde die Lasagne serviert. Sowohl von Muriel als auch von Janis bekam sie die Bestnote. Anne mochte den Geschmack, hatte jedoch etwas am vielen Knoblauch auszusetzen, da sie befürchtete, dass ihr Physiker deshalb am nächsten Tag einen Bogen um sie machen würde.

»Hey, wir gehen davon aus, dass Mann und Frau diese Lasagne zusammen essen, nachdem er sie zubereitet hat«, verteidigte Emma ihr Gericht. »Sollte dein Kerl sich beschweren, dann bestell ihm schöne Grüße und sag ihm, dass du sie für einen guten Zweck gekostet hast.« Sie stand auf, um die Enchiladas aus dem Backofen zu holen. »Okay, Mädels, auf zur zweiten Runde.«

Muriel lehnte sich im Stuhl zurück. »Ich platze gleich, aber was soll's ... ich werde nur einmal im Monat bekocht und nehme mit, was ich bekomme.«

»Habt ihr schon mal vom *Aquarium* gehört?«, fragte Janis, nachdem die ersten Aaahs und Ooohs verklungen waren.

»Nein, noch nie«, kicherte Emma. »Was ist es? Gibt es in Chicago jetzt noch ein zweites Delphinarium? Wollen wir einen Sonntagsausflug dorthin unternehmen?«

»Weit gefehlt«, erklärte Janis. »Es ist eine Art Club.«

»Ein Musikclub?«, klinkte sich Anne ein.

»Nun ja, Musik läuft dort sicher, hat sie auch nur eine untermalende Funktion.«

»Du meine Güte!« Emma klang ungeduldig. »Spann uns doch nicht so auf die Folter. Was ist das *Aquarium*? Etwa ein Sexclub?« Um Zustimmung suchend blickte sie in die Runde. »Es kann nur ein Sexclub sein, wenn Musik lediglich dekorativen Charakter hat und Janis es dennoch erwähnenswert findet.«

Janis teilte eine Enchilada und spießte ein Stück auf die Gabel. »Es ist einer«, gab sie zu. »Und zugleich ist es nichts, was ihr euch in euren kühnsten Träumen ausmalt. Dieser Club ist etwas ganz Spezielles.«

»Warst du schon mal dort?«, fragte Muriel.

»Zu meinem Bedauern, nein. Von dem Eintrittspreis kann ich mich zwei Monate lang ernähren.«

Auf allgemeines Drängen hin berichtete Janis, was ihr vom *Aquarium* bekannt war.

Der Club existierte erst seit dem Frühjahr, versteckte sich in einem Randbezirk zwischen Wohnhäusern und war, wie erzählt wurde, ausschließlich auf die Interessen und Wünsche weiblicher Gäste ausgerichtet. Sein Ambiente hatte einen ansprechenden und inspirierenden Ruf, der kein Denken in Richtung Schmuddel zuließ. Hatte *Frau* erst einmal herausgefunden, wo genau sich das *Aquarium* befand, durfte sie noch lange nicht dort aufkreuzen und eine Session buchen, sondern musste unter Angabe ihrer Wünsche für einen Donnerstag, Freitag oder Samstag zwischen einundzwanzig und zwei Uhr morgens vorbestellen.

»Warum *Aquarium*?«, fragte Muriel neugierig.

»Dafür gibt es offenbar zwei Gründe«, fuhr Janis fort. »Zum einen liegen die Räume hinter runden Schaufenstern. Zum anderen findet dort eine Happy Hour statt, die für jeden Tag spontan festgelegt wird. Im Vorfeld weiß also keine Besucherin, ob ihre Session in die Happy Hour fällt oder nicht. Allerdings gibt es hier nichts zu einem ermäßigten Preis; es besteht zu dieser Zeit lediglich die Möglichkeit, einen Schaufensterbummel zu unternehmen – ganz unverbindlich und ohne angerührt zu werden.«

Anne, die von Sekunde zu Sekunde steifer wurde, verzog den Mund. »Was ist mit denjenigen, die hinter den Fenstern beschäftigt sind?«

»Die erklären sich zu jeder Buchungszeit mit möglichen Zuschauern einverstanden.«

»Wow«, murmelte Emma, schob ihren geleerten Teller von sich fort und nahm ihr Glas auf. »Das klingt krass.« Sie trank einen Schluck. »Und interessant irgendwie.«

»Verdammt wahr«, pflichtete Janis ihr bei.

»Wie viel kostet es denn?«, kam es wiederum von Emma.

»Angeblich dreihundert Dollar für etwa zwei Stunden.«

»Ups!« Emma nippte abermals am Wein. »Vielleicht sollte ich Leander am Montag um eine Gehaltserhöhung bitten.«

»Das musst du nicht, wenn wir zusammenlegen«, schlug Janis vor und erntete insbesondere von Anne einen Blick, der ihren Verstand anzweifelte.

»Du willst doch nicht allen Ernstes dort hin?«, ächzte Anne. »Das ist doch nicht mehr als ein ...« Offenbar suchte sie nach einem anständigen Wort, fand jedoch keins und entschied sich für Deutlichkeit. »... Puff.«

»Und wenn schon«, warf Emma ein und wandte sich an Muriel. »Wieso bist du eigentlich so still? Das ist doch dein Thema.«

Muriel zog eine Braue hoch. »Seit wann bin ich Puff-Expertin?«

Genau genommen wusste sie nicht so recht, was sie davon halten sollte. Einerseits fand sie den Gedanken spannend, andererseits erschien er ihr befremdlich. Sie hatte es nie in Betracht gezogen, für Sex zu bezahlen, auch nicht, um Phantasien zu verwirklichen. Dass sich diese allein in ihrem Kopf abspielten, genügte ihr, allerdings war die Idee, sie in Realität umzusetzen, irgendwie verlockend. Was sie aber noch lange nicht aufspringen und in Euphorie ausbrechen ließ.

»Wie stellst du dir das vor?«, wandte sie sich an Janis. »Wir vier bringen die dreihundert Dollar zusammen auf. Und dann?«

»Dann hat eine von uns das Vergnügen hinzugehen.«

Hierauf startete ein Gesumsel, als hätte in einem Bienenstock der Wecker geklingelt. Erst als sich Muriel die Ohren zuhielt, verstummten alle.

»Flaschendrehen«, sagte Emma in die Stille.

Muriel und Janis stimmten dem Vorschlag zu, doch Anne gab sich weiter skeptisch.

»Von mir aus«, erklärte sie irgendwann resignierend und verschränkte die Arme vor der Brust. »Tut, was ihr nicht lassen könnt. Ich möchte keine Spielverderberin sein. Allerdings werde ich die Flasche weiterdrehen, falls sie auf mich zeigt. Ich bin kein Single, wie ihr alle, und brauche so einen ... Mist einfach nicht.«

Muriel verteilte den Rest des Weins auf die Gläser und legte die Flasche in die Mitte des Tisches.

»Also«, sagte Janis. »Diejenige, auf die der Flaschenhals zeigt, darf sich mit ihrer Phantasie im *Aquarium* anmelden. Muss sie sagen, was sie sich vorstellt oder behält sie das für sich?«

Emma, die den Tisch abgeräumt hatte, setzte sich wieder. »Ich finde, es sollte noch eine kleine Entschädigung für die Verliererinnen geben.«

»Ach, kommt schon«, stöhnte Anne. »Machen wir das nicht unnötig kompliziert. Wer dreht?«

»Emma hat aber recht«, sagte Muriel. »Ein kleiner Preis sollte schon gezahlt werden.« Das spitzbübische Lächeln auf ihren Lippen bedeutete, dass sie bereits eine Idee hatte. »Wie wäre es, wenn jede von uns ihren Wunsch auf einem Zettel notiert. Diese werden in einer Schale gesammelt und gemischt. Die Gewinnerin zieht einen der Zettel. Wenn sie Glück hat, ist es ihr eigener.«

Anne bedachte sie mit einem Kopfschütteln. »Ihr seid echt bescheuert!«

»Ich bin einverstanden«, kicherte Janis. »Unter der Bedingung, dass ich, falls ich diejenige bin, eure Vorstellungen auf meine Vorlieben übertragen kann. Sprich, ich will nicht mit Männern vögeln müssen. Andersherum könnt ihr es natürlich genauso halten.«

»Einverstanden«, sagte auch Emma.

»Was auch immer ...«, murmelte Anne. »Wer dreht nun? Lasst uns das hinter uns bringen und das Thema wechseln.«

Nachdem beschlossen war, dass Anne drehen würde, kritzelte jede der Frauen ihre Phantasien auf einen Zettel und warf ihn in einen Brotkorb. Emma mischte die zusammengefalteten Papierchen.

Anne legte ihre Finger auf die Flasche. »Auf wen die Flasche zeigt, darf einem zweifelhaften Vergnügen im *Aquarium* nachgehen«, sprach sie und gab der Flasche einen kräftigen Schwung.

Zuerst war das Ding so schnell, dass das Auge nur einen grünen Kreis erfasste, doch bald wurde es langsamer. Wie ein Pfeil surrte der schmale Hals Runde um Runde an den Frauen vorbei, die alle einen gelassenen Eindruck machten, der wohl kaum ihrem Inneren entsprach.

Muriel war ziemlich aufgeregt und schaffte es kaum, ruhig auf dem Stuhl sitzen zu bleiben. Die Arme hinter der Stuhllehne überkreuzt, umfasste eine Hand das andere Handgelenk und drückte es so fest, dass man einen Abdruck sehen würde, wenn sie es wieder losließ.

In einer deutlich langsameren Runde zog der Flaschenhals an ihr vorüber, passierte auch Emma und Janis. Auf Annes Höhe wurde die Flasche so lahm, dass alle dachten, sie würde stehen bleiben, doch sie bewegte sich weiter auf Muriel zu. Mit angehaltenem Atem beobachtete sie, wie der Winkel kleiner und kleiner wurde, wie die Geschwindigkeit weiter abnahm. Der Winkel schloss sich und öffnete sich wieder zur anderen Seite. Noch war es ihr Territorium, doch nicht mehr lange.

Als die Flasche stehen blieb, zeigte ihr Hals auf Emmas linken Arm.

Die hob eine Hand vor den Mund und lachte. »Hab ich mir das gut überlegt? Kann ich zurücktreten?«

»Kneifen ist nicht«, brummelte Janis, schnappte sich den Brotkorb und wackelte damit vor Emma herum. »Zieh einen!«

Emma nahm eines der vier Knöllchen und entfaltete es. Beim Lesen zog sie die Brauen zusammen. »Fesseln, so so«, murmelte sie und sah in die Runde. »Bei wem bedanke ich mich?«

»Das bleibt geheim«, entschied Janis und zwinkerte Muriel zu.

Zehn

Am Mittwoch begann Muriel mit dem Ausformulieren des neuen Textes.

Der atemlose Antrag wurde über ägyptischen Korallen gestellt, der abgerockte auf einem Pink-Konzert. Für den schwindelfreien Antrag stürzte man sich über der Wüste von Arizona aus dem Flugzeug, während der ekstatische beim Sex am Morgen im Bett gemacht wurde. Der verträumte Antrag fand am Waldrand statt, der athletische auf dem Basketballfeld und der kreative in einer Goldschmiede auf dem Land. Der Bus mit dem öffentlichen Antrag fuhr durch einen Vorort von New York.

Muriel war so ins Schreiben vertieft, dass sie nicht registrierte, wie ihre Kollegen zur Mittagspause gingen. Gerade beschrieb sie, wie die Zukünftige der Nummer neun das *Macy's* in der State Street betrat, um wenig später verhaftet zu werden, da drang Emmas Stimme in ihr Bewusstsein.

Sie sah hinüber. Auch Emma war noch am Tippen. Alle anderen Arbeitsplätze waren leer, lediglich Leander saß noch im Glaskasten hinter seinem Schreibtisch und telefonierte.

»Sorry, was hast du gesagt?«, fragte Muriel.

»Gestern habe ich im *Aquarium* angerufen«, antwortete Emma ohne aufzuschauen. »... Chilischote entkernen und in Ringe schneiden ...«, murmelte sie. »Am Freitag um einundzwanzig Uhr.«

»Cool«, lautete Muriels Kommentar, bevor auch sie wieder in die Tastatur zu hämmern begann.

»Kommst du mit?«

»Wie bitte?«

»Ich fühle mich ein bisschen verloren bei dem Gedanken, dort allein aufzukreuzen. Es gibt eine Lounge mit Bar, in der du warten könntest.«

»Ach, Emma ...« Wie verloren würde sie selbst sich erst in der Lounge fühlen, wohl wissend, was in den anliegenden Räumen geschah.

Weiter im Text ließ Muriel die zukünftige Braut Nummer neun im Lieblingsgeschäft nichts finden, schickte sie an der Kasse vorbei zum Ausgang und freute sich diebisch über den Schrecken, den die Arme wegen des ausgelösten Alarms erlitt. Im Gewahrsam der herbeigerufenen Geschäftsführerin wartete die Frau auf die Polizei, welche bald kam und sie in Handschellen abführte.

»Das schuldest du mir.«

»Hm?!«

Auf der Wache angelangt, wurde die zukünftige Braut Nummer neun in eine Zelle gebracht und dort von ihrem eigentlich geliebten Partner empfangen, der ...

»Es war deine Handschrift.«

»Na und?«

»Wenn ich schon nach deinen Vorstellungen Sex habe, fände ich es irgendwie tröstlich, wenn du in der Nähe wärst.«

Eine ironische Entgegnung lag bereits auf Muriels Zunge, doch sie vergaß sie in der Sekunde, als sie Leanders Stimme hörte.

»Entschuldigung, Muriel?«

Sowohl Muriel als auch Emma sahen erschrocken auf.

Er stand zwischen ihren Schreibtischen.

Lass ihn das gerade nicht gehört haben!, betete Muriel im Stillen und war sich doch verdammt sicher, dass er jedes Wort nur zu genau verstanden hatte. Selbstverständlich verriet seine Miene nichts davon, zeigte weder Amüsement noch Missbilligung. Sein grauer Blick ruhte auf ihr.

»Ähm ... Leander?«, forderte Muriel ihn bemüht gleichmütig zum Hervorbringen seines Anliegens auf.

»Hast du heute Nachmittag ein paar Minuten für mich? Ich möchte den Samstag mit dir abstimmen.«

Muriel lud ihren Kalender auf den Bildschirm, obwohl sie wusste, dass sie die Zeit einrichten konnte. »Jupp«, bestätigte sie nach einem kurzen Blick darauf. »So gegen fünfzehn Uhr?«

»Fünfzehn Uhr.« Leander nickte. »Geht klar.« Er ging weiter.

Muriel und Emma warteten auf das Fahrstuhlsignal. Als es ertönte, atmeten sie gleichzeitig aus.

Emma schielte zu Muriel hinüber. Als sei Leander noch in der Nähe, formten ihre Lippen ein »Shit!«.

***

Da Muriel die Mittagspause durchgearbeitet hatte, begann ihr Magen gegen achtzehn Uhr mit lautem Knurren zu rebellieren. So pünktlich wie lange nicht verabschiedete sie sich aus dem Büro.

Zu Hause angelangt, parkte sie das Auto und ging zur El-Station, um in den Loop zu fahren, wo sich ihr liebstes italienisches Restaurant befand.

Auf den ersten Blick wirkte das *Ardini* eher ungemütlich. Der Mensa-Style erinnerte an Restaurants in New York, wo die Tische für zwei oder vier Personen ebenfalls in langen Reihen und so dicht beieinander standen, dass man unweigerlich einen Mangel an Privatsphäre befürchtete. Nichtsdestotrotz war das *Ardini* wie immer gut besucht.

Muriel wurde an einem der letzten freien Tische platziert und verzichtete auf die Karte, da sie bereits wusste, was sie trinken und essen würde: den Felline und gegrilltes Rinderfilet mit Antipasti ohne Beilage.

Sobald das Filet und Gemüse verputzt waren, scrollte Muriel sich im Smartphone durch die Termine, welche Leander ihr am Nachmittag mitgeteilt hatte. Um vierzehn Uhr fünfunddreißig würden sie auf dem Lois Armstrong International Airport landen.

Von dort war sie einst in Richtung Queensland abgehoben, um ihr Auslandsstudienjahr zu absolvieren. Dort hatte sie Noah in Empfang genommen – Noah, den Informatiker, den sie in Queensland nach einer Party im Taxi kennengelernt hatte. Zweimal war er zu Besuch gekommen. Ein drittes Mal, um für immer zu bleiben.

Während Noah bei einem namhaften Softwareunternehmen eingestellt wurde, schlug sich Muriel mit Praktika bei diversen großen Zeitschriften durch. Als sie schließlich als Redakteurin für ein Musikmagazin zu arbeiten begann, verdienten sie beide gut genug, um sich eine eigene Bleibe zu suchen. Sie fanden und kauften das Haus in Venetian Island.

»In drei Jahren sieht das aus wie Vogelpup«, hörte Muriel Noah sagen, als säße er ihr gegenüber.

Das war sein Kommentar zum kräftigen Orange gewesen, in dem sie die Wohnküche gestrichen hatte.

»Welche Farbe hat australischer Vogelpup?«, hatte sie ihn gefragt und war von der Leiter geklettert, um ihm ein bisschen Orange an die Wange zu schmieren. Hierauf hatte Noah seinen Laptop abgeschultert, das Jackett ausgezogen, ihr in Nullkommanix die Farbbürste entwendet und sie von oben bis unten orange bepinselt. Am Ende hatte er sie aus dem Haus gescheucht. Sie waren in den Garten gelaufen, wo sich ein alter Steinpool befand, den sie gerade vom Moos gereinigt und mit frischem Wasser befüllt hatten. Auf der Flucht vor Noah war Muriel kichernd und zeternd mitsamt ihrer Kleidung ins Wasser gesprungen und hatte von dort aus beobachtet, wie er sich auszog, das Hemd in Windeseile aufknöpfte und über seine glatten Schultern abstreifte, wie er den Gürtel öffnete, die Hose fallen ließ, die Socken von den Füßen zog und sich der Boxershorts entledigte.

In Australien hatte er gesurft. Er hatte Wasser geliebt und sich in ihm bewegt, als sei es sein natürlicher Lebensraum. Als er in den Pool gesprungen und untergetaucht war, hatte Muriel sich in weiser Voraussicht an den Rand gerettet, um hinauszuklettern, doch Noah war schneller gewesen. Noch bevor sie sich am Beckenrand hatte hochstemmen können, waren seine Hände auf ihrer Haut gewesen. Sie hatten ihre Fußknöchel umschlossen, waren ihre Beine hinaufgefahren, über ihre Shorts und unter ihr Shirt geglitten. Mit einem harschen Atemzug war er aufgetaucht und hatte seinen Mund in ihren Nacken gepresst, während er ihre Brüste in seine Hände schloss. Bald hatte er dieses Vergnügen einer Hand überlassen, damit die andere in ihre Hose wandern konnte. Sie fand ihren Weg, und das traf auch auf seine Finger zu. Noahs Berührungen waren so federleicht gewesen, wie immer – und wie immer hatte sie ihm nicht sagen müssen, wie sie es brauchte. An ihn gepresst, den Kopf gegen seine Schulter gelegt, war Muriel mit einem genüsslichen Seufzen gekommen. Noah hatte sie eine Weile gehalten und ihr, zum Zeichen, dass er noch nicht fertig war, seine Erektion in den Rücken gedrückt. Muriel hatte sich umgewandt, um ihn zu küssen. In den Kuss vertieft, hatte er sie auf den Beckenrand gehoben und sich selbst aus dem Wasser gehievt.

Bevor er über sie kommen konnte, hatte Muriel ihn auf den Rücken gerollt und sich auf ihn gesetzt. Noah hatte vor Lust geknurrt, als sie sich an ihm rieb und ihre Shorts ihm den Zutritt verwehrte. Er hatte den vor Wasser triefenden Stoff von ihren Hüften zerren wollen, doch seine Hände in ihren gefangen gefunden. Mit einem Kuss auf den Mund beginnend, hatte Muriel sich an ihm hinabgearbeitet und die Wassertropfen von seiner Haut geleckt. Sie hatte seine Hände erst freigegeben, als sie sicher gewesen war, dass er ihr die Kontrolle überlassen würde. Abermals war Noah ein Knurren entwichen, diesmal jedoch, weil ihm gefiel, was sie plante.

Sie ignorierte seine Erektion und widmete sich stattdessen Regionen, von denen sie wusste, dass eine Berührung ihn nicht im Mindesten befriedigte, sondern vielmehr provozierte. Als sie dies ausgereizt hatte, begann sie von vorn, ließ ihren Mund über seine Brust wandern und ihre Zunge mit seinen Nippeln spielen. Kuss für Kuss fuhren ihre Lippen tiefer, über die Muskeln seines Bauches und um seinen Nabel herum. Noahs Atem stockte, als sie seinen Schaft umfasste, ihn sanft zu massieren begann und seinen Damm und daraufhin seine Eier leckte. Abwechselnd setzte sie die Zwillinge dem süßen Spiel ihres Mundes aus, sog sie ein und bewegte sich schließlich weiter, um ihre Zunge über die Unterseite seines Gliedes zu schicken. Ein leises Keuchen verließ Noahs Mund und Muriel spürte, wie er sich unter ihr anspannte, als sie über seine Eichel leckte und ihre Lippen darum schloss. Mit jedem Zug ging sie ein Stück tiefer und beobachtete dabei, wie er mit sich kämpfte und von Sekunde zu Sekunde unruhiger wurde. Ekstase trat in seinen Blick und verdunkelte seine Augen, sein Mund war zum Küssen schön – doch zu weit entfernt in diesem Moment. Ohne von ihm abzulassen, zog Muriel die triefend nasse Shorts aus und ließ das Top folgen. Kurz bevor Noah kam, setzte sie sich auf ihn, nahm ihn in sich auf und ritt ihn in sanften Bewegungen, bis er sich unter ihr aufbäumte.

Er hatte gelächelt und australisches Englisch gesprochen. Er hatte ihr gesagt, wie sehr er liebte, was sie mit ihm tat, und was sie war. Als ihn sein Orgasmus durchzuckte, legte er seine Hände auf ihre Hüften, um sie festzuhalten und tief in ihr bleiben zu können.

***

Für immer hatte nur sechs Jahre gedauert, dachte Muriel und spürte den alten Schmerz aufkeimen. Sie trank ihren Wein aus, schloss kurz die Augen und gab sich alle Mühe, den Gedanken abzuschütteln. Für gewöhnlich half es, an den Job zu denken, doch tat sie das nun, dachte sie vor allem an den bevorstehenden Samstag und den Flug nach New Orleans. Und New Orleans – das war unweigerlich mit Noah verknüpft.

Nachdem sie die Rechnung beglichen hatte, verließ sie das Restaurant und nahm die nächste El zurück nach Hause – ein Zuhause, das sie auch nach zwei Jahren noch in Frage stellte. In Momenten wie diesem ahnte Muriel, dass sie noch nicht angekommen war und im Prinzip nicht einmal wusste, wohin sie unterwegs war.

***

Im Traum sprang sie von einer Klippe kopfüber in den australischen Pazifik. Als sie untertauchte, piekte das kühle Wasser auf ihrer Haut. Sie streckte sich, um tiefer zu gelangen, erblickte den sandigen Grund unter sich und schlug einen Bogen, um wieder nach oben zu schwimmen. Um sie herum stiegen Luftblasen auf und trudelten ihr voraus zur Oberfläche, die vom Sonnenlicht in einen schillernden Spiegel verwandelt wurde, in welchen man nicht hineinschauen konnte. Prustend stieß sie über Wasser und sog Sauerstoff in ihre Lungen.

Beim Umsehen stellte sie fest, dass sie sich nicht länger am Meer befand, sondern in einem Poolhaus, das im römischen Stil gestaltet worden war. Cremeweiße Säulen stützten die Decke, in deren Zentrum sich eine von Mosaiken flankierte Glaskuppel wölbte. Zahlreiche in Stuckrahmen gefasste Wandmosaiken zeigten Pfauen und Schlangen, Götter und Göttinnen bei Liebesspielen, Krieger im Kampf gegen Löwen.

Muriel schwamm zum Beckenrand, der allerdings so hoch war, dass nicht einmal ihre Fingerspitzen die Kante berührten, und nirgends konnte sie einen Ausstieg entdecken. In der sicheren Gewissheit, auf diesem Weg zurück nach Australien zu gelangen, tauchte sie abermals unter. Tatsächlich war der Pool aber viel tiefer als vermutet. Meter um Meter brachte Muriel hinter sich, brach den Widerstand des Wassers mit kräftigen Bewegungen und konnte weit unten den Boden des Pools erkennen. Obwohl sie beständig schwamm, hatte sie nicht das Gefühl, sich ihm zu nähern, und bald erinnerten ihre Lungen sie an ihr Bedürfnis nach Sauerstoff. Also kehrte sie um.

Als sie diesmal auftauchte, war es Nacht. Sterne blitzten durch das Glas der Kuppel, und rund um den Pool waren Fackeln angezündet worden. Die Löwen, welche sich vorhin noch in den Mosaiken gegen römische Krieger zur Wehr gesetzt hatten, schritten um den Pool und knurrten übel gelaunt. Mit einem Blick zu den Wandbildern stellte Muriel fest, dass sie alle leer waren. Von den Löwen ignoriert, lagen zwei Pfauen tot am Boden. Ihr Blut tröpfelte den hohen Poolrand hinab und färbte das Wasser allmählich rot. Die Schlangen wanden sich um die Säulen und versuchten, zur Glaskuppel zu kommen, fanden an ihr jedoch keinen Halt und plumpsten ins Wasser.

Muriel versuchte zu schreien, doch kein Laut verließ ihren Mund. Sie schloss die Augen, ließ sich sinken, immer tiefer, und spürte plötzlich, wie sie aufgefangen und festgehalten wurde. Ein Mund legte sich auf ihren, Sauerstoff wurde in ihre Lungen geblasen. Sie dehnten sich aus und verlangten nach mehr.

Hände strichen über ihre Hüften, ihre Taille, über ihre Arme aufwärts und umschlossen ihr Gesicht. Da sie allmählich die Kontrolle über ihren Körper zurückerlangte, hielt sie sich zuerst nur fest, doch sandte bald ihre Hände forschend aus. Eine kräftige Rückenmuskulatur, breite Schultern und dichtes Haar ertastend, schmiegte sie sich an die Wärme des Schattens, atmete seine Luft tiefer ein und schlang ihre Beine um ihn.

Das Wasser war jetzt weich wie Daunen, nicht länger hart wie das des Pools und auch nicht kalt wie das des Pazifiks. Um sie herum herrschte Stille – mit Ausnahme vom Schlagen ihres Herzens, das Schlagen eines zweiten Herzens und ein sanftes Klingeln von Metall.

Ihre Finger lösten sich aus dem Haar des Schattens, strichen über seinen Nacken und berührten die Kette. Glied für Glied befühlten sie das Metall und fanden sein Ende in dem Anhänger, der die Form eines Kreuzes hatte.

***

Mit einem Ruck setzte Muriel sich im Bett auf. Um Atem ringend, starrte sie in die pechschwarze Dunkelheit ihres Schlafzimmers und legte eine Hand auf die Brust, um sich zu beruhigen. Auch ihr Puls raste und ihr Blut preschte durch die Venen, klopfte laut in den Schlagadern.

Am meisten irritierte sie, dass sich die Aufgewühltheit nicht durch Angst oder Panik definierte, sondern durch Lust. Ihr war, als hatte sie eben einen Orgasmus erlebt.

Was definitiv nicht zutraf. Wenn auch nicht viel fehlte.

Als sich ihr Puls verlangsamte, plumpste Muriel zurück ins Kissen. Sie konnte nicht glauben, dass sie diesen Typen noch immer nicht abgehakt hatte und ihn gar in einen Traum einlud.

Muriel warf die Bettdecke zurück. Es war zu früh fürs Büro, aber gewiss nicht, um laufen zu gehen.

Elf

Emma war ein einziges Nervenbündel.

Dies nachzuvollziehen, fiel Muriel schwer, was sie Emma auch wissen ließ. Schließlich ging es nicht darum, dass die Freundin sich bewies oder eine Prüfung ablegte, sondern darum, Spaß zu haben und ein wahrscheinlich unfassbar lustvolles Erlebnis zu genießen. Somit bestand nach Muriels Empfinden doch eher Grund zur Vorfreude.

Doch Emma blieb nervös.

»Mir macht diese Happy Hour ein bisschen Sorge«, murmelte sie und wickelte eine ihrer knallroten Strähnen um den Zeigefinger. »Nachher wird die genau dann eingeläutet, wenn ich in einem der Zimmer bin.«

Muriel runzelte die Stirn und rutschte tiefer in den Sitz. »Du malst den Teufel an die Wand.«

»Ich habe ja nicht wirklich ein Problem damit, beim Sex beobachtet zu werden«, überging Emma ihre Bemerkung – wahrscheinlich hatte sie sie nicht einmal gehört. »Allerdings schon, wenn mich jemand beobachtet, den ich kenne.« Sie warf Muriel einen schnellen Blick zu. »Du und Janis und Anne, ihr wärt davon ausgenommen.«

Muriel grübelte eine Weile, bevor sie versuchte, auch diese Befürchtung aufzulösen. »Natürlich lässt es sich nicht ausschließen, dass die Happy Hour stattfindet. Nichtsdestotrotz ist die Wahrscheinlichkeit, erkannt zu werden, eher gering, da der Club noch relativ neu ist. Außerdem kann der Zuschauer nur eine Frau sein, was die Zahl deiner Bekannten mehr als halbiert. Hinzu kommt, dass wahrscheinlich keine Frau darüber plaudert, wo sie wem beim Sex zugeschaut hat, denn damit würde sie verraten, wo sie selbst gewesen ist und unangenehme Fragen riskieren.«

Die Arme fest vor den Bauch gepresst, versuchte Emma offensichtlich, das Gehörte zu verinnerlichen. Indes sah Muriel durch die Fensterscheibe der El auf die vorbeifliegenden Lichter. In zwei Stationen würden sie am Ziel sein. Noch war die Tür des *Aquariums* nicht hinter ihnen zugefallen und Emma konnte jederzeit beschließen, es nicht zu tun. Reservierung hin oder her, so etwas ließ sich stornieren ... oder einfach ignorieren. Sicher wäre sie nicht die erste, die es sich anders überlegte.

Doch Emma schwieg für den Rest der Fahrt. Erst als sie ausstiegen und die vom Regen und Staub schmutzigen Marmortreppen hinaufstiegen, äußerte sie ihre Zweifel abermals. Diesmal in Form eines ungewöhnlichen Angebots: »Willst du nicht an meiner Stelle das Vergnügen haben?«

Muriel ließ ein trockenes Lachen hören und lehnte dankend ab. Sie war nicht in Stimmung. Zwar zweifelte sie nicht daran, schnell in Stimmung zu kommen, doch sie mochte einfach nicht.

Als Emma seufzte, blieb Muriel stehen. »Hör mal, warum nehmen wir nicht einfach die nächste El zurück in die Stadt? Wir gehen irgendwo was trinken und morgen kannst du Janis fragen, ob sie ins *Aquarium* möchte oder das Geld einfach wieder aufteilen. Niemand wird es dir verdenken.«

Emma presste die Lippen aufeinander und holte tief Luft. Als sie zu grinsen begann, wusste Muriel, dass sie das durchziehen wollte und lediglich ein Ventil geöffnet hatte, um die Aufregung abzulassen.

***

»Sieht eher aus, als ob hier ein Politiker wohnt«, murmelte Muriel und betätigte den Klingelknopf, da Emma keinerlei Anstalten machte. Halb befürchtete sie, dass der Lautsprecher knistern und ein verräuchertes Krächzen, wie man es von den Fahrgeschäften auf Rummelplätzen kannte, ausspucken würde. Als eine angenehm warme Stimme ertönte, war sie einigermaßen erleichtert und sah aus dem Augenwinkel, dass auch Emma aufatmete.

Der Summer ertönte und ließ sie ein. Um Emma nicht noch mehr zu beunruhigen, verkniff sich Muriel die Bemerkung, dass es schon ein wenig seltsam war, wie sie beide Seite an Seite diesen Weg entlang zur Villa gingen, wohl wissend, was sich hinter deren hübschen Mauern abspielte.

Sie folgten den von Säulen flankierten Stufen auf eine Veranda. Hinter der schweren Eingangstür lag ein Vorraum, der durch eine weitere zweiflügelige Tür in ein hohes Foyer führte.

Zu ihrer Linken befand sich ein Raum, der ganz offenbar die Lounge war. Gedämpfte Musik drang heraus. Muriel erspähte vier Frauen, die um die Bar herum oder in Sitzgruppen saßen und Cocktails tranken. Die beiden an der Bar unterhielten sich.

Zu ihrer Rechten befanden sich zwei Durchgänge. Dunkle Vorhänge verwehrten einen Blick dahinter. Am Ende des Korridors führte eine schön gearbeitete Treppe ins Obergeschoss. Eine Frau, die ebenso gut in eine Bank oder Anwaltskanzlei gepasst hätte, kam die Stufen hinunter, um sie zu begrüßen und sich als Mary vorzustellen. Sie war nicht viel älter als sie beide, trug einen grauen Anzug, eine weiße Bluse darunter und hatte das blonde Haar zu einem Knoten am Hinterkopf zusammengesteckt.

Wenngleich Muriel keinen gewöhnlichen Puff und somit keine typische Puffmutter erwartet hatte, kam sie dennoch nicht umhin, Vergleiche aufzustellen und das knappe rote Kleid mit großzügigem Dekolleté zu vermissen sowie Goldklunker, knallroten Lippenstift und einen Namen wie Madame Désire.

Über die Ironie noch immer schmunzelnd, wünschte sie Emma viel Spaß und schlenderte in die Lounge. Dort nahm sie an der Bar Platz, bestellte einen Mai Tai und hing Gedanken nach, mit denen sie sich eigentlich gar nicht befassen mochte, da sie nicht an diesen Ort passten. Einmal mehr dachte sie nämlich über die Reise nach New Orleans nach.

Etwa eine Viertelstunde später, Punkt einundzwanzig Uhr, ertönte ein sanfter Gong. Als Muriel sich nach einer großen Standuhr umsah, erblickte sie das aufflimmernde und dann hell leuchtende Schild über dem Türbogen. »Happy Hour« verrieten die Buchstaben.

Zuerst beobachtete Muriel die Reaktionen der anderen Frauen. Die beiden, die neben ihr an der Bar saßen, tauschten ein Grinsen und standen auf. Bei der Bedienung hinter der Theke gaben sie je einen Fünfzig-Dollar-Schein ab und verschwanden. Die beiden anderen zeigten sich unbeeindruckt und rührten in ihren Cocktails.

Muriel haderte mit sich. Blieb sie, wo sie war, konnte sie Emma nachher wahrscheinlich berichten, dass sie von niemandem, den sie kannte, gesehen worden war. Nutzte sie hingegen die Happy Hour ... nun, dann konnte sie das nicht mit Sicherheit tun. Doch abgesehen davon, warum sollte sie sich das anschauen wollen? Und warum nicht?

Zehn Minuten später leerte Muriel ihren Mai Tai, schob einen Fünfziger über den Tresen und lauschte den Anweisungen der Barkeeperin.

***

Der Gang hinter dem Vorhang war schmal und verlief in einer Linksbiegung. Aus in die Wände integrierten Boxen drang leise

Musik, die aufgrund ihrer Minimalistik wie ein ewiges Intro klang. Sanfte Bässe und eine leise hinterlegte Melodie machten sie aus. Auf der gesamten Länge des Ganges war kein Deko- oder Möbelstück zu sehen, nicht einmal eine Lampe war angebracht. Die einzigen Lichtquellen waren die Fenster, welche in regelmäßigen Abständen in die rechte Wand gesetzt waren. Muriel hatte sie sich eckig vorgestellt, doch diese Fenster waren oval in der Breite und erinnerten an überdimensionale Bullaugen. Dahingegen war das in Kegeln herausfallende Licht nicht blau, wie man es von einem Ort, der *Aquarium* hieß, vermutete, sondern hatte einen warmen, geblichen Ton, als befänden sich dahinter Räume, die von vielen Kerzen erhellt waren.

Muriels Herz schlug etwas schneller, als sie sich dem ersten Fenster näherte und einen Teil des Zimmers dahinter erkennen konnte. Meter für Meter eröffnete sich ihr mehr, und als sie direkt davor stand, reagierte ihr Körper abrupt und viel heftiger als sie erwartet hatte. Lust durchzuckte ihren Unterleib.

Der Raum war in Dunkelblau und Weiß gehalten. Das angenehme Licht wurde von einem Pendelleuchter gespendet, der über einem runden Bett hing. Es war mit ebenfalls dunkelblauen und weißen Kissen drapiert, die inzwischen etwas unarrangiert wirken.

Die auf dem Rücken liegende Frau hielt ihre Beine angewinkelt und zog sie weit auseinander. Sie wand sich unter der Zunge einer zweiten Frau, die vor ihr kniete. Ihre Brust hob und senkte sich unter ruckartigen Atemzügen, ihr Kopf lag zur Seite, ihre Augen waren geschlossen, ihre Lippen ein wenig geöffnet. Den Mann, der ein wenig abseits in einem Sessel saß, entdeckte Muriel erst, als er sich bewegte. Bis eben vollständig angekleidet, stand er nun auf und zog sich aus. Dem Hemd folgte die Jeans, der Jeans die Boxer. Eine Erektion, mit der sich schon allerlei anstellen ließ, kam zutage.

Er verschwendete keine Zeit, ging zum Bett, kniete sich hinter die Leckende, positionierte seinen Schwanz und drang in sie ein. Sie warf den Kopf zurück und schien zu stöhnen oder gar zu schreien. Muriel konnte es nicht sagen, da alles, was sie hörte, die leise Musik war. Die Stöße des Mannes schienen die Frau so in Ekstase zu versetzen, dass sie die andere unter sich vergaß, was ihm nicht zu gefallen schien, denn er zog sich aus ihr zurück, legte eine Hand in ihren Nacken und drückte ihren Kopf in den Schoß der kurzzeitig Vernachlässigten. Sobald ihr Mund wieder auf der vor Feuchtigkeit glänzenden Spalte war und ihre Zunge zwischen die Schamlippen glitt, schob er seinen Schaft zurück in sie.

Muriel überlegte, ob die beiden Frauen sich kannten oder ob eine von ihnen, so wie er, im *Aquarium* arbeitete. Falls Letzteres zutraf, vermochte Muriel nicht zu sagen, welche die Angestellte war. Beide waren attraktiv und hatten schöne Körper. Auch der Mann war eine Augenweide. Er hatte das Gesicht eines Engels, sein blondes Haar war auf Kinnlänge geschnitten, seine Gestalt war muskulös, seine Haut gebräunt. Offenbar gefiel ihm, was er tat und was er sah. Er genoss jede seiner Bewegungen und lächelte über jeden Laut, den er ihr damit entlockte.

Nach einigen Minuten entschied er sich zu einem Wechsel, ließ von der Knieenden ab und bedeutete ihr, nach oben zu rutschen und sich zu ihm umzudrehen. Sie tat wie geheißen, hockte sich über das Gesicht der Liegenden und zog deren Beine zu sich heran. Er ließ einen Finger durch den ihm dargebotenen Schlitz gleiten, tauchte ihn ein und rieb mit dem Daumen über den Kitzler, bis ihr Becken zu kreisen begann. Als er etwas sagte, hob sie den Kopf, um die über ihr Hockende mit dem Mund zu verwöhnen. Beide Frauen explodierten geradezu, als der Typ in die Liegende eindrang und sie mit kurz aufeinander folgenden Stößen stimulierte. Auch bei ihr hielt er inne, sobald sie aufhörte die zweite Frau zu lecken. Nur einmal machte sie diesen Fehler, und wie um ihn zu verhindern, legte sie schließlich die Hände auf die Hüften der anderen, um sie ganz zu ihrem Mund herabzuziehen.

Auf dem weiteren Weg meinte Muriel, eher neben sich zu tappen. Ihre Knie waren so weich und ihr Gang so unstet, als habe sie nach einer langen Schiffsreise festen Boden betreten, wohingegen ihr Hirn noch auf Wellengang eingestellt war. Über die Schulter warf sie einen Blick zurück, um festzustellen, dass sie noch immer allein im Gang war, und widmete sich darauf dem nahen zweiten Bullauge. Schon jetzt hatte sie das Bedürfnis, nach Hause zu fahren und es sich selbst zu machen, weshalb sie sich unweigerlich fragte, wie sie den Blick in weitere Räume aushalten sollte, ohne sich berühren zu können und das Verlangen zu stillen.

Der zweite Raum war von Goldgelb und Hellblau dominiert und um einiges opulenter ausgestattet als der letzte. Goldgerahmte Bilder, wie man sie aus Schlössern kannte, zierten die Wände. Mit großen Blumen bestückte Bodenvasen, Engelsfiguren und zwei Stehlampen säumten das aufwendig gearbeitete Bett, über das sich ein Baldachin spannte.

Die Szene spielte sich im umgekehrten Verhältnis ab. Der blasse mit Sommersprossen übersäte Körper der Rothaarigen gab einen interessanten, sicher gewollten Kontrast zu der dunklen Haut der beiden Männer, mit denen sie sich befasste. Rittlings hockte sie über einem und ließ ihre Hüfte in schnellem Tempo auf ihn niedersausen. Während seine Hände ihre Brüste umschlossen, kam er ihr in jeder ihrer Bewegungen entgegen.

Der zweite Mann kniete neben ihnen. Sie hielt seinen Schwanz in der Hand, massierte ihn und ließ ihre Zunge über die Spitze tänzeln, wann immer ihr danach war. Als sie ihn zu lange ignorierte, kroch er hinter sie, stieg zwischen die Beine des anderen, dessen Hände sich auf ihren Hintern legten und die Pobacken auseinanderzogen. Sie hielt still, sank lediglich ein Stück tiefer, während der unter ihr weiter in sie stieß. Der zweite hinter ihr, streichelte ihren Po, massierte ihn mal sanft und mal fester, bevor er sich hinabbeugte, um sie feuchtzulecken. Allein seine Finger und seine Zunge schienen eine brillante Ergänzung des Vergnügens zu sein, das ihr der andere bereitete, doch das andauernde Doppelspiel schien sie endgültig weich zu machen. Bald ließ sie die Stirn auf der Brust des Liegenden ruhen und schloss die Augen. Als sie die Eichel an ihrem Po spürte, spannte sie sich an, öffnete den Mund, um einen Laut hinauszulassen und bog den Rücken durch. Zentimeter für Zentimeter nahm sie schließlich auch den zweiten Mann in sich auf.

Muriel stieß ein Keuchen aus, das von der Musik verschluckt wurde. Sie verschränkte die Arme fest vor der Brust und ging langsam weiter, rückwärts jedoch, das Zimmer im Blick haltend.

Natürlich hatte sie Szenen wie diese in Pornos gesehen, aber es war etwas ganz anderes, live Zuschauer zu sein. Der Gedanke, selbst auf diese Weise genommen zu werden, machte sie ohne Zweifel an, und nicht wenige solcher Phantasien hatten sich bereits in ihrem Kopf abgespielt, doch ob sie es tatsächlich einmal für sich ausprobieren würde, wusste sie nicht. Sie wusste lediglich, dass sie Sex wollte. Jetzt sofort. Mit sich selbst oder wem auch immer. Oder einen wirklich starken Drink.

Die hinter den nächsten vier Bullaugen stattfindenden Liebesspiele waren zwar allesamt gut, doch trotz zum Teil interessanter Settings, wie kompletter Verspiegelung und dem Nachbau eines Zugabteils, reichten sie nicht an die ersten beiden Akte heran. Wenngleich sie keine Lustkiller waren, so sorgten sie doch dafür, dass Muriels Erregung schrumpfte. Als Grund hierfür zog sie auch eine Art visuelle Übersättigung in Erwägung, hielt sich sozusagen für übersext. Statt Sex wollte sie nur noch einen Whiskey, einen doppelten am besten.

Lediglich ein Raum lag noch vor ihr. War der passiert, konnte Muriel sich an die Bar setzen, die Schenkel zusammendrücken, sich das Zeug hinter die Binde kippen und hoffen, dass sowohl ihr Verstand als auch Emma recht bald zu ihr zurückkehrten.

Abrupt hielt sie inne. Sie hatte Emma völlig vergessen. Die Erinnerung, warum sie eigentlich hier war, durchfuhr sie wie ein Blitz, als sie sah, was sich hinter dem letzten Bullauge abspielte. Ihre eigene Phantasie nämlich ... und ihre beste Freundin mittendrin.

Der Raum war in Grau und Schwarz gestaltet und praktisch unmöbliert. Die Ausnahme war der schwarze Sessel, in dem Emma mehr lag als saß. Ihre Hände wurden über ihrem Kopf in einer metallenen Vorrichtung gehalten. Ihre Beine waren angewinkelt und durch ähnliche metallene Fesseln fixiert. Vor ihr stand ein kahlköpfiger Adonis, der lediglich eine Hose trug. Während Emmas Körper sich kontinuierlich anspannte und von einem Zittern nach dem nächsten erfasst wurde, war der Ausdruck auf seinem Gesicht eher teilnahmslos. Sein Zeigefinger lag auf ihrem Kitzler. Mal umkreiste er ihn, mal rieb er darüber. Dass er sie abgesehen davon nicht berührte, nur seinen Blick über sie wandern ließ, schien Emmas Lust zu steigern.

Als ihre Atmung immer kürzer wurde, griff er nach einer Tube, die er sogleich öffnete und das Gel auf Emmas Pospalte träufelte. Er verrieb es, drang dabei mit einem Finger in ihren Po ein, was Emma einen überraschten Laut entlockte. Darauf nahm er einen zweiten Gegenstand, den Muriel als Kugeldildo erkannte. Emmas Pussy weiter massierend, setzte er das Toy an und schob die erste, kleinste Kugel in ihren Anus.

Emmas Arme zogen an der Kette, ihr Becken kreiste und wollte sich vom Stuhl heben. Worte, die Muriel nicht verstand, formten ihre Lippen, während sie den Kopf hin- und herwarf. Der Blick ihrer Augen war Muriel fremd; Begierde, Verzweiflung und Ekstase schimmerten darin. Die vierte, schon deutlich größere Kugel, verschwand in ihrem Po, da bäumte sich ihr Körper trotz der Fesseln auf und jede Faser schien unter die Elektrizität eines gigantischen, nicht enden wollenden Orgasmus gesetzt. Dass er nicht endete, wurde von dem Mann provoziert, denn er hörte nicht auf, Emma zu streicheln. Schließlich versenkte er den Dildo ganz in ihr. Sie lag um Luft ringend vor ihm, als er zurücktrat. Erst da bemerkte Muriel den zweiten Mann und hob, teils erschrocken, teils erregt, eine Hand vor den Mund.

Er stand an einer Wand. Er war dunkelhaarig, nackt und erregt. Sein aufgerichtetes Glied pulsierte mit jedem Zucken, das nach wie vor durch Emma fuhr. Licht und Schatten spielten auf seiner Haut, akzentuierten seine Muskeln. Sein Mund war zu einer Linie gepresst, seine Miene sprach von Anspannung und von dem dringenden Wunsch, zu ihr zu kommen. Was ihn auf Distanz hielt, waren die in der Wand befestigten Ketten. Eine lag um seinen Hals, zwei weitere Manschetten waren hinter seinem Rücken um seine Gelenke geschlossen.

Der Glatzkopf stellte sich neben ihn, sagte ihm etwas ins Ohr und umschloss seine Erektion in einem festen Griff, woraufhin er den Kopf nach vorn fallen ließ. Seine mit dunklen Tattoos verzierte Brust hob und senkte sich hastig unter dem ausgestoßenen und eingezogenen Atem. Der Glatzkopf legte die freie Hand unter sein Kinn, zwang ihn so, den Kopf zu heben und Emma wieder anzuschauen. Sein und ihr Blick verankerten sich. Emma wisperte oder keuchte und zog abermals an ihren Fesseln.

Muriel hielt es nicht länger aus. Ihre Hand wanderte in ihren Schritt. Sie bewegte sie nicht, ließ sie lediglich dort liegen. Ein Seufzen huschte über ihre Lippen, da der Druck den verlangenden Schmerz etwas linderte.

In einer einzigen Bewegung ließ der Glatzkopf sowohl das Kinn als auch den Schaft des Dunkelhaarigen gehen. Ebenso schnell verschwand er in einem völlig in der Dunkelheit liegenden Teil des Raumes. Auch nachdem er fort war, lösten Emma und der Angekettete den Blick nicht. Sie starrten sich regelrecht an und pressten abwechselnd Worte zwischen den Lippen hindurch.

Plötzlich öffnete sich zuerst die um den Hals des Mannes liegende Manschette, dann die beiden, die sich um seine Gelenke spannten. Er verschwendete keine Zeit und war sofort bei Emma, die ihn mit einem Lächeln begrüßte und sich unter seinen Händen, die ihren Körper erkundeten, räkelte. Sie strichen zwischen ihren Brüsten entlang, umschlossen sie dann. Während er seinen Mund zuerst auf die eine, dann auf die andere presste, mit den Lippen und den Zähnen daran zupfte, bis die Nippel hart wurden, seine Zunge darum tänzeln ließ, strichen seine Hände tiefer und packten ihre Hüften. Auch sein Mund wanderte bald nach unten und küsste sich ihren Rippenbogen entlang zu ihrem Bauchnabel, wo er kurz verweilte und seine Zungenspitze hineintauchte. Soweit ihre Fesseln dies zuließen, bog sich Emma ihm entgegen, als sein Mund ihren empfindlichsten Punkt berührte.

Das Bild verschwamm vor Muriels Augen. Gegen die Wand gelehnt erhöhte sie den Druck ihrer Hand, presste sie fest gegen den Stoff ihrer Hose und ließ die Naht ihren Teil beisteuern. Sie wollte stöhnen, doch schluckte jeden Laut hinunter. Sie wollte sich winden, wie Emma es tat, doch sie stand ganz starr und japste nach Sauerstoff.

In Muriels sich nur langsam klärenden Sichtfeld richtete sich der Dunkelhaarige auf, zog den Dildo Kugel um Kugel aus Emmas Po und legte ihn beiseite. Darauf umfasste er sein hartes Glied und positionierte es an ihrer Spalte. Mit einem einzigen Stoß war er in Emma. Ihre Miene verzerrte sich unter einem Schrei und sie warf den Kopf zurück. Heftiger als zuvor versuchte sie, ihre Hände freizubekommen, um ihn zu berühren, doch die Fesseln gaben zu keinem Zeitpunkt nach.

Mit einem Ruck wandte Muriel sich ab und brachte den Rest des Weges hinter sich. Bevor sie den Vorhang des Ausgangs teilte, kniff sie die Augen für ein paar Sekunden zusammen und schüttelte den Kopf, als könne sie so das Gesehene aus dem Speicher ihres Hirns löschen – zumindest für die Dauer ihres Aufenthalts hier. Ein wenig würde sie schon noch durchhalten müssen.

Sobald sie meinte, sich zur Genüge gefasst zu haben, trat sie hinaus und ging in die Bar. Der Boden unter ihren Füßen schien noch immer bei jedem Schritt zu schwanken.

***

Eine Stunde später gesellte sich Emma zu Muriel. Sie nahm neben ihr Platz, bestellte einen Martini und sagte dann kein Wort mehr. Ihr Duft waberte zu Muriel hinüber. Emma roch nach der Dusche, die sie genommen hatte, und nach ihrem frisch aufgetragenen Parfüm. Ihr rotes Haar war wieder ordentlich aufgesteckt. Sie strahlte – wie ein frisch gevögeltes Eichhörnchen, um es genau zu nehmen.

Muriel stimmte in das Schweigen ein und beschloss, keinen Ton zu sagen, bevor sich nicht Emma zum Reden entschied.

Schätzte sie ihre Freundin richtig ein, konnte es so lange nicht dauern.

Immerhin vergingen noch gut zehn Minuten.

»Das war der absolute Wahnsinn«, murmelte Emma endlich.

Muriel nippte am Whiskey und schickte Emma ein schiefes Grinsen. »Ich weiß.«

Überraschung huschte über das Gesicht der Freundin, doch wurde bald von jenem beduselten Ausdruck verdrängt. »Happy Hour?«

»Jepp.«

Emma nickte, nahm einen etwas größeren Schluck vom Martini und schmunzelte. »Absoluter Wahnsinn!«

Zwölf

Pünktlich um eine Minute vor elf Uhr parkte Leanders schwarzer BMW vor Muriels Haus. Sie legte ihre Reisetasche in den sich öffnenden Kofferraum, schloss ihn wieder, ging zur Beifahrerseite und stieg ein. Leander begrüßte sie mit einem schlichten »Hallo«, worauf Muriel mit einem gleichtönenden »Hallo« antwortete.

Den dichten Stadtverkehr ließen sie bald hinter sich, um sich auf dem Kennedy Expressway in ein *Stop-and-Go* einzureihen, das von einem Auffahrunfall verursacht worden war.

Leander sagte kein Wort und Muriel verspürte ebenfalls kein Bedürfnis, sich ein Gesprächsthema auszudenken. Als die Nachrichten zu Ende waren, schaltete das Audiosystem des BMW auf CD um und die ihr allzu bekannten Töne von David Grays *Fugitive* erklangen.

Muriel wollte den Kopf zurücklegen, die Augen schließen und mitsingen, laut und innbrünstig und wahrscheinlich schief. Doch sie hielt den Mund geschlossen, den Kopf aufrecht und den Blick auf die Wagen gerichtet, welche sie in Höchstgeschwindigkeit passierten, sobald der Verkehr wieder floss.

Am Flughafen angelangt, checkten sie ein und verbrachten die restlichen dreißig Minuten bis zum Start in einem Warteraum der Businessklasse. Muriel aß Gummibärchen und versuchte, Leander zu ignorieren, der zunehmend verärgert auf seinem iPhone herumtippte.

»Hast du Empfang?«, fragte er irgendwann.

Muriel überprüfte ihr eigenes Smartphone. »Ja«, entgegnete sie, ließ das Gerät wieder in der Tasche verschwinden und fischte ein weiteres Gummibärchen aus der Tüte.

Offenbar hatte er keinen Empfang. Und bekam auch keinen.

»Hier funktioniert überhaupt nichts.« Leander schaltete das Telefon nochmals aus und ein. »Ich habe es vorhin erst abgeholt und da war alles okay.«

Da Muriel nicht wusste, ob er mit ihr oder sich selbst sprach, reagierte sie nicht. Sie konnte ihm natürlich anbieten, ihr Handy zu benutzen, doch das würde sein Problem wahrscheinlich nur zum Teil lösen.

»Verdammt!«, knurrte er, schaltete des Telefon aus und schob es in die Innentasche seines Jacketts. Darauf wandte er sich an Muriel. »Darf ich mir deins kurz ausleihen?«

Sie angelte ihres wieder hervor und reichte es ihm.

»Danke.«

»Keine Ursache.«

Er stand auf, ging zur Fensterfront, doch kehrte auf halbem Weg zurück. »Wahrscheinlich werde ich dich heute noch einige Male darum bitten müssen«, sagte er noch immer zerknirscht.

Über den Rand ihrer Kaffeetasse sah Muriel zu ihm hoch und zuckte mit den Schultern. »Wie gesagt: kein Thema.«

***

Die zweieinhalb Stunden in der Luft zwischen Chicago und New Orleans vergingen schnell. Leander las die *Times*, Muriel die *Tribune*. Sie tranken Kaffee, hoben hin und wieder die Köpfe, um einer Durchsage zu lauschen und vertieften sich abermals in ihre Lektüre.

Als das Flugzeug am Gate andockte, nahmen sie ihr Handgepäck und passierten die Brücke zum Terminal. Nur zu gut kannte Muriel den Weg hinaus. Erinnerungen lauerten an jeder Ecke, doch sie blockierte sie. Stur auf die Richtungsanzeige zum Ausgang konzentriert, folgte sie den Pfeilen und blendete aus, was auch immer sie nicht sehen oder fühlen wollte.

Leander neben ihr war gleichermaßen blind für seine Umgebung, da er abermals sein Glück mit dem iPhone versuchte. Wiederum ohne Erfolg.

Kaum fünfzehn Minuten nach der Landung passierten sie die Glastüren, welche auf den Kurzzeitparkplatz führten, wo auch die Yellow Cabs warteten. Unisono setzten sie ihre Sonnenbrillen auf die Nasen und steuerten das nächste verfügbare Taxi an. Der Fahrer öffnete den Kofferraum. Sie stellten ihre Taschen hinein und liefen jeder zu einer Seite, stiegen ein und zogen die Türen zu – alles ebenfalls nahezu synchron.

Leander ließ den Fahrer wissen, wohin es gehen sollte, und sah dann aus dem Fenster. Muriel, die den Blick auf die vertrauten Straßen vermeiden wollte, scrollte sich durch ein paar alte Notizen, die noch auf ihrem Smartphone gespeichert waren und löschte die nicht mehr benötigten bei dieser Gelegenheit. Im Radio dudelte orientalisch klingende Musik. Das war okay. Wie es nach wie vor okay war, dass sie und Leander ohne Worte auskamen.

***

Muriel hatte erwartet, dass Leander in einem der Businesshotels in der Poydras Street gebucht hatte und war überrascht, als das Taxi ins French Quarter abbog und ganz am Ende in einer kleinen und zu Muriels Erleichterung stillen Straße hielt. Nichtsdestotrotz war das Hotel, in dem sie und Leander wohnen würden, den anderen des Bezirks sehr ähnlich. Blumen und Lampen schmückten seine Balkons, die sich um die oberen beiden Etagen spannten und von gusseisernen, aufwendig gestalteten Geländern eingefasst waren. Die untere Etage wurde von einer hölzernen Veranda gesäumt, auf der Schaukelstühle und Bänke standen.

Kaum dass sie aus dem Taxi gestiegen waren, eilte ein Concierge herbei, um sich ihres Gepäcks anzunehmen. Muriel, die ihre kleine Tasche auch gut hätte selbst transportieren können, blickte dem Mann mit gerunzelter Stirn nach.

»Entspann dich!«, hörte sie Leander murmeln. »Es ist ein gutes Hotel. Eine Empfehlung von Lou.«

Lou – das war der Macher von *Stooch*.

»Er dachte, es würde dir gefallen, hier zu wohnen ... wo du doch aus New Orleans kommst.«

Muriel schluckte die Erwiderung, die bereits auf ihrer Zunge lag, hinunter – vor Überraschung vor allem. Sie vergaß sogar, sich darüber zu ärgern, dass Leander New Orleans schon wieder so spießig ausgesprochen hatte. Er hatte also doch nicht vergessen, dass sie hier gelebt hatte! Zudem hatte er sich mit Lou darüber unterhalten und dieses Hotel gebucht, um ihr eine Freude zu machen.

Muriel war schwer zu beeindrucken, aber für diesen Moment war sie es.

»Das ist nett von Lou«, entgegnete sie und schickte Leander ein Lächeln, das er – wie erwartet – nicht erwiderte.

***

Sie bekamen zwei nebeneinanderliegende Zimmer in der oberen Etage. Auf dem Weg hinauf forderte Leander Muriel auf, sich etwas zu essen aufs Zimmer kommen zu lassen, für den Fall, dass sie hungrig war – was zutraf – und bat sie, ihn um neunzehn Uhr in der Bar zu treffen. Da er das Taxi für zwanzig Uhr bestellt hatte, fragte Muriel sich unweigerlich, was sie eine Stunde lang in der Bar miteinander anfangen würden. Schweigen wahrscheinlich. Darin waren sie bewiesenermaßen perfekt.

Wie sie gleich darauf feststellte, war ihr Zimmer kein Zimmer, sondern eine Suite – eine fantastische Suite, die allen Komfort bot. Sie schenkte sich Mineralwasser ein, leerte es in einem Zug und schlenderte zur hohen Tür, die auf den Balkon führte. Muriel öffnete sie, trat hinaus und blickte eine Weile auf die Straße, die beinahe still lag. Nur von fern drangen die Musik und die Stimmen der populären Straßen an ihr Ohr. Sie stützte die Hände auf die Brüstung und sog mit der Luft den typisch würzigen Südstaatenduft ein, schloss die Augen und ließ die sanfte, warme Brise über ihr Gesicht streicheln.

Zurück im Zimmer inspizierte sie das Mobiliar, allen voran das Queensizebett, das auf ein Nickerchen einlud. Sie schaltete den Plasmafernseher ein, zappte zu einem Musiksender und spazierte ins Bad, dessen Interieur aus schwarzem geschliffenen Granit und Marmor gefertigt worden war. Der Raum war größer als ihr eigenes Bad, doch davon abgesehen, verfügte ihre Wohnung auch nicht über einen begehbaren Kleiderschrank. Wenngleich sie dort viel eher einen gebrauchen konnte.

Muriel nahm das Kleid aus der Tasche und hängte es auf. Da es so einsam wirkte, zog sie ihre Jacke aus, hängte sie daneben und stellte auch die grauen Pumps in eines der Schuhfächer.

Wieder im Wohnbereich, streifte sie die Schuhe von den Füßen und plumpste rücklings auf das Bett. Die Matratze federte nicht nach, doch das Kissen fluffte um ihren Kopf, was sie lächeln und sich behaglich strecken ließ. Ein Nickerchen war ohne Zweifel eine gute Möglichkeit, die verbleibenden Stunden rumzubringen. Allerdings erst, nachdem sie gegessen hatte. Wie auf Kommando knurrte ihr Magen leise, also nahm sie die Zimmerservicekarte vom Tisch neben dem Kopfende des Bettes, studierte die offerierten Speisen und bestellte ein Truthahnsandwich.

Als das Sandwich gebracht wurde, war Muriel schon halb eingenickt. So biss sie nur einige Mal ab, stellte es dann zur Seite und aktivierte die Weckfunktion am Telefon auf achtzehn Uhr. Eine Stunde sollte zum Duschen und Anziehen genügen – da es ja, wie ihr zu verstehen gegeben worden war, ohnehin keine Rolle spielte, wie sie aussah. Nichtsdestotrotz würde sie gut aussehen – für sich selbst.

***

Bewusst nicht pünktlich, sondern fünf Minuten später, betrat Muriel die Bar des Hotels. Leander war nirgends zu sehen. Die Bedienung hinter dem Tresen ließ einen unaufdringlichen Blick über sie wandern und teilte ihr mit, dass er auf der Gartenterrasse zu finden sein würde.

Leander wartete an einem Tisch am Rande der Terrasse. Mit einer Geste bedeutete er ihr, ihm gegenüber Platz zu nehmen und fragte sie, ob sie mit ihm Weißwein trinken würde. Für gewöhnlich gab Muriel Rotwein den Vorzug, doch sie hielt einen leichten weißen Wein für den Moment, und da sie jetzt nichts essen würden, für angebrachter.

Leander war ebenfalls grau gekleidet – wie so häufig. Allerdings war sein Anzug um ein paar Nuancen dunkler als Muriels Kleid. Darunter trug er ein weißes Hemd und einen silbergrauen Schal, der zum einen der Farbe ihrer Garderobe sehr ähnlich war, zum anderen den Ton seiner eisigen Augen spiegelte. Einen ebenfalls gewohnten Anblick gab seine Frisur ab. Anders als sonst schien er sie allerdings nicht gedankenverloren zerzaust, sondern einige Zeit investiert zu haben, um den dunklen Haaren einen unordentlichen Look zu verpassen. Gleichermaßen ungewohnt war sein Duft. Zwar trug Leander immer Parfüm, zog meist jedoch einen eher dezenten Hauch hinter sich her. Mit einem Atemzug, den sie als Hier-sind-wir-also-Seufzer tarnte, atmete Muriel nun die Nuancen von Zitrus und Sandelholz ein.

»Du siehst sehr hübsch aus«, sagte Leander, als der Wein gebracht worden war und bescherte ihr damit die zweite Überraschung. Schließlich hatte Muriel nicht damit gerechnet, dass er irgendetwas anbringen würde, geschweige denn, dass er sich für das Kompliment eines solchen Adjektivs bediente.

»Danke, du siehst ebenfalls gut aus«, gab sie schnell zurück.

»Hast du dich inzwischen mit dem Gedanken angefreundet, heute Abend Spaß zu haben?«

Überraschung Nummer drei: Er wollte tatsächlich mit ihr kommunizieren. Da galt es, angemessen zu reagieren, denn nach wie vor stellte die Veranstaltung eine Pflicht für Muriel dar, die einfach nur erledigt werden wollte.

»Ich denke, es wird recht amüsant«, sagte sie also. »Es ist einige Zeit vergangen, seit ich zuletzt auf einem ähnlichen Event war.«

»Wie lange denn?«

Sie rechnete nach. Während ihrer Zeit beim Musikmagazin hatte sie eine ganze Reihe Veranstaltungen besucht, auf denen im Musikbusiness angesiedelte Promis zusammenkamen, wie beispielsweise Preisverleihungen und Benefizgalas. »Etwa drei Jahre. Allerdings war ich dort nie zum Vergnügen. Es war immer Arbeit, war der Background auch einer, der grundsätzlich eher zu mir passte.« Von plötzlich nagenden Gewissensbissen überrumpelt, dachte Muriel an ihre erste Reaktion auf Leanders Einladung. »Wie du dir vielleicht denken kannst, bin ich nicht gerade fashion-vernarrt, aber dass ich nicht begeistert auf deine Bitte, dich zu begleiten, reagiert habe, lag vor allem daran, dass ich nicht nach New Orleans wollte.« Abermals innehaltend, grübelte sie nach einer Formulierung, die dieses Statement begründen und dennoch keine weiteren Fragen zulassen würde. »New Orleans gehört zu den Dingen in meinem Leben, mit denen ich abgeschlossen habe.«

Seinen Blick auf ihr ruhen lassend, wählte Leander wieder einmal den Mute-Modus. Muriel hatte sich bereits abgewandt und beobachtete die im Weinglas aufsteigenden winzigen Bläschen, da sagte er: »Vielleicht hätte ich fragen sollen, statt es als Selbstverständlichkeit zu betrachten, dass du mitkommst.«

Die nächste Frage entstand so abrupt, dass ein Zurückhalten nicht möglich war, wusste Muriel auch, dass sie Gefahr lief, Leander in sein Schneckenhaus zurückzutreiben.

»Wieso begleitet dich nie jemand aus deinem privaten Umfeld? Willst du sie schützen oder haben sie kein Interesse?«

Leander zog eine Braue hoch, nahm sein Glas und trank einen Schluck. Von Sekunde zu Sekunde wirkte er weniger gewillt zu antworten und tat es schließlich doch: »Weil sie zu jung ist. Nur zu gern würde sie mitkommen, aber ich erlaube es nicht.«

Er sprach doch nicht wirklich von einer Freundin, schoss es Muriel durch den Kopf. »Sie ist zu jung?«

»Sie ist erst neun.«

Allmählich dämmerte ihr, dass Leander von seiner Tochter sprach und sie selbst auf sehr dünnem Eis wanderte, das unter ihren Füßen bereits knackte und Risse bildete. Das Thema war zweifelsohne ein heikles, weshalb sie einen Teufel tun würde, weitere Fragen zu stellen.

»In diesem Moment sitzt sie sicher vor dem Fernseher und schaut sich den neuesten *Shrek* an«, erzählte Leander weiter und zog eine Braue in die Höhe.

Muriel war konsterniert. Sie spürte, wie sich jeder Muskel in ihr anspannte. Ihre maximale Erwartung war eine vage Aussage gewesen, welche den Small Talk aufrecht erhielt. Dies hier war kein Small Talk mehr, und sie hatte keine Ahnung, wie sie damit umgehen sollte.

»Wenn ich nicht da bin, kümmert sich der Babysitter um sie.« Als Leander das sagte, lag ein belustigtes Funkeln in seinen Augen, das Muriel noch mehr erschreckte. Sie bevorzugte das kühle Grau. Daran war sie gewöhnt. »Als solchen bezeichne ich ihn irgendwie immer noch.«

»Also passt er schon sehr lange auf sie auf?«, hob Muriel vorsichtig an und schüttelte sich etwas unter dem leisen Schauder, der über ihre Haut kroch. Sie war dankbar, die Stola zu haben, faltete sie auf und legte sie um ihre Schultern.

»Seit sechs Jahren.«

Sollte die daraus entstehende Frage nun gestellt oder vermieden werden? Weder wollte sie neugierig noch ignorant wirken.

»Und ihre Mutter ist ...« Sie brachte den Satz nicht zu Ende, da ihr Leander ins Wort fiel.

»Ihre Mutter hat beschlossen, ohne uns weiterzumachen. Meiner letzten Kenntnis zufolge lebt sie inzwischen in Rom«, erklärte er im Plauderton und ohne jede Bitterkeit. »Damals habe ich Tom eingestellt, weil er schon zuvor für Lina dagewesen ist. Ich hatte *KINGz* und keine Zeit nach einer vielleicht weiblichen Babysitterin zu suchen, der ich vertrauen würde. Zudem wusste ich, dass Tom Lina gern hat und sie ihn, und ich mochte den Gedanken nicht, sie in einer ohnehin schwierigen Situation mit einer neuen Vertrauensperson zu konfrontieren.« Er hob die Schultern und ließ sie wieder sinken, dies keineswegs resigniert, sondern vielmehr gelassen. »Wir kommen gut klar, auch wenn Außenstehende es vielleicht ungewöhnlich finden, wie wir leben. Es wäre eine Lüge zu behaupten, dass es immer schön und sorglos ist. Insbesondere ist es das nicht, wenn ich für mehrere Tage unterwegs bin, aber die meiste Zeit über funktioniert es.«

Muriels unangenehme Schauder verschwanden. Was sie stattdessen verspürte, war Wärme, die sich um ihr Herz legte, und der Wunsch, Leander etwas zu sagen, von dem sie glaubte, dass er es gern hörte.

»Ein Kind ganz allein aufzuziehen, egal ob als Vater oder Mutter, verdient echt viel Respekt.« Sie schmunzelte. »Es ist bestimmt nicht einfach. Eine Phase greift in die nächste über, doch jede geht vorüber. Momentan ist deine Tochter noch zu klein, um schätzen zu können, was du für sie tust, aber dennoch dankt sie es dir auf die eine oder andere Weise. Wahrscheinlich bist du ihr ein und alles und sie vergöttert dich.«

Muriel dachte daran, wie es früher zwischen ihr und ihrem Vater gewesen war, wie sehr sie ihn vergöttert hatte. Aber manches Mal hatte sie ihn auch verflucht.

»Selbst wenn sie dich irgendwann zur Verzweiflung treibt, dich einen engstirnigen Ochsen schimpft, wird sie dich lieben und irgendwann wird sie erkennen, was es bedeutet hat, sie groß zu kriegen und zu dem tollen Menschen zu machen, der sie ist und sein wird.«

Muriel war es, als hallte ihr letzter Satz wie ein Echo durch das neuerliche Schweigen. Dass Leander nichts erwiderte, empfand sie diesmal nicht als negativ, und von dem vollkommen unbekannten Ausdruck in seiner Miene ermutigt, fuhr sie fort: »Mein Vater hat mich allein aufgezogen. Weder weiß ich, wo meine Mutter ist noch was sie tut noch wie sie lebt ... und es interessiert mich auch nicht. Mich interessiert allein mein Vater, der um meinetwillen auf vieles verzichtet und mich zugleich geprägt hat. Er ist der wichtigste und beständigste und mir liebste Mensch in meinem Leben.«

Leander lächelte.

Es war das erste Mal, dass sie ihn so sah und sie mochte es, was sie nicht so recht glauben konnte. Es hätte sie mit Furcht oder zumindest Irritation erfüllen sollen, doch das tat es nicht. Es stellte sie seltsam ruhig.

»Und wie genau hat dich dein Vater geprägt?«, fragte er.

Muriel wich Leanders Blick aus, indem sie sich im Garten umschaute. »Tagtäglich fünf Tage die Woche.«

Er lächelte wieder.

Es beflügelte sie, zu sagen: »Mein Vater ist auch Redakteur, in Minnesota, wo ich eigentlich herkomme. Er arbeitet für die *StarTribune*. Ich bin praktisch an seinem Schreibtisch groß geworden.«

»Dann ist es wohl an der Zeit, dass ich diesen Mann kontaktiere und ihm für die großartige Redakteurin danke, die du bist.«

Das war das Schönste, was sie seit langer, langer Zeit gehört hatte. Leander war also kein Ungeheuer!

Diese Erkenntnis war so angenehm wie sie unerwartet war. Und schockierend, irgendwie.

***

Auf der Fahrt im Taxi meinte Muriel, das Fahrstuhlsignal zu hören, das allmorgendlich um eine Minute vor neun Uhr ertönte, und die gesamte Redaktion in Alarmbereitschaft versetzte. Was sie sonst verärgert hatte, brachte sie nun dazu, vor sich hin zu grienen.

War er sich bewusst, welche Wirkung er auf seine Angestellten hatte? Reizte er es aus? War es ihm egal? War es ein Schutz?

Die Stirn gegen den Handrücken gelegt, blinzelte Muriel

zu Leander hinüber. Ganz ohne Zweifel war er manchmal sehr hart und unangebracht direkt in seinen Äußerungen, und er legte eine gewisse Maßlosigkeit an den Tag, was seine Forderungen betraf. Doch er war kein Ungeheuer.

Es war leichter gewesen, ihn für eines zu halten, als sich das Gegenteil einzugestehen. Und sich zudem begreiflich zu machen, dass sie die einzige von *KINGz* war, die es wusste. Die einzige, die überhaupt irgendetwas von ihm wusste.

Wieso war es gerade sie, die er mit solch privaten Details vertraut gemacht hatte? Hatte sie ihn in einer sensiblen Phase erwischt und die ausschlaggebende Frage im passenden Moment gestellt?

Es brauchte einiges an Überwindung, den Blick von Leander zu lösen, denn ihre Gedanken fesselten sie an diesen Mann. Beinahe ruckartig wandte Muriel sich ab und sah aus dem Fenster, auf die Lichter in der Dämmerung. Auf New Orleans.

Sie hatte es sich beunruhigender vorgestellt, durch diese Stadt zu fahren, doch Noah war ihr bislang nicht ein einziges Mal begegnet.

Dreizehn

Muriel kannte die *Stooch*-Kollektionen aus dem *KINGz*-Magazin. Das Label war nicht zu vergleichen mit klaren Linien von *Boss* oder der Extravaganz von *Dolce&Gabbana*. *Stooch* war schrill und bunt, kreierte ausschließlich Männermode und gab dabei keinen Deut auf aktuelle Trends.

In der ersten Reihe links vom Catwalk platziert, war Muriel so nahe am Geschehen, wie man eben sein konnte. Sie hatte sich nicht vorstellen können, dass ihr eine derartige Vorstellung gefallen würde und war auf Langeweile eingestellt gewesen.

Es war alles andere als langweilig.

Etwa zwanzig männliche Models präsentierten die Winterkollektion – ausnahmslos wunderschön anzusehende Männer, groß und schlank und so attraktiv, das man meinen mochte, sie seien nicht wirklich. Ihre Gesichter wirkten wie gemalt oder gemeißelt, ihre Blicke waren hell und leer, ihre Münder fein geschwungen, ihre Nasen schmal und gerade, ihre Wangenpartien ausgeprägt.

Kurzum: Sie passten perfekt in Muriels Beuteschema – eine Erkenntnis, die ein gewisses Unbehagen verspüren ließ, insbesondere, da Leander neben ihr saß.

Nichtsdestotrotz verfolgte Muriel das Geschehen auf dem Catwalk mit totaler Faszination. Lilafarbene Cordhosen wurden mit dunkelgrünen Ledersakkos kombiniert, hellblaue Mäntel mit roten Mützen und gelben Jeans. Nicht zum ersten Mal stellte sich Muriel die Frage, wer so etwas kaufen und tragen würde. Die Masse der Menschheit würde es nicht sein, doch *Stooch* verfolgte natürlich nicht die Absicht, die Masse zu begeistern – wie es die wenigsten Designer taten. Sie entwarfen ihre Mode nicht für Kleiderstangen oder Null-Acht-Fünfzehn-Maße, sondern um aufzufallen und sich hervorzuheben aus einer schwarz-grau-liebenden Masse.

Egal, welches eigentlich absurde und für den gewöhnlichen Alltag absolut untaugliche Outfit die Models vorstellten, sie taten es mit einem nahezu anbetungswürdigen Selbstbewusstsein. Die Männer meisterten den Catwalk, als gingen sie zum Bäcker oder seien auf dem Weg zu einem geschäftlichen Termin, als planten sie, ihrem Konkurrenten ein paar Takte zu erzählen oder die Frau ihres Begehrens ohne große Worte gegen die nächste Wand zu knutschen. Keiner ihrer Schritte wirkte inszeniert oder bedacht. Ihre distanzierten Mienen und die ins Nichts gerichteten Blicke ließen den Zuschauer vermuten, dass ihr eigentliches Ziel gar nicht das Ende des Laufstegs war. Möglicherweise sahen sie den Laufsteg nicht einmal ...

Muriel hätte noch Stunden zuschauen können, doch nach sechzig Minuten war präsentiert, was es zu präsentieren gab.

Im Anschluss gab es reichlich Schampus, Snacks und einen Plausch mit dem Macher der bunten Klamotten. Lou war eine imposante Erscheinung und erinnerte ein wenig an den Elton John der Siebziger Jahre.

»Leander, du alter Spinner«, begrüßte er Muriels Boss.

Leander als alten Spinner zu bezeichnen, war etwas, was weder Muriel noch sonst jemand von *KINGz* sich jemals zu sagen gewagt hätte. Was natürlich nicht hieß, dass es niemand im stillen Kämmerlein dachte.

»Hey Lou«, entgegnete Leander und begrüßte den Designer

mit einem Handschlag. »Glückwunsch zur neuen Kollektion. Ich habe den Eindruck, sie ist gut angekommen.«

»Das ist sie, ja. Und das stimmt mich gerade so froh, dass ich mich am liebsten mit meinem Lieblingsscotch in meine Ideenbude zurückziehen und in meiner Farbpalette rummanschen möchte. Aber Verpflichtungen sind nun einmal Verpflichtungen, nicht wahr?« Er zwinkerte Muriel zu. »Lass mich raten«, sagte er nun an sie gerichtet. »Du bist die berühmt berüchtigte, für ihre brachiale Ehrlichkeit sowohl geliebte als auch verachtete Muriel Jones.«

»Dass ich berühmt berüchtigt bin, ist mir neu«, entgegnete Muriel einigermaßen amüsiert.

»Ach komm schon, was soll die Bescheidenheit?« Lou legte eine Hand auf ihren Rücken – eine Geste, die bei anderen vielleicht zudringlich gewirkt hätte, bei ihm jedoch ausschließlich Sympathie bekundete. »Überschüttet dich dein Boss etwa nicht jeden Morgen mit roten Rosenblüten? Zum Dank dafür, was du für *KINGz* tust.«

Muriel lachte und warf einen raschen Blick zu Leander, der sein Schmunzeln hinter vorgehaltener Hand verbarg.

»Das tut er nicht«, antwortete sie wahrheitsgemäß. »Allerdings ist dies auch nicht nötig. Die typisch feminine Faszination für Blumen teile ich nicht und empfände es eher als Strafe, allmorgendlich um meinen Schreibtisch verteilte Blütenblätter aufkehren zu müssen, damit ich mich mit der nötigen Sachlichkeit all jenen Themen, die *Mann* interessieren, widmen kann.«

Lou ließ ein Grunzen hören. »Dass ich dich mögen würde, wusste ich von der ersten Kolumne an, die du für *KINGz* geschrieben hast.« An Leander gerichtet fuhr er fort. »Meine Güte, wie hältst du es mit einer wie ihr fünf Tage die Woche aus, ohne sie nicht auch an den verbleibenden beiden Tagen um dich haben zu wollen?«

Leander reagierte mit einer ihm eigenen Geste: Er strubbelte sich durch die Haare und machte die unordentliche Frisur noch ein wenig unordentlicher. »Ich halte es sehr gut aus«, gab er zu. »Allerdings bezweifle ich manchmal, dass dies auf Gegenseitigkeit beruht.«

***

Muriel hatte das Vergnügen, einen Großteil der Models vom Catwalk vorgestellt zu bekommen und versackte mit ein paar von ihnen an der Bar. Unterdessen hielt sich Leander eher im Hintergrund. Wie an allen Tagen war er auch heute kein Mann der ausschweifenden Konversation. Zwar sprach er mit anderen Geschäftsleuten aus der Mode- und Pressewelt, doch schien er den Abend hauptsächlich als Beobachter zu genießen ... vielleicht ohne zu wissen, dass auch er beobachtet wurde. Von Muriel.

Immer wieder wanderte ihr Blick zu Leander hin, und als er mit einem Mal verschwunden war, suchte dieser Blick ihn sogar. Weil er nach einer halben Stunde noch immer nicht auftauchte, wurde Muriel seltsam unruhig und machte sich auf die Suche. Leander blieb jedoch verschwunden.

Da sie ohnehin in der Nähe war, ging sie weiter zu den Toiletten, die sich am Ende eines stimmig beleuchteten Gangs befanden. Ein dunkler Teppich, der so dick war, dass Muriels Absätze darin einsanken, dämpfte die Schritte. Altmodische Sessel standen um kleine runde Tische. Die einer Sitzgruppe gegenüberliegende Tür stand einen Spalt offen. Muriel verlangsamte die Schritte, um einen Blick hinter die Kulissen riskieren zu können, doch vernahm ein Geräusch, das ihr eine ungefähre Vorstellung von den Geschehnissen im Zimmer gab.

Wie beiläufig wandte sie den Kopf und sah zwar nichts, doch hörte ein zweites Stöhnen. Eindeutig männlich und eindeutig erregt. Wenngleich der Teppich ihre Schritte lautlos machte, schlich sie zur Tür, versteckte sich halb hinter dem Vorhang und blickte ins Zimmer.

Zwei der Models, die sie erst vor wenigen Stunden auf dem Laufsteg davon überzeugt hatten, dass sie Frauenherzen zum Höherschlagen brachten, küssten sich innig und befummelten sich dabei. Die Hose des einen stand offen, die Hand des anderen war darin. Als ihn das Kleidungsstück in seiner Bewegungsfreiheit einschränkte, öffnete er sie weiter, zog die darunter getragenen Boxershort nach unten und entblößte eine Erektion, an die er nun ungehindert Hand anlegen konnte.

Muriel spürte, wie Hitze in ihre Wangen stieg. Erst am Vortag war ihr die Rolle der Spannerin gleichermaßen unerwartet zuteil geworden, und eigentlich mochte sie es nicht zur Gewohnheit werden lassen, doch dies hier war auf so verlockende Weise verboten, dass sie sich nicht zum Weitergehen bewegen konnte. Dass sich die Szene noch dazu zwischen Männern abspielte, steigerte ihre Neugierde. Sie machte einen weiteren Schritt in den Schutz des Vorhangs und beobachtete, wie nun auch die zweite Hose geöffnet und ein ähnlich stattlicher Schaft zutage gebracht wurde. Unter Küssen, Beschwörungen und harschen Forderungen trieben sie sich gegenseitig an die Grenzen des Ertragbaren. Ohne Zweifel wollten sie sich die Kleider vom Leib reißen und nackt übereinander herfallen, doch es hinauszuzögern, schien ein Spiel zu sein, das beide sowohl quälte als ihnen auch Vergnügen bereitete. Sie rieben sich so hart und verlangend, keuchten und wimmerten, dass Muriel zuweilen meinte, es müsste ihnen wehtun.

Von der Ekstase der beiden Männer angesteckt, vernachlässigte sie die Wachsamkeit und vergaß für einen Moment völlig, wo sie war. Mit dem plötzlich zurückkehrenden Bewusstsein darüber und der Ahnung, dass sie nicht mehr allein im Gang war, setzte ihr Herz ein paar Takte aus.

Unfähig, sich zu bewegen, sich auch nur umzublicken, stand sie wie festgewurzelt und lauschte. Sie hörte keinen Ton, doch sie spürte die Anwesenheit eines anderen. Die Haut ihres Rückens, ihrer Arme und ihres Nackens kribbelte, als bestünde ein Magnetfeld zwischen ihr und der anderen Person, die sich Schritt für Schritt näherte, wie ihr das kontinuierlich stärker werdende Prickeln verriet. Als es seinen Höhepunkt erreichte, wusste Muriel, dass dieser Jemand direkt hinter ihr stand.

Sie schloss die Augen und befahl ihrem Körper, sich zu beruhigen. Das Gegenteil war der Fall, als sie die Berührung spürte. Hände glitten über ihren Körper und zielgerichtet zu ihrem Schritt. Zur gleichen Zeit stieg ihr der Duft eines Parfüms in die Nase, das die Noten von Zitrus und Sandelholz trug.

Um festzustellen, ob er es tatsächlich war, blinzelte Muriel durch die Wimpern. Die Arme, die sie umschlangen, stecken in einem mittelgrauen Jackett, unter dem die Bündchen einen weißen Hemds hervorschauten. Die schlanken Hände schienen ihre Haut spüren zu wollen und rafften ihr Kleid Stück für Stück hoch, fuhren bald darunter und in ihren Slip.

Ein leises Keuchen floh über ihre Lippen, als er zwei Finger in sie schob. Ein zweites Keuchen folgte, als er sie wieder herauszog und ihren Kitzler umkreiste. Während er sie massierte und ihre Erregung beharrlich antrieb, beobachtete Muriel wie durch einen Schleier, dass einer der Models den anderen umdrehte und grob gegen die Wand presste. Sobald er seinen Schwanz in ihn geschoben hatte, griff er um ihn herum nach seinem Glied, um es steif zu halten und schloss die andere Hand um seinen Hals.

Das ist alles nicht real!, schoss es Muriel durch den Kopf. Nicht, was sie sah, und nichts, was geschah.

Die Szene vor ihren Augen war eine lustvolle Irritation, doch die Berührung und die Vorstellung, wer sie berührte, waren das, was sie wirklich verrückt machte. Vom Verlangen überwältig, sank sie gegen den hinter ihr Stehenden, schloss die Augen und gab sich seinen Fingern hin, die abwechselnd durch ihre feuchter werdende Spalte fuhren, in sie eintauchten und über ihre Klit rieben. Schließlich ganz darauf konzentriert, wurde das Ziehen in ihrem Unterleib gieriger, unerträglich und der Wunsch, sofort zu kommen, schob sich vehement in den Vordergrund.

Als es geschah, entzog sich Muriels Körper ihrer Kontrolle. Sie bog ihn durch, schloss die Hände fest um die Handgelenke des Mannes und biss sich auf die Lippen, um ihre Erleichterung nicht laut hinauszustöhnen. Zwar spürte sie, wie die Hände beinahe abrupt von ihr genommen wurden und ihr Kleid zurückfiel, doch sie war noch immer außerstande, sich zu bewegen. Sekunden vergingen, bevor sie endlich die Augen aufschlug und den Kopf wandte.

Der Mann, der sich entfernte, hatte blonde Haare, die er zu einem Zopf gebunden trug. Als er sich umdrehte und ihr zuzwinkerte, erkannte Muriel in ihm einen der besten Läufer des Catwalks. Der Schreck darüber saß eigentlich bereits, wurde jedoch noch vertieft, als Leander um die Ecke bog, dem Mann zum Gruß zunickte, sie dann erspähte und sich ihr näherte.

Muriel, die um jeden Preis verhindern wollte, dass er sah, was sie beobachtete hatte, begegnete ihm auf halben Weg.

»Ich habe dich gesucht«, sagte Leander und sah über ihre Schulter zum Vorhang und der Tür hin. »Ist etwas passiert?«

Muriel schüttelte den Kopf und legte einen Arm in seinen

Rücken, in der Hoffnung, dass er sie begleiten würde: »Es ist alles okay. Wie lange bleiben wir noch?«

»Bist du müde? Möchtest du zum Hotel fahren?«

Weder war sie müde noch mochte sie zum Hotel, denn es war nicht einmal dreiundzwanzig Uhr, allerdings wollte sie auch nicht mehr auf der Party bleiben.

Ihrem Vorschlag, einfach noch irgendwo anders hinzufahren, brachte er keine Einwände entgegen.

»Was ist dein Lieblingsplatz in New Orleans?«, fragte Leander, sobald sie im Taxi saßen.

In der Stadt gab es einige Orte, die sie sehr gern mochte. Die meisten von ihnen kamen für einen Besuch jedoch nicht in Frage, da sie Erinnerungen wecken würden, welche sie zum einen gerade nicht gebrauchen konnte und zum anderen nicht mit Leander teilen wollte. Sie besann sich an einen Platz am Mississippi River und an frühe Morgenstunden nach einigen Semesterpartys.

»Der Woldenberg Park am Mississippi«, entgegnete sie. »Tagsüber mochte ich ihn nie, aber nachts ist es dort herrlich.«

»Na dann ...« Leander schickte Muriel ein halbes Lächeln, das spöttisch ausgesehen hätte, hätte sie nicht gewusst, wie er tatsächlichen Spott ausdrückte. »Auf zum Mississippi. Ich hätte gern einen Kaffee. Wo bekommen wir den jetzt noch?«

»Da ist ein *Starbucks* in der Canal Street. Dort hält das Taxi ohnehin.«

***

Drei Stunden später plumpste Muriel seltsam beseelt auf ihr Bett und lächelte die Zimmerdecke an. Leander und sie hatten auf einer Parkbank gesessen und Kaffee aus Pappbechern getrunken. Wie für den Nordstaatler bestellt, hatte ein einsamer Musiker auf einer anderen Bank sitzend Saxophon gespielt und ein Raddampfer war auf dem Mississippi vorbeigefahren. Abermals war ihre Unterhaltung ein Leichtes gewesen – als hätten sie nie Kommunikationsschwierigkeiten gehabt, und Muriel hatte es sogar gewagt, mit Leander über die Redaktion zu sprechen.

Als Muriel ihr Smartphone vom Nachttisch angelte und das Display überprüfte, sah sie die Nachricht von Leanders Assistentin. Noch während sie durch den Text scrollte, verfluchte sie Leanders defektes Telefon. Sie wollte nicht der Überbringer dieser Neuigkeit sein.

Ihr Flug am nächsten Morgen war gecancelt und die Reservierung auf die nächste Maschine, welche eine Stunde später von New Orleans nach Chicago startete, gebucht worden. Das war keine große Sache, allerdings konnte Leander es nicht ausstehen, wenn sein Zeitplan durcheinandergewürfelt wurde – noch dazu, ohne dass man sein Einverständnis einholte.

Mit einem prompt unguten Gefühl im Magen ging Muriel zum benachbarten Zimmer, klopfte und wartete. Leander erkundigte sich, wer da sei und öffnete.

Er hatte das Sakko bereits abgelegt, den Schal abgenommen, das Hemd aus der Hose gezogen und aufgeknöpft.

Sie wollte in sein Gesicht schauen, nicht auf seine Brust, doch sie war zu überrumpelt. Dabei waren es nicht einmal seine Haut oder die Muskeln, die ihre Aufmerksamkeit erregten, sondern die Kette und der Anhänger. Ein Kreuz. Ein schlichtes silbernes Kreuz, in dessen unteres Ende ein dunkelblauer Stein eingefasst war.

Ihr war, als zöge man ihr den Boden unter den Füßen weg. Ihr wurde so schwindelig, dass sie befürchtete, gleich umzufallen. Abrupt schaute sie beiseite, starrte den Korridor entlang und hob eine Hand an die Stirn, um sich darauf zu besinnen, was sie Leander hatte mitteilen wollen. Ihre Gedanken verweigerten ihr diese Auskunft jedoch. Sie rotierten um das Kreuz, das verdammte, und darum, was es bedeuten mochte ...

»Alles okay?«, hörte sie Leander fragen.

»Ähm ... ja!«, presste Muriel hervor und zwang sich, ihn anzusehen, sich auf seine Augen zu konzentrieren. Deren Grau war plötzlich wieder so kalt und ausdruckslos, wie sie es aus der Redaktion kannte, was ihrer Unruhe einen zusätzlichen Schub gab. »Kathy hat eine Nachricht wegen des Fluges geschrieben.«

»Keine Verspätung«, knurrte er.

»Ähm, doch ... befürchte ich. Allerdings nur eine geringe.«

»Wie gering?«

»Nur eine Stunde. Wir sind also gegen zwölf in Chicago.«

»Na, klasse!« Leander stützte eine Hand in die Seite und senkte den Kopf als dächte er nach. »Ich habe einen Termin am frühen Nachmittag«, murmelte er mehr zu sich selbst.

Muriel ertrug seine Gegenwart nicht länger. Dem dringenden Bedürfnis folgend, sich zu verbarrikadieren und ihrer Panik freien Lauf zu lassen, entfernte sie sich rückwärts in Richtung ihrer Suite.

»Gute Nacht«, murmelte sie noch, doch hörte ihre eigene Stimme kaum.

»Ja, dir auch«, entgegnete Leander und verschwand im Zimmer.

Muriel rettete sich in ihres, schloss die Tür, lehnte sich dagegen und sank an ihr nach unten, bis sie auf dem Boden saß. Sie streifte die Pumps von den Füßen, trat sie beiseite, winkelte die Beine an und stützte ihre Ellenbogen darauf. Das Gesicht in den Handflächen vergraben, befahl sie sich, zur Ruhe zu kommen, doch weder ihr Herz noch ihr Puls noch ihr Magen gehorchten. Sie spielten völlig verrückt und das Sausen in ihren Ohren war nicht zum Aushalten.

Sie würde die Minibar plündern! Oder noch besser: Sie würde sich an die Theke der Hotelbar setzen und irgendwas Starkes bestellen. Der gestrige doppelte Whiskey hatte Wunder gewirkt, vielleicht half er auch in einer Situation wie dieser.

... eine Situation wie diese, dachte sie und stieß ein Schnauben aus. Das war keine Situation! Das war eine Katastrophe – insofern es wahr war.

Das konnte nicht wahr sein! Das durfte nicht wahr sein!

Vierzehn

Wieder einmal schwiegen sie. Muriel begrüßte es mehr denn je. Anders als geplant, hatte sie am Vorabend weder die Minibar geplündert noch die Hotelbar besucht, sondern war zu Bett gegangen und hatte über Heiratsantrag Nummer zehn nachgedacht. Zwar war ihr nichts, was sie verwenden würde, eingefallen, aber immerhin war sie darüber eingeschlafen.

Inzwischen betrachtete Muriel die vermeintliche Katastrophe mit gesundem Menschenverstand. So ein Kreuzanhänger war keine Seltenheit. Trug ein Mann eine Kette, lag die Wahrscheinlichkeit, dass ein Kreuz daran hing, bei kühn geschätzten siebzig Prozent. Also schob sie die absurde Vermutung, Leander könnte jener Unbekannte der inzwischen drei Wochen zurückliegenden Freitagnacht sein, weit von sich. Zudem gab sein Verhalten ihr gegenüber absolut keinen Anlass, dies zu glauben.

Am Flughafen angelangt, borgte er sich abermals ihr Telefon, wahrscheinlich, um seinen Terminpartner zu kontaktieren und anzukündigen, dass er sich um einige Minuten verspäten würde.

»Ich werde ein Taxi nehmen«, ließ Muriel ihn wissen, als das Flugzeug zum Landeanflug auf Chicago ansetzte. »So wirst du sicher pünktlich bei deinem Termin sein.«

»In Ordnung, danke«, entgegnete Leander, ohne von der Sonntagsausgabe der *Times* aufzuschauen. Er blätterte um und konzentrierte sich auf einen Artikel über ein Konzert, das am Vorabend stattgefunden hatte.

»Andererseits«, sagte er plötzlich und faltete die Zeitung zusammen. »Wenn du sonst nichts geplant hat, könntest du auch einfach mitkommen.«

Muriel betrachtete ihn stirnrunzelnd. »Zu deinem Termin?«

»Na ja, es ist kein Termin im üblichen Sinne. Die Grundschule meiner Tochter veranstaltet ein Herbstfest. Es gibt Musik, zu essen, zu trinken und die dritte Klasse führt ein Schauspiel auf, das sie selbst geschrieben hat.«

»Und deine Tochter ist in der dritten Klasse?«, erkundigte sie sich bemüht beiläufig, vor allem, weil sie noch unsicher war, wie sie auf seine Einladung reagieren sollte.

»Ja. Sie spielt die Vogelscheuche.«

»Die Vogelscheuche?«

»Hey, das ist die Hauptrolle.« Leanders linker Mundwinkel hob sich ein bisschen. »Also, wie sieht deine Nachmittagsplanung aus?«

Nie würde sie aus ihm schlau werden! Nie!

»Ich habe keine Pläne.«

»Schön.« Leander klappte die *Times* auseinander. Während Muriels Gedanken völlig durcheinander spielten, schien er in aller Ruhe weiterzulesen. »Danke übrigens, dass du mich nach New Orleans begleitet hast.«

Zuerst lag ihr die Standard-Keine-Ursache-Phrase auf den Lippen, doch sie tauschte sie aus gegen: »Gern geschehen. Danke, dass ich dich begleiten durfte.«

Leander ließ die Zeitung ein zweites Mal sinken. »Ich würde dich gern etwas fragen.«

»Frag einfach!«

»Du hast New Orleans nicht wirklich freiwillig den Rücken zugekehrt und irgendwie glaube ich, du vermisst es noch immer. Warum ist es ein Kapitel, von dem du meinst, es abgeschlossen zu haben?« Er schien eine weitere Vermutung oder Frage anhängen zu wollen, doch wurde vorsichtig, als Muriel tief Atem schöpfte. »Du musst nicht antworten, wenn es zu privat ist.«

»Nein, es ist schon in Ordnung«, entgegnete sie ein bisschen zu schnell und überlegte in derselben Sekunde, ob es das wirklich war, denn eigentlich sprach sie nicht mehr über Noah.

Sie entschied sich zu reden. »Aus New Orleans bin ich wegen meines Mannes, Noah, verschwunden. Wir haben uns während meines Auslandsstudiums in Queensland kennengelernt. Ein Jahr darauf ist er nach Louisiana gekommen. Als wir geheiratet haben, stand die Diagnose zu seinem Tumor bereits, und drei Monate später ist er gestorben. Am 23. September, vor ziemlich genau zwei Jahren.«

Wenngleich Leanders Miene selten bis nie zu lesen war, war sein Schreck über ihre Worte nun deutlich zu erkennen. Muriel war sich bewusst, dass sie ihn mit harter Kost gefüttert hatte, doch es war auf seinen Wunsch geschehen. Nun musste er also schauen, wie er sie verdaute.

»Das tut mir sehr leid«, sagte er. »Ich kann verstehen, warum du die Stadt nun meidest. Das muss sehr schwer gewesen sein.«

Muriel bedachte ihn mit einem unverbindlichen Lächeln. »Sicher nicht schwerer als das, was du erlebt hast.«

***

Lina war ihrem Vater wie aus dem Gesicht geschnitten. Sie hatte die gleichen grauen Augen, dieselben harschen Linien charakterisierten ihren Mund und ihre Kinnpartie. Das dunkle Haar war in einem Pferdeschwanz zurückgebunden.

Muriel war darauf eingestellt gewesen, eine kleine Prinzessin kennenzulernen, die geflügelte Gummipferdchen aus der rosafarbenen Hello-Kitty-Tasche zauberte, aber Linas Klamotten zeigten keinen Flecken Rosa und waren sehr punkig für eine Neunjährige. Ein bisschen irritiert besann sich Muriel darauf, dass sie selbst mit neun Jahren noch Mickey-Maus-Sweatshirts angezogen hatte. Lina trug ein Lederjackett, das Muriels ganz ähnlich sah, darunter ein schwarzes Shirt, auf dem ein Comic-Girl eine grimmig-genervte Schnute zog. Lilafarbene Leggins und schwarze Converse-Sneakers hätten ihr Outfit eigentlich schon perfekt gemacht, aber da war noch die Stofftasche. Wie Muriel feststellte, war in der Tat eine Katze drauf – eine ehemalige zumindest. Unter einem Katzenkopf-Skull kreuzten sich zwei Knochen.

Leander öffnete seiner Tochter die Tür. Sie hüpfte auf die Rückbank und begrüßte Muriel mit einem saloppen »Hi«. Leander setzte sich hinter das Lenkrad und stellte sie einander vor.

»Ich weiß, dass das Muriel ist«, wurde er von seiner Tochter unterbrochen. »Ihr Foto ist ja über den Artikeln.« An Muriel gewandt sagte sie: »Ich find dich echt cool.«

»Danke«, entgegnete Muriel. »Ich finde dich auch cool. Deine Klamotten sind total stylisch.«

»Erzähl das meinem Dad«, kam es prompt zurück. »Er hasst sie nämlich.«

»Klar. Du bist noch viel zu jung, um dich für Grufties und Skelette zu begeistern«, sagte Leander und fuhr los. »Die Veranstaltung beginnt um vierzehn Uhr, richtig?«

»Ja, zum hundertsten Mal.«

Um ein Grinsen zu verbergen, biss Muriel sich auf die Unterlippe. Sie kannte Lina erst seit wenigen Minuten, aber sie konnte sich lebhaft vorstellen, welch ein Heidenspaß es war, sie zur Tochter zu haben – und dass Leander so manches Mal gar nicht nach Lachen zumute war.

»Wir werden pünktlich da sein«, sagte Leander.

»Wir werden auf den letzten Drücker da sein«, maulte Lina.

»Das ist immer noch pünktlich.«

***

Die Schule befand sich ebenfalls in South Loop und nur einige Blocks vom Appartementkomplex, in dem die beiden wohnten, entfernt. Zu Linas Erleichterung trafen sie bereits eine halbe Stunde vor Beginn des Festes ein. Kaum setzten sie einen Fuß auf das bunt dekorierte Schulgelände, wurde das Mädchen von ihren aufgeregten, schon kostümierten Freundinnen in Empfang genommen und verschwand mit ihnen.

Leander fragte Muriel, ob es ihr etwas ausmachte, wenn sie sich nicht setzten. Muriel hatte nicht nur nichts dagegen, sondern war froh darüber. Wie Leander, mochte auch sie eher im Hintergrund sein und fand es viel angenehmer, im Schatten der Bäume zu bleiben, als sich an einem der Tische zu präsentieren. Erst jetzt wurde ihr bewusst, dass sie bei der Zusage, Leander auch hierher zu begleiten, einen wichtigen Gedanken nicht bis zu Ende gedacht hatte.

Auf der Presseveranstaltung von *Stooch* hatte für niemanden ein Anlass zu irgendeiner Spekulation bestanden, denn die meisten kannten sie als Leanders Redakteurin. Auf dem Schulfest hingegen bewegten sich fast ausschließlich Lehrerinnen, Erzieherinnen und Mütter. Selbst wenn sie ihnen als Muriel Jones vorgestellt wurde, würde ihnen das nichts sagen, da der weibliche Leserkreis von *KINGz* recht überschaubar war.

In der halben Stunde bis zum Beginn des Festes lernte Muriel die Direktorin der Schule und Linas Klassenlehrerin kennen. Erstere sprach über die Vorhaben im neuen Schuljahr, die Zweite über Lina im Unterricht. Für den Fall, dass sie Vermutungen aufstellten, waren sie so professionell, sich nichts anmerken zu lassen.

Die erste Klasse eröffnete das Fest. Als Frösche und Mäuse verkleidet, trällerten die Kleinsten das Lied von einem umherziehenden Frosch so enthusiastisch, dass man beim Zuschauen nachvollziehen konnte, welchen Spaß sie hatten.

»Leander, wie schön, dass du da bist!«, tönte es mittendrin von einer hübschen Blondine, die sich zu ihnen gesellte. Nachdem sie Muriel einen Blick zugeworfen hatte, beschloss sie, im Plural fortzufahren: »Warum setzt ihr euch denn nicht? Schaut mal, dort vorn bei uns am Tisch sind noch freie Stühle.«

Muriel inspizierte den besagten Tisch. Drei andere Frauen gleichen Kalibers saßen dort – stilsicher gekleidete Bilderbuchmütter, die ihre gepflegten Langhaarfrisuren mit großen Sonnenbrillen akzentuierten.

»Hallo, Stephanie«, begrüßte Leander die Frau. Er stellte Muriel mit ihrem Vornamen vor und setzte sie anstandshalber darüber in Kenntnis, dass Stephanie die Mutter einer von Linas Klassenkameradinnen sei, wohingegen er keinen Ton darüber verlor, in welcher Beziehung er und sie zueinander standen.

Stephanie war sichtlich verunsichert, was sie mit konstantem Gerede zu überspielen versuchte. Ihren Schilderungen zufolge hatte sie sich maßgeblich an der Organisation dieser Veranstaltung beteiligt und einen Großteil der Kostüme geschneidert, was, wie sie betonte, ein Heidenaufwand gewesen war.

»Also, nun kommt schon mit«, versuchte sie es im Anschluss an ihre Rede weiter. »Hier ist es doch so schattig.«

Leander tat, was er bestens konnte und bediente sich des Untertons, der seine Worte endgültig machte. »Nimm es uns nicht übel, aber wir haben den gesamten Vormittag im Flugzeug und Auto verbracht. Wir würden uns gern die Beine ein bisschen vertreten.«

... und entspannen, führte Muriel seine Gedanken im Stillen weiter, denn ihre Sensoren empfingen seine Gereiztheit nur zu deutlich.

Als Stephanie aufgab und zu ihrem Tisch ging, knurrte er. »Die Frau geht mir sowas von auf den Wecker.«

»Kann ich mir vorstellen. Ist Lina gut mit ihrer Tochter befreundet?«

»Nein, sie kann das Mädchen nicht ausstehen.« Leanders Miene hellte sich auf, als eine Vogelscheuche auf die Bühne getrippelt kam. »Schau, es geht los!«

Lina brillierte in ihrer Rolle als Vogelscheuche. Über braunen Stiefeln und einer zerlöcherten grauen Hose trug sie ein Karohemd. Aus allen Löchern und Enden ihrer Kleidung lugte Stroh, was ohne Zweifel ganz fürchterlich piekte. Ihr Gesicht unter dem Strohhut war tragisch-komisch angemalt. Als bestünden ihre Glieder tatsächlich aus Stroh, wankte sie über die Bühne und verscheuchte die intriganten Krähen mit scheinbar unkontrollierten Armbewegungen.

Immer wieder schweiften Muriels Blicke von der Bühne zu Leander. Mit vor der Brust verschränkten Armen sah er seiner Tochter zu und feixte die ganze Zeit. Er applaudierte an besonders gelungenen Stellen, lachte über bestimmte Passagen im Text – was in Muriels Ohren ein völlig neues Geräusch war – und zerzauste sich die Haare, vom Bühnengeschehen so gefesselt, dass er es wahrscheinlich wieder nicht bemerkte.

Nachdem die kleinen Schauspieler unter dem Beifall der Zuschauer von der Bühne gegangen waren, wandte er sich Muriel zu, die ihn immer noch oder schon wieder betrachtete. In diesem Moment sah er so entspannt und zufrieden aus, wie sie sich selbst am gestrigen Abend gefühlt hatte – bevor sie seine Kette entdeckte hatte. Selbst mit grimmiger Miene war er ein attraktiver Mann, doch wenn er lächelte, war er mehr als das, und der Ausdruck seiner Gelöstheit bewegte etwas in Muriel – eine Emotion, die sie normalerweise nicht fühlte und deren plötzliche Präsenz eigentlich einen Alarm in ihr auslösen sollte.

***

Auf der Heimfahrt am frühen Abend plauderte Lina so gut wie ununterbrochen von den Proben zum Schauspiel, wobei sie ihre Worte hauptsächlich an Muriel adressierte. Als Leanders Wagen vor ihrem Wohnhaus in Old Town hielt und er ausstieg, um ihre Tasche aus dem Kofferraum zu nehmen, lud Lina sie ein, demnächst zu Besuch zu kommen. Muriel gab ein halbherziges Versprechen ab und verabschiedete sich.

Leander hielt ihr die Tasche hin. »Dann bis morgen.«

Muriel nahm sie entgegen. Sie wollte noch etwas sagen, wusste aber nicht, was, und murmelte stattdessen: »Bis morgen.«

Daraufhin winkte sie Lina zu, wandte sich um und suchte im Gehen den Haustürschlüssel im Bund.

***

Die Stille ihrer Wohnung erschlug sie, sobald sie die Tür hinter sich geschlossen hatte. Sie stellte die Tasche neben der Garderobe ab und schlenderte in den Wohnbereich zur Fensterfront.

Eine ganze Weile stand sie dort und starrte auf die Straße, riss dann ihren Blick los und sah sich um. Ihr Anrufbeantworter blinkte. Sie hatte zehn verpasste Anrufe und drei neue Nachrichten. Wie sich herausstellte, waren alle von Emma.

Eben betätigte sie die Rückruftaste, da kündigte der Türgong einen Besucher an. Wenig später stand Emma auf der Schwelle.

»Meine Güte, warum gehst du nicht ans Telefon?«, meckerte sie und ging an Muriel vorbei ins Wohnzimmer. In einer theatralischen Geste der Erleichterung plumpste sie auf die Couch. »Ich habe mir Sorgen gemacht!«

»Warum? Es ist alles in Ordnung. Wir sind gerade erst zurückgekommen.« Muriel wechselte in die Küche und schaltete den Wasserkocher ein. »Magst du einen Tee oder einen Latte?«

»Einen Latte.« Emma setzte sich auf. »Wie meinst du das, ihr seid gerade erst zurückgekommen? Euer Flug ging um acht Uhr heute Morgen.«

Muriel schaufelte das Pulver in zwei Gläser. »Der Flug hatte eine Stunde Verspätung.«

»Das wäre dann um neun. Jetzt ist es kurz nach sechs!«

Muriel fuhr herum. »Sag mal, warum führst du dich auf wie eine Glucke? Ich bin hier, mir geht's gut. Den Grund, warum ich erst jetzt zu Hause bin, erfährst du auch ohne diese bohrenden Fragen. Also schalte einen Gang runter, mach dich locker und warte die Zeit ab!«

Während sie den Kaffee tranken, erzählte Muriel, wo sie bis jetzt gewesen war, was im Wesentlichen bewirkte, dass Emma einen Gang rauf statt runter schaltete. Sie sprang von der Couch auf, als hätte sie etwas gestochen und drehte Kreise durch die Wohnung. Irgendwann baute sie sich vor Muriel auf und stemmte die Hände in die Hüften. »Du willst mir nicht erzählen, dass diese Entwicklung nicht absolut krass ist.«

»Krass, inwiefern?«, hakte Muriel nach. Sie hatte beschlossen, ihrer Freundin beim Ausfreaken zuzuschauen und ihren Kaffee nicht kalt werden zu lassen.

»Krass im Sinne von ... ungewöhnlich. Überraschend. Spektakulär. Sensationell. Das sind bahnbrechende Neuigkeiten!«

»Das klingt, als sei ich nicht nach New Orleans sondern zum Mars geflogen.« Muriel löffelte den Restschaum aus dem Glas, hielt jedoch in der Bewegung inne und warf Emma einen strengen Blick zu. »Ich gehe davon aus, dass diese bahnbrechenden Neuigkeiten unter uns bleiben und absolut kein Thema in der Redaktion sein werden!«

»Natürlich.« Emma setzte sich wieder und nahm ihr Glas.

»Wieso beeindruckt dich das alles so gar nicht?«, fragte sie, statt endlich zu trinken.

»Du weißt doch«, entgegnete Muriel, kratzte das Glas weiter aus und leckte den Schaum vom Löffel. »Ich bin nicht leicht zu beeindrucken.«

Das war ja sowas von gelogen!

Wahrscheinlich hätte sie die Vogelscheuche ähnlich gut mimen können, gemessen an dem schauspielerischen Talent, mit dem sie gerade glänzte.

***

Wieder einmal schien es eine Nacht zu werden, die nicht enden wollte. Die Vorstellung, dass Leander der zweite Mann im *Mandurah* gewesen war, entsetzte Muriel nach wie vor. Doch der Gedanke besaß auch etwas seltsam Reizvolles. Und eben dieser Reiz war es, der sie vom Schlafen abhielt. Dachte sie jetzt an das Gefühl seiner Hände, die ihre Beine gehalten und für den anderen geöffnet hatten, erhielt ihre Nervosität einen regelrechten Schub und prickelte in Wellen durch ihren Bauch. So warm war die Haut gewesen, an die sie sich angeschmiegt hatte, so gut hatten sich die Muskeln unter ihren Berührungen angefühlt. So hart und heiß hatte die Erektion gegen ihren Rücken pulsiert.

Als passierte es wieder, empfand sie nach, wie ihre Finger über diesen festen, glatten Brustkorb gestrichen und das Kreuz ertastet hatten. Sie hatte fortfahren wollen, doch ihre Hand war zurückgeschoben worden. Sie hatte mehr gewollt von diesem Mann in jener Nacht, doch er hatte sie sanft auf dem Bett abgelegt und sich davongeschlichen.

Was wäre geschehen, hätte er das nicht getan?

Muriels Hand schien einen eigenen Willen zu bekommen. Unaufhaltbar wanderte sie unter der Bettdecke zu ihrem Schritt.

Ein Finger schob sich in ihre Spalte, die feucht war, suchte und fand die kleine Perle. Die Berührung schickte einen Schauder durch Muriels Körper, der sie die Beine weiter öffnen ließ und ihre zweite Hand hinzubefahl.

Er hätte es tun sollen.

Er hätte die Benommenheit ihres Orgasmus ausnutzen und seine Position hinter ihr verlassen sollen – nicht um zu gehen, sondern um sich über sie zu schieben und seinen kühlen, grauen Blick in der Erwartung ihrer Reaktion über sie wandern zu lassen.

Er hätte ihre Überraschung mit einem leisen Lachen quittieren und ihren darauffolgenden Protest unterbinden sollen, indem er seinen Mund auf ihren presste, um ihre Lippen zuerst unnachgiebig und fordernd, schließlich immer sanfter zu beanspruchen, bis sie seiner Zunge Einlass gewährte.

Er hätte ihre Hände, die ihn stoppen wollten, über ihrem Kopf zurückhalten, seinen Mund von ihrem Hals zu ihren Brüsten streichen lassen, ihre Brustwarzen einsaugen und unter seiner Zunge hart werden lassen sollen, wohingegen der Rest von ihr schmolz und auch der letzte Gedanke an Widerstand verebbte.

Er hätte ihre Beine mit den Schultern öffnen und seine Hände an ihr hinabstreichen lassen sollen. Er hätte eine flache Hand auf ihrem Bauch ruhen lassen sollen, während die zweite tiefer fuhr, über ihre Schamlippen strich und sie teilte. Er hätte kurz über ihren empfindlichsten Punkt reiben und dann einen Finger in ihre Pussy schieben sollen – gefolgt von einem zweiten und dritten, um auch der letzten ihrer noch protestierenden Hirnzellen klarzumachen, dass er sie ficken wollte und würde.

Er hätte sein hartes Glied an ihrer Spalte reiben, ihre noch immer locker über dem Kopf abgelegten Hände abermals in seinen Griff schließen, ihre vor Erregung roten Nippel wieder in den Mund saugen und mit den Zähnen sanft quälen sollen, während er in sie eindrang, Zentimeter für Zentimeter. Er hätte sie schließlich ganz ausfüllen, sich zurückziehen und sie mit einem einzigen kräftigen Stoß nehmen sollen.

Und dann: vögeln – hemmungslos und leidenschaftlich!

Muriel kam mit einem leisen Schrei. Unter Zuckungen bäumte sie sich auf und erstarrte, bis es wieder ruhig in ihr wurde. Darauf rollte sie sich endlich ermüdet auf die Seite, zog die Bettdecke unter das Kinn und die Beine dicht an den Körper.

Er hätte es tun sollen ...

Fünfzehn

Am folgenden Dienstag hatte Muriel mindestens ebenso miese Laune wie Leander. Ihr blieben noch vier Tage, um die Kolumne für die Septemberausgabe abzuliefern und es fehlte der zehnte Heiratsantrag. Was auch immer ihr in den Sinn kam, war Schrott und entweder zum Einschlafen banal oder absolut absurd. Sollte die zündende Idee bis Donnerstagabend ausbleiben, würde sie das Bestmögliche aus etwas vergleichsweise Unspektakulärem wie dem Candlelight-Dinner machen müssen – auf die Gefahr hin, dass Leander einen Wutanfall bekäme.

Für die Leserbriefrubrik verfasste sie eben ihre Antwort auf die letzte zur Veröffentlichung ausgesuchte E-Mail, als eine neue Nachricht in ihrem Postfach einging. Beim Lesen des Absendernamens, *Mandurah708*, schoss ihr Hitze ins Gesicht.

Betreff: 21 Uhr

Hallo Muriel Jones, wir haben noch eine Nacht offen. Falls du ähnlich denkst, komm heute um 21 Uhr ins Mandurah. Zimmer 708 ist auf deinen Namen reserviert.
Warte dort auf mich – ausgezogen und mit verbundenen Augen.

Mit klopfendem Herzen löschte Muriel die E-Mail. Verstohlen sah sie sich um. Paula tippte fleißig und auch Emma war in ihre Arbeit vertieft.

Sie blickte zu Leanders Glaskasten. Einer der Abenteurer saß ihm gegenüber. Er redete wie ein Wasserfall und gestikulierte mit beiden Händen, während Leander in seinem Stuhl lehnte, verärgert dreinschaute und sich hin und wieder mit versteinerter Miene äußerte.

Verwirrt dachte Muriel an die Nachricht, die sie im ersten Moment lediglich erschreckt hatte. Nun, da es an die Analyse ging, schloss sie prinzipiell aus, dass der zweite Mann im *Mandurah* Leander gewesen war, schließlich war der gerade anderweitig beschäftig. Zum einen war dies eine riesige Erleichterung, zum anderen wahnsinnig enttäuschend.

Natürlich war es möglich, dass er den Sendezeitpunkt dieser Nachricht datiert hatte. Dass er jedoch einen solchen Aufwand betrieb, konnte Muriel einfach nicht glauben. Leander war ein sehr direkter Mensch. Wenn er etwas wollte, brachte er es zur Sprache und spielte nicht Verstecken.

Noch immer mochte sie es drehen und wenden, wie sie wollte, und fand keine wirklich schlüssige Antwort. Als sie das nächste Mal zum Glaskasten sah, war Leander wieder allein. Mit vor der Brust verschränkten Armen drehte er sich in seinem Stuhl und blickte zu ihr.

Eilends konzentrierte sie sich auf ihren Bildschirm und platzierte die Finger auf der Tastatur.

***

Eine Stunde später fasste sie den Entschluss, um einundzwanzig Uhr im *Mandurah* zu sein. Sie musste herausfinden, wer Mister X war. Die Bedingung mit den verbundenen Augen gefiel ihr nicht – vor allem nicht, da sie diesen Mann endlich sehen wollte ...

»Was ist los?«, raunte Emma, die ihre Unruhe zu spüren schien. »Hast du die zehnte Idee?«

Muriel beeilte sich, dies zu bestätigten und widmete sich dann der Arbeit am Leserbrief.

***

Die Beine angezogen, die Arme darum geschlungen, die Stirn auf die Knie gebettet, saß Muriel auf dem Bett des Zimmers 708 und wartete. Die Augen hatte sie mit dem schwarzen Schal verbunden.

Alles fühlte sich seltsam an, was sowohl an der unbekannten Situation als auch an ihr selbst lag. Nervosität raste durch ihr Blut, trieb ihr Herz an und rauschte in ihren Ohren – so laut, dass sie befürchtete, andere wichtige Geräusche zu überhören. Sich nähernde Schritte beispielsweise oder das Klickern des Türschlosses, nachdem die Karte die elektronische Sicherung gelöst hatte. Doch bislang blieb alles, außer ihr selbst, still.

Muriel war nicht erregt. In manchen Sekunden stellte sich ihr sogar die Frage, was zum Teufel sie geritten hatte, hierher zu kommen. Was, wenn es doch der Blonde war, dem ihr kleines Abenteuer so gut gefallen hatte, dass er eine Wiederholung brauchte? Was, wenn es irgendjemand war, der von den beiden davon erfahren hatte? Beide Möglichkeiten waren gleichermaßen abschreckend.

Muriel hatte es immer gemocht, die Regeln und den Zeitpunkt bestimmen oder zumindest beeinflussen zu können. Dies hier gab ihr das Gefühl, eine Puppe zu sein, die an Fäden herumdirigiert wurde. Und das gefiel ihr nicht wirklich.

Ihre Hände tasteten bereits nach dem Knoten des Tuches, da hörte sie, wie die Tür geöffnete wurde. Als sich Schritte näherten, breitete sich eine leise Panik in ihr aus. Ihre Hände begannen zu zittern, weshalb sie den Knoten nicht aufbekam. Schon wollte Muriel das Tuch, wie es war, vom Kopf zerren, da spürte sie eine Hand auf ihrer.

»Schhh …«, flüsterte jemand an ihr Ohr. »Es ist alles okay.«

Sie ließ die Hände sinken. Wie in einer Endlosschleife rotierten die geflüsterten Worte durch ihren Kopf. Muriel wünschte, sie wären nicht geflüstert, sondern gesprochen worden, denn dann hätte sie endlich sagen können, dass es Leander war – und niemand anders. Sie wollte, dass es Leander war.

Das Bett gab leicht nach, wahrscheinlich, weil er sich an ihre Seite setzte. Sie spürte seinen Atem auf ihrer Wange, sein Kuss an ihrem Mundwinkel. Sollte er vorgehabt haben, sich weiter voranzuküssen und ganz auf ihren Lippen zu landen, so verhinderte Muriel dies, indem sie den Kopf zur Seite drehte. Doch sie streckte die Hand nach ihm aus, ertastete den Stoff eines Jacketts, dessen Knöpfe, ein Hemd darunter. Als ihre Hand nach oben wandern wollte, schloss er sie in seine und verschränkte seine Finger mit ihren.

»Zieh dich aus«, sagte Muriel leise.

Er ließ sie gehen und stand auf. Das Rascheln von Kleidung sagte ihr, dass er tat, worum sie ihn gebeten hatte.

Bald darauf kam er wieder zu ihr. Sie spürte seinen Mund auf ihrem Hals, auf der elektrisierenden Stelle unter ihrem Ohr, auf ihrem Schüsselbein. Kuss für Kuss wanderte er in die Kuhle daneben und weiter hinab. Warme Hände schlossen sich um ihre Brüste, kneteten sie sanft und rieben die Spitzen zwischen den Fingern. Indes legten sich Muriels Hände auf seinen Rücken und ertasteten die Kerbe seiner Wirbelsäule, die Muskeln unter glatter Haut. Wirbel für Wirbel glitten sie nach oben und streiften bald über die Halskette. Muriel zögerte, doch wagte es nicht, an ihr entlangzufahren, um den Anhänger zu suchen. Ohnehin wusste sie, dass er da war.

Ihre Brüste noch immer umschlossen haltend, ließ er den Job, den seine Finger bisher erledigt hatten, nun seine Lippen tun. Abwechselnd sogen sie zuerst den einen, dann den anderen Nippel ein. Als er auch die Zunge ins Spiel einbezog, beide Brustwarzen bespielte und leckte, bis sie hart wurden, legte Muriel sich zurück, zog ihn mit sich und vergrub ihre Finger in seinen Haaren. Sie waren dicht, nicht wirklich lang und nicht wirklich kurz – und Muriel ertappte sich dabei, sie sich dunkel vorzustellen und zerzaust.

Sie hob die Hüfte unter ihm an und spürte etwas Kühles auf ihrem Bauch. Wie auch der Mund des Mannes bewegte sich der Anhänger tiefer, lag irgendwann in ihrem Bauchnabel und sandte von dort aus ein Prickeln über ihre Haut. Als die sanften, beinahe zärtlich liebkosenden Lippen von ihrem Rippenbogen zu ihrem Bauch kamen, rutschte der Anhänger über ihren Venushügel und über ihre Scham. Muriel stieß ein Keuchen aus und vergrub die Finger abermals in seinem dichten Haarschopf.

Er ließ sich Zeit, verweilte lange auf ihrem Bauch, küsste ihre Hüften und legte seine Hände wieder auf ihre Brüste, um von dort aus an ihren Seiten hinab bis zu ihren Hüften zu streichen. Bald waren sie auf einer Höhe mit seinem Mund, bald überholten sie ihn und fuhren über ihre Beine, um sie auseinanderzuschieben. Als seine Lippen erst die Innenseite des einen, dann die des anderen Schenkels berührten und abwechselnd Zentimeter für Zentimeter nach oben gutmachten, wurde das Kribbeln in Muriels Unterleib zu einem Pulsieren. Sie bog den Rücken durch und hielt den Atem an. Ihre Finger krallten sich in das Kissen an den Seiten ihres Kopfes, sausten dann abwärts, um sich irgendwo im Laken zu verheddern. Endlich spürte sie seinen Mund dort, wo sie ihn am dringendsten spüren mochte, dort, wo der Weg zur Erlösung begann.

Ein Stöhnen entwich ihrer Kehle, als er einen Lufthauch über ihren wunden Punkt schickte. Einen weiteren Laut stieß sie aus, als er mit der Zungenspitze darüberfuhr, einmal, zweimal, und ihn daraufhin zu umkreisen begann. Zuerst waren diese Berührungen federleicht, dann wurden sie drängender und ließen sie vor Lust zucken. Seine Finger strichen über ihre Schamlippen, und um sie besser lecken zu können, den Kitzler ganz freizulegen, zog er sie sanft auseinander und vergrub seinen Mund in ihrer Spalte.

Muriel begann zu murmeln und vernahm ihre eigene Stimme doch nur wie aus der Ferne, hörte sich sagen, dass sie wahnsinnig werden würde, wenn er aufhörte und dass sie ebenso wahnsinnig werden würde, wenn sie ihn nicht gleich ganz haben durfte. Sie wollte ihn tief in sich, wollte die Beine fest um ihn schlingen, wollte ihn an seiner Kette zu sich herabziehen, ihr Gesicht an seinen Hals legen und ihn einatmen.

Doch er hatte es nicht eilig und scheinbar nicht vor, sie so schnell zu entlassen. Seine Hände legten sich an ihre Hüften und hielten sie so fest, dass es ihr nicht mehr möglich war, das Becken im Rhythmus seiner Zunge kreisen zu lassen. Er verstärkte den Druck auf ihren Kitzler und setzte sie dieser süßen Peinigung aus, bis sie weder Kontrolle über ihre Atmung noch über ihre Stimme noch über irgendeinen ihrer Sinne hatte. Wieder und wieder ließ er die Zunge über ihre Klit tanzen, höher und höher trieb er Muriel. Als das Zittern in ihrem Unterleib einsetzte, hielt er sie noch fester, leckte sie noch intensiver und ließ sie nur im Augenblick ihres Orgasmus entschwinden.

Die Anspannung ihres Körpers hatte sich noch nicht gelegt, ihre Muskeln waren noch nicht weich, ihre Stimme noch nicht weniger heiser, da trieb er sie zu einem weiteren Höhepunkt, der ihr das Gefühl einbrachte, eine stählerne Kugel würde in ihrer Mitte zerbersten und seine Splitter bis in ihre Finger und Fußspitzen schicken.

Lange lag ihr Bewusstsein unter einem trägen Summen. Als es leiser wurde, vermisste sie das Gefühl von ihm und streckte eine Hand nach ihm aus. Er war direkt über ihr, schien sie zu beobachten. Er schien zu genießen, was er sah.

Und das wollte sie auch. Sie wollte das verflixte Tuch von ihren Augen haben und ihn sehen, doch verbot er es ihr, indem er ihre Hand über ihren Kopf drückte.

»Das ist unfair«, murmelte Muriel. »Ich will dich sehen!«

Sein Atem strich über ihre Wange. »Noch nicht«, flüsterte er.

»Wann?«

»Noch nicht.«

Mit nur einem Finger zeichnete Muriel die Konturen seiner Brust, seines muskulösen Bauches und seiner Lenden nach. Sie hörte, wie er harsch einatmete, als sie eine Hand um seine Erektion schloss. Während sie darüber streichelte, setzte sie sich auf. Er fühlte sich gut an, warm und sehnig. Die Eichel hatte eine schöne Form, ein Tropfen saß auf ihrer Spitze. Muriel verwischte ihn und massierte ihn derber.

»Ich weiß, wer du bist«, murmelte sie und beugte sich zu ihm, um mit den Lippen über seine Eichel zu fahren.

»Wer bin ich?«, flüsterte er und sie hörte heraus, welche Mühe es ihm bereitete, seine Stimme zurückzuschrauben.

Statt einer Antwort leckte sie über die pralle Spitze.

»Wer bin ich?«, fragte er abermals und keuchte, als sie seine Eichel in den Mund sog. Mit der Zunge und den Lippen bespielte sie sie und schloss zugleich eine Hand um seine Eier. Stück für Stück nahm sie ihn tiefer in den Mund und spürte, wie sich seine Hände in ihrem Haar vergruben. Sicher wollte er die Tiefe und das Tempo nur zu gern selbst bestimmen, wie er wahrscheinlich den Verlauf so vieler Dinge in seinem Leben bestimmte, doch er überließ ihr die Kontrolle – für eine Weile zumindest.

Bevor er kam, zog er sich aus ihrem Mund zurück, drängte sie aufs Bett und schob sich über sie. Zuerst dachte Muriel, dass er in sie eindringen würde, doch das hatte er offenbar noch immer nicht vor. Statt es endlich zu tun, nahm er ihre Hand, schloss sie um seinen Schaft und ließ sie beenden, was ihr Mund begonnen hatte. Im Moment seines Höhepunktes fuhr ein schubweises Zucken durch seine Erektion. Er unterdrückte einen Laut und ließ ihn als stimmloses Keuchen entweichen.

Als sich sein Samen warm über Muriels Bauch ergoss, schloss sich seine Hand über ihrer, damit sie stillhielt. Wenig später löste er sich von ihr und stand auf, blieb jedoch nicht lange fort, sondern war gleich wieder da, um seine Spuren von ihr zu wischen.

»Wer bin ich«, vernahm Muriel sein Flüstern dicht an ihrem Ohr.

Langsam und mit einem Lächeln auf den Lippen schüttelte sie den Kopf – dies zur Verdeutlichung, dass er so wenig hören würde, wie sie sehen konnte.

Er wartete noch einen Augenblick, dann stieg er vom Bett. Muriel mochte weder die leere Kälte, die er zurückließ, noch dass er ging. Mit wachsendem Verdruss lauschte sie, wie er sich anzog ... die Hose, das Hemd, das Jackett. Nachdem er in die Schuhe geschlüpft war, hallten seine Schritte durch das Zimmer und nicht lange danach verriet ihr das Klicken der Tür, dass er verschwunden war.

Muriel zog das Tuch vom Gesicht. Eine ganze Weile starrte sie an die Decke und versuchte, sich begreiflich zu machen, was gerade geschehen war. Irgendwann schloss sie die Augen und sog Luft in ihre Lungen.

»Leander«, flüsterte sie und lächelte noch immer.

***

Zurück zu Hause, verschwendete Muriel keinen Gedanken daran, ins Bett zu gehen. Viel zu aufgewühlt war sie.

Aus den Boxen der Stereoanlage sang David Gray:

»Let go of your heart. Let go of your head. And feel it now ...«

(»Lass dein Herz los. Lass deinen Kopf los. Und fühl es jetzt ...«)

Tatsächlich fühlte Muriel etwas. Es war etwas Gutes und brachte viele positive Gedanken mit sich, die alle wirr durch ihren Kopf sausten und sie duselig machten.

Und plötzlich kam ihr ein Gedanke. Kaum hatte sie ihre Finger auf der Tastatur platziert, tippten sie auch schon los. Sie musste nicht überlegen, sie wusste genau, was sie schreiben wollte.

Da bist du, dachte sie. *Antrag Nummer zehn, der Spontane.*

Die ganze Zeit über war er da gewesen, doch sie hatte ihn – auf der Suche nach etwas Spektakulärem – völlig übersehen. Dabei war er der Schönste und Ehrlichste und Erinnerungswürdigste von allen. Sie selbst würde auf keine andere Weise gefragt werden wollen. Nicht in der Luft, nicht unter Wasser, nicht mit großem Brimborium.

»Da sitzt sie nun in der Badewanne, die Liebe Ihres Lebens«, schrieb sie. »Sie selbst stehen vielleicht gerade vor dem Waschbecken, rasieren sich und lauschen dabei ihren Worten. Sie erzählt Ihnen von Schuhen, die sie gesehen und nicht gekauft hat und beschließt, den Fehler gleich morgen gutzumachen. Rot waren die Dinger mit tollen Absätzen, ein echter Hingucker. Während Ihr Rasierer seine Bahnen durch den Schaum auf Ihren Wangen zieht, schmunzeln Sie über ihr Faible für ausgefallene, nicht gerade preisgünstige Treter und ziehen es in Betracht, einen begehbaren Kleiderschrank mit um die hundert offenen Schuhfächern zu bauen. Zum einen hätten

Sie so ihren eigenen Schuhschrank zurück, zum anderen würde sie darüber vor Freunde ausflippen.

Sie beobachten sie im Spiegel. Sie wissen genau, wann sie welche Mimik und Gestik einsetzen wird. Sie widerstehen der Versuchung, Ihre Süße daran zu erinnern, dass sie bereits drei paar rote Schuhe besitzt – nicht weil Sie glauben, sie hätte es vergessen, sondern lediglich, um sie ein wenig zu ärgern. Sie ärgern sie nämlich echt gern.

Um auch die andere Wange zu rasieren, drehen Sie das Gesicht, doch lassen die Frau in der Wanne nicht aus dem Blick und schauen zu, wie sie den Schaum auf ihren Armen verteilt. Und zwar mit diesem fluffigen Teil, über das Sie herausgefunden haben, dass es kratzt.

Gerade denken Sie darüber nach, wie sehr Sie diese Frau lieben, wie gern Sie mit ihr zusammen sind und dass Sie sich ein Leben ohne sie nicht vorstellen können und wollen, da macht es Klick. Sie halten im Rasieren inne, obwohl Sie die Prozedur noch lange nicht beendet haben und ihre Wange noch von Stoppeln übersät ist. Ein Hinauszögern oder eine besondere Verpackung ziehen Sie nicht einmal in Betracht, denn die Frage ist in Ihnen – in genau diesem Moment. Die Frage liegt Ihnen auf dem Herzen und auf der Zunge und sie will raus. Jetzt sofort. Also legen Sie den Rasierer auf den Rand des Waschbeckens und drehen sich um. Wahrscheinlich wird Ihre Lady die Stirn runzeln, weil ein so merkwürdiger Ausdruck auf Ihrem Gesicht liegt, und sie wird lachen, wenn sie versteht, was Sie vorhaben.

Sie machen sich nicht die Mühe, die Jeans auszuziehen, sondern steigen, wie Sie gerade sind, zu ihr in die Badewanne. Sie setzten sich ihr gegenüber, küssen sie und dann fragen sie einfach.«

Sechzehn

Im Traum bekam Muriel abermals Besuch von Noah oder vielleicht war es auch so, dass sie ihn besuchte. Dieser Traum war jedoch wie keiner der zahllosen anderen, die zumeist von Traurigkeit oder Verzweiflung, von Glücksgefühlen, Hoffnung oder Verlangen dominiert worden waren.

Dieser Traum war aggressiv, dunkel und bedrohlich.

Noahs Miene war wutverzerrt. Er stieß sie fort, immer und immer wieder. Rappelte Muriel sich auf und versuchte, zu ihm zu kommen, erschien er vor ihr und schubste sie. Tausendmal fiel sie, tat sich weh, schrammte sich die Knie und Ellenbogen. Tausendmal stand sie auf, taumelte durch die Gegend und rief nach ihm.

Als er verschwunden blieb, begann Muriel, Türen in einem schwarzen Raum zu öffnen. Leere war hinter jeder und bald steuerte sie auf die letzte zu. Dahinter befand sich die Schlafetage ihres Holzhauses. Sie brauchte nicht einzutreten, sie saß schon an seinem Bett, hielt seine Hand und horchte auf seine Atemzüge. Seine spröden Lippen teilten sich für den letzten Satz. In den vergangen zwei Jahren hatte Muriel ihn unzählige Male im wachen und schlafenden Zustand gehört:

»Ich weiß, ich habe den leichteren Part, aber du bist stark genug, um so weiterzumachen, wie ich es mir für dich wünsche.«

***

Muriel wurde wach und krümmte sich vor Schmerz. Sie rollte sich auf die Seite, zog die Beine dicht an den Körper, schlang ihre Arme darum und ballte die Fäuste, sodass sich ihre Nägel in die Handflächen gruben. Ein Ächzen stieg aus ihrer Kehle auf und sie presste die vom Weinen geschwollenen Augen zu. Unfähig, sich zu bewegen, blieb sie liegen. Sie rührte sich auch nicht, als ihr Wecker sie ans Aufstehen erinnerte.

Eine ganze Weile später tastete sie nach dem Handy auf dem Nachttisch und blinzelte durch die Wimpern, um Emmas Nummer in der Redaktion anwählen zu können.

Wie erwartet, reagierte die Freundin besorgt und glaubte ihr nicht, dass sie sich einfach nicht ganz wohl fühlte. Das war nur zu verständlich, schließlich war Muriel eine von jenen Redakteurinnen, die sich mit Fieber zur Arbeit schleppten. Das hatte sie nun von ihrem Pflichtbewusstsein!

Irgendwie gelang es Muriel, Emma abzuwimmeln. Nachdem sie aufgelegt hatten, ließ sie das Telefon neben sich auf die Matratze fallen und begab sich abermals in ihre Ich-roll-mich-zusammen-bis-ich-weg-bin-Position. Nichtsdestotrotz wurden die Szenen vor ihrem geistigen Auge immer klarer, ganz so, als beobachtete sie abermals, wie Noah seinen letzten Atemzug tat, als stünde sie zum zweiten Mal vor seinem Grab und schaute zu, wie sich sein Sarg in die dunkle Erde senkte. Mit vollem Bewusstsein diesmal.

Es tat so schrecklich weh, sich zu verabschieden. Ein Teil von ihr weigerte sich dagegen, ihn loszulassen, denn dass sie ihn bei sich behalten hatte, war zuerst ein Schutz und später Normalität gewesen.

Nun ging Noah, weil sie ihn ließ. Weiter und weiter entfernte er sich und wurde von einer Art Nebel verschluckt. Noch war sein kleiner Finger mit ihrem verhakt, und sie konnte sich nicht überwinden, diesen letzten Kontakt zu unterbrechen. Bald sah sie nur noch seinen Arm; der Rest von ihm war bereits im Nichts verschwunden – und sie hatte solche Panik vor der Leere in ihrer Hand. Sie hielt die Spannung in ihrem Finger und spürte das Ziehen der Sehnen bis hinauf in ihre Schulter.

Schließlich entspannte sie die Finger, strich ein letztes Mal über seine Hand und sah zu, wie auch sie verschwand …

***

Ein Klingeln weckte Muriel. Sie blinzelte zum Wecker, stellte fest, dass es inzwischen früher Abend war und ignorierte die folgenden beharrlichen Gesuche um Einlass.

Kurze Zeit später rief Emma an.

»Bitte mach die Tür auf«, hörte Muriel die Freundin sagen. Ihre Stimme klang gereizt.

Das war das Letzte, was sie nun brauchte. »Ach Emma«, murrte sie. »Lass uns morgen reden. Ich bin nicht in der richtigen Verfassung …«

»Ich habe eine Ahnung, in welcher Verfassung du bist. Also lass mich jetzt endlich rein!«

»Ich glaube nicht, dass …«

»Sofort!«

Muriel beendete das Gespräch und drehte sich auf den Rücken. Sie stieß ein Schnauben aus, setzte sich dann auf und rutschte zur Bettkante. Auf dem Weg zur Tür fühlte sie sich wie eine Schiffsbrüchige.

Emma sagte kein Wort. Sie schloss sie in die Arme, hielt sie fest.

»Irgendwann geht es vorbei«, murmelte sie als sie im Wohnzimmer saßen. »Das tut es ganz bestimmt.«

Muriel zog die Beine zum Schneidersitz heran und stützte das Kinn in beide Hände. »Es ist gerade vorbeigegangen, denke ich.«

Darauf erzählte sie Emma vom Traum und den vergangenen Stunden. Emma hörte zu, ohne sie zu unterbrechen.

»Und das ist alles einfach so passiert?«, fragte Emma schließlich.

Muriel zögerte. »Nicht einfach so, es gab wohl einen Auslöser.«

Emma wartete. Muriel schwieg.

Natürlich wollte sie es erzählen, doch sie wusste nicht, wann genau was ausgelöst worden war. Am Ende fand sie es vernünftig, das Feld von hinten aufzurollen. Also berichtete sie Emma von der E-Mail und dem Vorabend im *Mandurah*.

»Ein bisschen wahnsinnig ist das schon, findest du nicht?«, lautete Emmas Kommentar. »Es hätte ein Stalker oder sonst ein Irrer sein können.«

»Stimmt wohl«, räumte Muriel ein. »Aber laufen du und ich diese Gefahr nicht jedes Mal und bei jedem Mann, auf den wir uns einlassen. In einem Club gibt es nicht viel weniger potentielle Verrückte als im Internet.«

Die Freundin grummelte etwas halbwegs Zustimmendes. »Und du hast ihn noch immer nicht gesehen, den faszinierenden Unbekannten?«

»Nein.«

»Ich weiß nicht, was ich dazu sagen soll. Ich weiß nicht einmal, was ich davon halten soll.« Auf der Suche nach Worten, schüttelte Emma den Kopf, rieb sich die Stirn und starrte dann zur Decke. »Du bist verliebt, Süße ... und genau das hat es gebraucht, damit du Noah loslassen kannst. Aber nun solltest du in die Puschen kommen und herausfinden, wer er ist. Das musst du doch wissen wollen.«

»Ich finde diesen Mann interessant, sehr interessant sogar, aber ich bin nicht verliebt ... und ich will auch nicht verliebt sein. Außerdem ist er kein Unbekannter. Dass ich ihn nicht gesehen habe, bedeutet nicht, dass ich nicht ahne, wer er ist.«

Emma setzte sich auf. »Doch nicht etwa dieser Typ …«

»Nein, um Himmels Willen«, unterbrach Muriel sie und spürte, wie ihr Herz schneller schlug – allein beim Gedanken an seinen Namen.

»Wer, denkst du, ist es dann?«

Muriel nahm allen Mut zusammen. »Leander.«

Emmas Gesichtszüge beim Entgleisen zu beobachten, war so komisch, dass sie beinahe gelacht hätte. Ohne ein Wort der Erwiderung stand Emma auf und ging zum Kühlschrank. Sie nahm eine Flasche Bacardi aus dem Seitenfach und ließ die klare Flüssigkeit in zwei Gläser laufen. Sie war so umsichtig, die Flasche mit an den Tisch zu bringen, denn kaum, dass sie Platz genommen hatten, war ihr Glas schon leer und sie brauchte Nachschub. Also schenkte sie sich ein zweites Mal ein.

»Du hast keinen Sprachfehler, der mir bisher entgangen ist, oder so?«, hakte sie nach, nahm den Bacardi jedoch vorsichtshalber schon mal auf.

Muriel rührte ihr Glas nicht an. Sie war zu sehr damit beschäftigt, Emma zu beobachten. »Nein«, murmelte sie.

Emma stürzte das zweite Glas hinunter, wischte sich mit dem Handrücken über das Gesicht und krächzte: »Oh, Gott!«

»Der ist keine große Hilfe.«

»Wahrscheinlich nicht.« Endlich gelang es Emma, ihren Blick auf Muriel zu konzentrieren. »Leander?«

»Ganz genau.«

»Der Mann, den du gemeinhin als Ungeheuer bezeichnest? Der Unmensch, der es darauf abgesehen hat, dich um den Verstand zu bringen.«

»Eben der.«

»Offenbar ist es ihm gelungen!« Der dritte Bacardi wurde eingeschenkt. »Oh, Gott!«, sagte Emma wieder. »Du machst mir echt Spaß, Muriel Jones. Das Leben wäre so etwas von langweilig ohne dich!«

***

In der Redaktionssitzung am Donnerstag stellte jeder sein neues Thema für die Oktoberausgabe vor. Leander, der sich vorbehielt, hin und wieder einen eigenen Beitrag zu verfassen, plante einen Artikel, den er zugleich für den Titel vorsah. In seinem gegen herbstliche Stimmung wirkenden Lauf-Guide wollte er sich zu Techniken, Strecken, Schuhwerk, Ernährung und Motivationsmöglichkeiten äußern. Bezüglich der Motivation dachte er darüber nach, unter anderem eine Playlist für den mp3-Player zusammenzustellen.

Während die anderen ihre Zustimmung kundtaten, sogar Songvorschläge anbrachten und schließlich ihre eigenen Vorhaben präsentierten, blieb Muriel still. Selbst wenn sie einen guten Gedanken hatte, brachte sie ihn nicht über die Lippen. Leander hingegen verhielt sich wie immer; er reagierte kühl und emotionslos, stoppte Diskussionen, die er für sinnlos erachtete und gab den einen oder anderen harschen Kommentar ab.

Als er Muriel aufforderte, mit ihrer Idee herauszurücken, war sein Tonfall wie gewohnt sachlich und in seinem Blick lag der altbekannte Ausdruck, den Fremde als gleichgültig bezeichnen würden.

»Schluss mit Single«, sagte Muriel nach einem Räuspern, das ihre Stimme mit Stärke laden sollte. »Zehn Zeichen, an denen du erkennst, dass es Zeit wird, ihr zu sagen, dass du sie liebst.«

Aus dem Augenwinkel sah sie, wie Emma ihre Hand vor den Mund legte, um ihr Grinsen dahinter zu verstecken und widerstand der Versuchung, sie in die Seite zu knuffen.

Überraschenderweise zeigte Leander sich prompt einverstanden, nickte und gab das Wort an Paula weiter.

Als alle gesprochen hatten, erinnerte Leander an den Abgabetermin für die aktuellen Projekte und äußerte seinen Ärger darüber, dass noch fünfzig Prozent der Beiträge fehlten.

»Ich habe keine Lust auf eine Nachtschicht, nur um eure in letzter Sekunde fertiggestellten Artikel zu sichten«, nörgelte er und ignorierte die verbissenen Mienen seiner Redakteure. »Gewiss werde ich morgen Abend nicht hier sitzen und zuschauen, wie ihr euch nacheinander ins Wochenende verabschiedet. Liegen mir bis heute Nachmittag nicht neunzig Prozent der ausstehenden Beiträge vor, dann stellt euch bitte alle darauf ein, das Wochenende in der Reaktion zu verbringen. Meinetwegen, um eure neuen Projekte anzugehen. Es findet sich sicher eine Beschäftigung.«

Konsterniertes Schweigen war die Reaktion.

Das war eine ganz neue Form der Drohung, stellte Muriel für sich fest und spürte Gewissensbisse. Nicht grundlos, denn sie gehörte zu jenen, die ihre Artikel beinahe grundsätzlich am letzten Tag abgaben. Da Leander sich bislang nie darüber beschwert hatte, war sie davon ausgegangen, es sei okay. Immerhin hielt sie die Deadline ein. Offenbar waren in diesem Monat allerdings zu viele Redakteure spät dran.

Dummerweise hatte sie sich für den morgigen Tag frei genommen, um Termine in der Autowerkstatt und beim Zahnarzt wahrzunehmen. Und was den Nachmittag betraf; da stand ein Friseurbesuch in ihrem Kalender. Sie hatte vorgehabt, Leander nach der Redaktionssitzung davon in Kenntnis zu setzen, dass sie früher gehen würde. Genau genommen, war dieser Zeitpunkt in diesem Moment gekommen ... und denkbar ungünstig.

Vor allen anderen stürmte er aus dem Raum und in sein Büro. Muriel ging zu ihrem Schreibtisch, setzte sich, um weiterzuarbeiten, beschloss dann jedoch, es hinter sich zu bringen und machte sich auf den Weg zum Glaskasten.

Dort angekommen, verzichtete sie darauf, im angebotenen Stuhl Platz zu nehmen und rückte gleich mit der Sprache heraus.

»Dann hoffe ich, dass die anderen die vorgegebenen neunzig Prozent erfüllen«, lautete Leanders Reaktion.

»Du bekommst den Artikel heute noch«, beteuerte Muriel. »Er ist so gut wie fertig. Entweder schaffe ich es, vor fünfzehn Uhr oder ich schicke ihn dir von zu Hause oder komme noch einmal her oder ...«

»Ist mir gleich, wie du es bewerkstelligst«, unterbrach Leander sie und griff zum Telefon. »Und jetzt entschuldige mich!«

***

Sie hasste ihn mal wieder.

Noch nie hatte Muriel beim Friseur wie auf heißen Kohlen gesessen und sich gewünscht, endlich wieder in ihr Auto steigen, um zurück zur Arbeit fahren zu können. Kurz nach neunzehn Uhr preschte sie ins Parkhaus des Bürokomplexes. Ihre Hoffnung, dass Emma noch da war, löste sich sogleich wieder auf, denn die Freundin gab stets so pünktlich ab, wie sie Feierabend machte. Wie auch immer es ihr gelang, alles so exakt zu timen – sie war um diese Fähigkeit zu beneiden.

Als sich die Stahltüren in der siebzehnten Etage öffneten, dröhnte Muriel Musik entgegen. Sie warf einen Blick auf die Anzeige, um sich zu vergewissern, dass der Fahrstuhl im richtigen Stockwerk gehalten hatte, trat dann hinaus und ging auf den inzwischen unbesetzten Empfangstresen zu. Fünf Schritte weiter stand sie im Großraumbüro, das ins warme Licht der untergehenden Herbstsonne getaucht war. Nicht einer der Schreibtische war noch besetzt, woraus zu schließen war, dass alle Nachzügler ihre Artikel abgeliefert hatten. Lediglich Leander war noch an seinem Arbeitsplatz. Und genau dorther kam der Lärm.

Der gar nicht so unangenehme Lärm war chillige House-Musik, die ein Kitzeln in Muriels Füße sandte und ihre schlechte Laune sofort verschwinden ließ.

Leander saß hinter seinem Schreibtisch, hatte das Kinn in die Hand gestützt und starrte auf den Bildschirm. Ihm gegenüber hatte Lina es sich bequem gemacht. Den Kopf in die Hand gestützt und die Beine unter den Po gezogen, lehnte sie über ein Papier, schrieb oder malte und wippte im Takt der Musik.

Muriel ging zu ihrem Arbeitsplatz und fuhr ihren PC hoch. Leander sah auf und zu ihr hin und auch Lina blickte sich um. Sie winkte, stand auf und hopste aus dem Büro.

»Hey, Muriel«, grinste sie und stützte sich auf ihrem Schreibtisch ab, als wolle sie Turnübungen machen. »Cool, dass du auch da bist. Bestellst du Pizza mit uns?«

Leander stellte die Musik leiser und kam ebenfalls zu ihrem Schreibtisch.

»Ich hatte nicht mehr mit dir gerechnet«, brachte er wie zur Entschuldigung für die ungewohnte Atmosphäre hervor.

Bevor Muriel antworten konnte, wandte Lina sich mit einer Frage an ihren Vater: »Kann Muriel auch eine Pizza haben?«

»Klar, kann sie. Aber wir wollen sie arbeiten lassen.« Er streckte die Hand nach Lina aus, um mit ihr zum Glaskasten zurückzukehren und fügte mit einem Muriel geltenden Zwinkern hinzu: »Sonst sitzt sie um Mitternacht noch hier.«

Lina kreuzte die Arme auf dem Rücken und zog einen Schmollmund. »Ich würde aber lieber bei Muriel bleiben.«

»Lina …«

»Ist schon okay«, warf Muriel ein. »Sie stört mich nicht. Ich bin sowieso gleich durch.«

Leander schluckte sein Kontra. »Okay, was für eine Pizza magst du haben? Ich bestelle in ein paar Minuten.«

»Eine mit Parmaschinken und Rucola, bitte.«

»Gute Wahl«, murmelte Leander und verschwand im Glaskasten.

Lina rollte Emmas Stuhl an ihre Seite und nahm bei ihr Platz. Obwohl sie viele Fragen stellte, amüsierte sie Muriel tatsächlich mehr als dass sie störte. Innerhalb von zehn Minuten arbeitete sie die Korrekturen ein und sendete die September-Kolumne an Leanders Adresse.

Während sie auf sein Feedback wartete, ließ sie sich auf Linas Alberei ein und staunte nicht schlecht, als das Mädchen die einzelnen Arbeitsplätze den Redakteuren zuordnete. Reihe für Reihe arbeitete sie sich vom hinteren in den vorderen Bereich durch und schloss mit dem Schreibtisch der Assistentin ihres Vaters.

»Bist du so oft hier?«, fragte Muriel.

»Logisch, bin ich das. Mindestens einmal in der Woche. Heute hat Tom mich hergebracht, weil er ein Date hat.« Lina zuckte die Schultern und sah zu Leander hin. »Und Dad hat eben noch zu tun.«

Mist!, schoss es Muriel durch den Kopf. Er hatte zu tun, weil sie und einige andere die Deadline zu knapp bemaßen.

»Bist du gern hier oder findest du es eher nervig?«

»Ich find's cool. Manchmal auch ein wenig öde, weil keiner sonst da ist. Jetzt gerade finde ich es besonders cool, weil du da bist und ich dir zuschauen kann. Ich glaube, später will ich mal das machen, was du machst.«

Muriel lachte und lehnte sich im Stuhl zurück. Sie verschränkte die Finger im Nacken und stieß sich leicht mit dem Fuß ab, sodass sie schaukelte. »Als ich so alt war wie du und immer bei meinem Dad in der Redaktion saß, wollte ich auch genau das.«

»Siehst du, und jetzt machst du es.«

»Doch bis hierher war es ein langer Weg, der über Prüfungen und so lästige Dinge wie Hausaufgaben führte. Wie sieht's aus? Hast du deine Hausaufgaben schon gemacht?«

Linas Miene wechselte von relaxt zu verdrießlich. »Natürlich. Aber Spanisch muss Dad sich noch anschauen. Spanisch ist ein Krampf.«

»Ist es nicht«, widersprach Muriel. »Spanisch ist die leichteste Sprache der Welt.« Sie setzte sich auf und fuhr ihren PC herunter. »Na los, hol deine Unterlagen und lass uns vor der Pizza einen Blick drauf werfen.«

»Okay«, strahlte Lina und sprintete zum Glaskasten.

Siebzehn

Nach den Terminen in der Werkstatt und beim Zahnarzt belohnte Muriel sich mit neuen Schuhen, war gegen zwanzig Uhr wieder zu Hause und ließ Wasser in die Badewanne.

Emma und Janis wollten später vorbeikommen, damit sie gemeinsam ausloten konnten, in welchem Club sie abtanzen würden.

Muriel öffnete einen Rotwein, schenkte sich ein Glas ein und stieg in die Badewanne. Die Tür des Badezimmers ließ sie offen, damit sie die Musik besser hören konnte. Den Kopf auf die Stütze gelegt, entspannte sie und erteilte ihren Gedanken eine Pause. Wahrscheinlich wäre sie sogar eingeschlafen, hätte sie das Klingeln nicht zurück in die Realität geholt.

Mit dem Blick auf die Uhr stellte sie fest, dass es tatsächlich schon kurz vor zehn Uhr war. Leise fluchend stieg sie aus der Wanne, wickelte sich in ein Handtuch und tappte in den Korridor.

»Ihr seid zu früh«, ließ sie Emma und Janis über die Gegensprechanlage wissen und drückte den Summer, ohne ihnen die Möglichkeit einer Rechtfertigung zu geben.

Zurück im Bad schloss sie die Tür, rieb die letzten Wassertropfen von der Haut und föhnte ihre Haare kopfüber trocken. Ein wenig angekratzt dachte sie währenddessen darüber nach, dass sie zwar keine Stunden im Bad benötigte, es jedoch auch nicht ausstehen konnte, so von Null auf Hundert gehen zu müssen. Die paar Minuten in der Wanne hätte man ihr echt noch gönnen können.

Den Kommentar an ihre Freundinnen schon auf den Lippen, betrat sie wenig später den Wohnbereich und erstarrte. Leander lehnte gegen eine der Fensterbänke. Die Arme vor der Brust verschränkt, sah er zu ihr hin. Er ließ seinen Blick über ihren ins Handtuch geschlungenen Körper schweifen, konzentrierte sich dann jedoch auf ihre Augen.

Muriels Mund klappte auf und, da es ihr die Sprache verschlagen hatte, wieder zu, ohne dass ein Ton herausgekommen war. Der einzige, der etwas sagte, war David Gray. »What will be will be. I wanna hold you now ...« (»Was sein wird, wird sein. Ich will dich jetzt festhalten ...«), sang er.

Leander stieß sich von der Fensterbank ab. Mit jedem Schritt, den er näher kam, donnerte Muriels Herz lauter.

Seine Augen blickten nicht länger kalt oder gar leer, und was Muriel in ihnen las, brachte den Boden unter ihren Füßen zum Wanken. Sehnsucht tobte darin, Verlangen verdunkelte das Grau und falls sie sich nicht täuschte, lag hinter allem sogar eine Spur von Bewunderung. Diese Kombination verunsicherte sie so sehr, wie sie sie beeindruckte und erwiesenermaßen lähmte. Keinen Zentimeter konnte sie sich von der Stelle rühren.

Leander hier zu sehen, war in etwa das Letzte, was sie erwartet hatte, und zugleich ein Tagtraum, der sich eben verwirklichte. Sie wollte tun, was David Gray sang; sie wollte ihn halten, hier und jetzt und sofort.

Leander blieb so nahe vor Muriel stehen, dass sie seinen Atem auf ihrem Gesicht spürte. Er bettete ihre Wangen in seine Hände, strich mit den Daumen darüber und küsste sie.

Sein Mund war eine Versuchung, die den Hunger nach mehr in ihr weckte. Er knabberte an ihrem Mund, sog ihre Unterlippe ein und ließ sie wieder gehen. Seine Zunge spielte mit ihrer, sinnlich und auf gewisse Weise fordernd, aber nicht forsch. Seine Hände strichen über das Handtuch in ihrem Rücken und legten sich unter ihren Po, hoben sie sanft an und zogen sie dichter zu ihm.

Muriel streifte das Jackett von seinen Schultern, wodurch sie ihn zwang, für eine Sekunde von ihr abzulassen, was er offenbar nur ungern tat. Sie wickelte den Schal von seinem Hals, ließ ihn neben das Jackett auf die Dielen fallen und widmete sich den Knöpfen seines Hemdes. Sie öffnete die Reihe der kleinen weißen Knöpfe, zog das Hemd aus seiner Hose, zerrte es schließlich so ungeduldig von seinen Armen, dass er darüber lächelte. Ebenso hektisch ließ sie sein T-Shirt folgen, und da war es: das Kreuz mit dem dunklen Stein.

Beinahe ehrfürchtig berührte sie den Anhänger, hob dann den Blick und sah, dass Leander sie mit einem sanften, wissenden Lächeln beobachtete. Sie strich über seine Haut, die sich fantastisch unter ihren Händen anfühlte; sie war warm und samtig und pulsierte über seinem Herzschlag. Muriel zeichnete die Linien seiner Brust nach, strich über die Wölbungen seiner Bauchmuskeln zum Bund der Hose, wo sie sich am Gürtel versuchte, der irgendeinem komplizierten Mechanismus zu unterliegen schien. Leander half nach.

Als sie seinen Hals küsste, legte er den Kopf zurück. Um ihn einzuatmen, lehnte sie die Stirn gegen seine Wange, schmiegte sich an ihn und spürte das wilde Klopfen seines Pulses auf ihren Lippen. Währenddessen öffnete sie seine Hose und schob sie über seine Hüften. Der Stoff raschelte leise und das Metall des Gürtels klimperte, als das wie üblich graue Kleidungsstück zu Boden fiel. Augenblicklich fanden seine Hände zurück zu ihrem Po. Er platzierte seinen Mund in der Mulde zwischen ihren Schlüsselbeinen und zog sie abermals an sich.

Sobald sich Leanders Erektion gegen Muriels Bauch drängte,

benahmen sich seine Hände wie Sambatänzer: Sie waren überall und verweilten nirgends. Seine Atmung ging stoßweise, so wie auch Muriels, geprägt und angetrieben von Begierde, die sie zur Eile mahnte und sie zugleich provozierte, dieses Spiel ewig hinauszuzögern. Denn es fühlte sich viel zu gut an, für etwas das je enden sollte.

Als sich Muriels Finger unter den Bund von Leanders Shorts schoben, gebot er ihr Einhalt, indem er ihre Handgelenke umfasste. Darauf hob er sie hoch, trug sie zum Schlafzimmer und legte sie aufs Bett. Über sie gebeugt, massierten seine Hände ihre Schultern und wanderten hinab zum Knoten ihres Handtuchs. Er löste ihn, klappte den flauschigen Baumwollstoff auseinander und strich über ihre Brüste.

Muriel flüsterte seinen Namen.

»Richtig«, murmelte er, küsste sie wieder und ließ zu, dass Muriel die Shorts von seinen Hüften streifte.

So nackt wie sie, stützte er sich zu ihren Seiten ab und schob sich zwischen ihre Beine. Während seine Lippen jeden Zentimeter ihres Gesichts liebkosten, fuhr sein Schaft in ihrer Nässe auf und ab, was sie bald so sehr reizte, dass sie seinen Namen ein zweites Mal flüsterte. Lustvoll diesmal, verlangend.

Er spielte mit ihr, ganz offenbar mit der Intention, sie zum Betteln zu bringen. Viel fehlte nicht und Muriel würde betteln, genoss sie auch sehr, was er tat. Das Pulsieren in ihr fühlte sich fabelhaft an und das Prickeln auf ihrer Haut war so warm, als käme es von tausend Sonnenstrahlen.

Als sie es nicht länger aushielt, schlang sie die Beine um ihn, legte die Hände an seine Wangen und sah ihm in die Augen. Sie liebte seinen Blick. In diesen zum Teil verklärten, zum Teil euphorischen Ausdruck, den das Grau in jenem Moment transportierte, war sie unendlich vernarrt.

Ihren Blick in seinem haltend, schickte Leander seine Eichel ein weiteres Mal über Muriels Kitzler, woraufhin sie die Finger in die Bettdecke krallte, den Stoff in ihren Fäusten ballte und sich näher an ihn schob.

Das leichte Zittern seiner Arme besagte, wie viel Selbstkontrolle ihn die Zurückhaltung kostete. Bei allem, was er tat, war er die reine Versuchung und seine Miene spiegelte pure Lust. Seine Lippen waren leicht geöffnet und in mancher Sekunde kämpfte sich ein abgehakter Atemzug zwischen ihnen hindurch. Die dunklen Brauen zog er vor Anspannung zusammen, und in seinen Augen stand nun nichts anderes mehr als offene Faszination.

Ihnen beiden blieb die Luft weg, als er in sie eindrang. Langsam schob er sich vor, war bald tief in ihr und verharrte dort, indem er sein Becken gegen ihres kreisen ließ. Dann zog er sich zurück, um sie mit einem Stoß auszufüllen.

Muriel stöhnte und hob Leander die Hüfte entgegen, damit er tiefer in ihr sein konnte. Während er sich mit einer Hand weiter aufstützte, platzierte er die andere unter ihrem Rücken und verlieh seinen Bewegungen mehr Kraft. Hin und wieder bebte sein Körper und Schauder rannen über seine Haut, um wie auf natürlichstem Weg auf Muriels Haut überzulaufen.

»Oh, Himmel«, murmelte er, legte sie wieder auf dem Bett ab und stieß schneller in sie. Er sagte ihren Namen, einmal, zweimal, und griff zwischen sie, um sie zusätzlich zu stimulieren.

»Komm für mich, Muriel!«, raunte er und lächelte über das Wimmern, dass seine Berührung und seine Bitte auslösten.

Muriel konnte nicht mehr klar denken. Sie spürte, wie sich etwas in ihr veränderte. Es war, als machte sie einen zusätzlichen Knoten in das längst geknüpfte Band, als verschrieb sie sich diesem Mann, der jetzt auf ihren Moment wartete, damit er ebenso loslassen konnte.

Als seine Bewegungen schneller und der Druck seines Fingers intensiver wurde, war Muriel soweit. Sie bäumte sich unter ihm auf und erstarrte dann. Ihre Beine umschlangen ihn fester, ihre Hände umfassten seinen Hüfte und zogen ihn an sich, tiefer in sich. Leander keuchte und wand sich, als sein Orgasmus über ihn hinwegrollte, und er stieß ein letztes Mal in sie. Sein Becken an ihres gepresst, hielt er inne und kam mit einem Laut, der Erlösung bedeutete.

***

Sie sagten kein Wort, lagen einander zugewandt und betrachteten sich – jeder gleichermaßen verwirrt und dennoch besänftigt vom Lauf der Dinge. Muriel strich über Leanders Gesicht und zeichnete den Mund nach, den sie in letzter Zeit so häufig lächeln sah. Seine Hand lag ihn ihrem Nacken und spielte dort in ihren Locken.

Als Muriel das Klingeln ihres Handys vernahm, hauchte sie einen Kuss auf Leanders Wange, stand dann auf und ging nach nebenan zum Schreibtisch. Emmas Nachricht war bereits eine Stunde alt. Sie hatte nicht viel geschrieben, ihr lediglich viel Spaß gewünscht. Muriel grinste, wunderte sich aber auch, woher Emma das wusste. Sie legte das Handy wieder ab und beeilte sich, zurück zu Leander zu kommen.

Er zog sie zu sich und ließ seine Lippen spielerisch über ihre streifen. Es dauerte nicht lange, bis die Natur des Kusses sich änderte und anzeigte, wohin der Weg führte. Sowohl Leanders als auch Muriels Hände tänzelten zuerst spielerisch, doch bald begehrend über die Muskeln des anderen. Muriel spürte, dass er so hart wurde, wie sie bereits feucht war, und rollte sich über ihn. Sie setzte sich auf ihn und liebte ihn ein zweites Mal.

***

»Beim ersten Mal im *Mandurah*«, murmelte Leander später, als sie Rücken gegen Bauch aneinandergekuschelt in der Dunkelheit lagen. »Ich wusste nicht, dass du es sein würdest.«

Muriel hatte sich diese Frage schon eine Weile gestellt.

»Wie hättest du reagiert, wenn du es gewusst hättest?«

Er lachte leise und platzierte einen Kuss auf ihrem Schulterblatt. »Na, wie schon. Ich wäre nicht hingegangen. Was meinst du, was für eine Panik ich die ganze Zeit über hatte. Ich war mir sicher, du würdest mich erkennen und war so bemüht, mein Gesicht vor dir zu verbergen.«

»Tust du so etwas häufiger?«, platzte es aus ihr heraus und noch in derselben Sekunde wollte sie die Worte zurücknehmen.

Ihre Frage schien ihm wenig auszumachen. »Hin und wieder«, entgegnete er. »Nicht oft. Zwei oder dreimal im Jahr lasse ich es auf einen One-Night-Stand ankommen.« Als er pausierte, ahnte Muriel was folgen würde. Und dann fragte er auch schon und griff ihren Wortlaut wahrscheinlich mit voller Absicht auf.

»Und: Tust *du* so etwas häufiger?«

Na toll!, dachte Muriel. *Herzlichen Glückwunsch zum Eigentor.* Sie mochte nicht lügen und ihn ebenso wenig mit der Wahrheit konfrontieren.

»Was denn?«, amüsierte er sich. »Musst du etwa nachzählen, wie viele es in diesem Jahr waren?«

»Es waren zu viele«, gab sie zähneknirschend zu. »Aber ich habe dabei immer auf mich aufgepasst«, fügte sie hinzu, um ihn nicht zu beunruhigen. »In jeder Hinsicht.«

»Okay«, sagte Leander und küsste ihren Nacken.

Muriel schloss die Augen.

Es tat so gut, ihn nahe bei sich zu haben. Es war so beruhigend, dass es beinahe beunruhigend war. Sie konnte nicht verschwinden, da es ihre Wohnung war, doch sie verspürte auch nicht den leisesten Wunsch, ihn zum Gehen aufzufordern. Sie wollte nicht allein sein. Sie wollte nicht mit irgendwem sein. Sie wollte mit Leander sein, und sie hielt an der Vorstellung fest, dass es nie ein Morgen geben würde.

»Weißt du, dass ich es nicht ausstehen kann, wenn du nicht in der Redaktion bist«, sagte er und klang zunehmend schläfrig. »Du hast mir gefehlt heute und vorgestern. Was war los am Mittwoch? Hast du Dämonen bekämpft?«

Muriel tastete nach seiner Hand, die auf ihrem Bauch lag, und verschränkte ihre Finger mit seinen. »So in etwa«, gestand sie. »Keine Dämonen, bloß ein paar Geister.«

»Ich hoffe, du konntest sie vertreiben.«

Muriel blieb ihm eine Bestätigung schuldig. Sie lauschte seinem Atem, der bald in regelmäßigen und tiefen Zügen ging.

Er war eingeschlafen – was irgendwie absolut unglaublich war. Leander lag in ihrem Bett, hielt sie umschlungen und schlief.

Noch viel unglaublicher war jedoch, dass sie selbst müde wurde und dass seine Nähe, die sie prinzipiell bewegungsunfähig machte, sie nicht beengte. Im Gegenteil, sie gefiel Muriel und stellte sie ruhig. So ruhig, dass sie ebenfalls in den Schlaf wegdriftete.

***

Ihr erster Gedanke nach dem Wachwerden galt Leander. Sie rief sich in Erinnerung, dass er in ihrem Bett eingeschlafen war, dicht an sie gekuschelt. Sie spürte seine Anwesenheit noch immer.

Als sie die Augen aufschlug sah sie, dass er in Paolo Coelhos *Elf Minuten* las. Wie es schien, war er bereits über Seite fünfzig hinaus, weiter als sie damit jemals kommen würde.

Er drehte den Kopf. »Hey, guten Morgen.«

Muriel rollte sich auf den Rücken und presste die Finger auf ihre Augen. »Guten Morgen«, antwortete sie und fühlte plötzlich Unsicherheit in sich aufsteigen. Wahrscheinlich benötigte sie noch ein paar Minuten, um sich an die Situation zu gewöhnen. Wahrscheinlich war sie bloß ... was war sie, zur Hölle?

Durcheinander? Verängstigt? Überfordert? Noch ganz bei Trost?

»Ich hätte Frühstück gemacht«, hörte sie Leander sagen. »Aber dein Kühlschrank war praktisch leer.«

»Ich weiß.«

Nervosität begann unter ihrer Haut zu pieken. Bekam sie etwa Panik, verdammt? Das würde sie nicht! Sie würde ruhig bleiben, ihn nichts merken lassen, über den Dingen stehen. Den Geistern keinen Zutritt lassen.

»Ich habe Schuhe statt Brötchen gekauft.«

»Nun, die können wir schlecht mit Honig beträufeln und verspeisen. Was hältst du davon, wenn wir uns anziehen und frühstücken gehen?«

Tatsächlich war dies eine irgendwie gute Vorstellung, vor allem, weil das bedeutete, dass sie aus der Wohnung kam.

Inzwischen lag ihre ganze Hand über den Augen. Muriel schaffte es einfach nicht, sie wegzunehmen und Leander anzublicken. Was nicht hieß, dass sie nicht wollte. Sie wollte schon, doch fühlte sich seltsam blockiert. Zudem mochte sie ihn nicht zu der Annahme bringen, dass sie ein Morgenmuffel war oder, schlimmer noch, alles bereute, was in der vergangenen Nacht geschehen war. Denn das tat sie nicht. Das würde sie nie.

»Gestern Nacht war sehr schön«, sagte Leander als könne er ihre Gedanken lesen.

Muriel spürte wie Tränen in ihre Augen schossen. Sie schlug die Bettdecke zurück und stand auf.

Im Gehen erwiderte sie: »Ja. Echt gut, dass wir das endlich getan haben. Unfertige Dinge kann ich nicht ausstehen.« Sie blinzelte die Tränen weg und öffnete den Kleiderschrank – nicht auf der Suche nach dem, was sie gleich anziehen würde, sondern noch immer nach einem Blickfang.

Sie hasste, was sie gerade gesagt hatte. Sie hatte es schon gehasst, bevor es ausgesprochen war und dennoch gewusst, dass sie es sagen würde – mit jeder Härte und Apathie, die ihre Stimme hervorzubringen vermochte.

Sie hörte, wie Leander das Buch beiseitelegte.

»Nett formuliert«, lautete seine Reaktion. »Ich werde nicht drauf eingehen, sondern es einfach ignorieren, okay?«

Dass er sie durchschaute, stachelte Muriels Zorn an. Sie wandte sich zu ihm um und runzelte die Stirn. »Den Psycho-Scheiß lassen wir besser. Das ist Abturner Nummer eins.«

Muriel konnte beobachten, wie sich seine Miene mehr und mehr verschloss. Alles, was er ihr von sich gezeigt hatte, sperrte er nun wieder weg. Sein Mund wurde zur bekannt schmalen Linie und seine Wangenkochen arbeiteten, als er die Zähne aufeinanderbiss. In seine Augen trat ein eisiger Glanz.

»Du hältst mich gewiss nicht für so dumm, dass ich dir das abkaufe. Du hast Panik, das ist alles.« Er schlug die Bettdecke zurück und stand auf.

Muriel drehte sich zum Schrank, um nicht zuschauen zu müssen, wie er sich anzog. Dicht neben ihr blieb er stehen.

»Ich weiß, wie du wirklich bist, Muriel. Gestern, das warst wirklich du. Das hier ...« Er stieß ein Schnauben aus. »Das ist lächerlich und weit unter meinem Niveau.«

»Wie gesagt«, presste Muriel hervor und griff nach einer

Hose, die sie eigentlich nicht anziehen mochte. »Maß dir lieber nicht an, mich einschätzen zu können, denn das kannst du nicht. Und betrachte die Dinge als das, was sie sind.«

Leanders Verärgerung war praktisch greifbar. Es schien, als wolle er sie packen und so lange schütteln bis sie zur Besinnung kam. Stattdessen hob er seine Boxershorts auf und ging hinüber in den Wohnbereich, um seine restlichen Sachen zu suchen.

»Wo genau wollen wir frühstücken?«, rief Muriel mit einem schon bösartigen Unterton in der Stimme und war nicht überrascht, dass Leander sich nicht die Mühe machte, darauf zu antworten.

Er zog sich an, nahm seine Schlüssel und verschwand.

Muriel schlug die Schranktür zu, lehnte die Stirn gegen die kühle Oberfläche und lauschte dem Rauschen ihres Adrenalins. Sie widerstand dem Drang, ihm nachzulaufen, obwohl sie nur zu genau wusste, dass sie exakt das tun sollte.

Was bist du für eine Idiotin!, schalt sie sich. *Was hast du gerade gemacht! Und aus welchem Grund? Ein Feigling bist du! Ein armseliger Feigling!*

Abermals stiegen Tränen in ihre Augen. Diesmal ließ sie sie laufen.

ACHTZEHN

Muriel fand weder Ruhe noch Konzentration.

Mit einem Becher Tee am Schreibtisch in ihrer Wohnung sitzend, starrte sie auf den ausgeschalteten Monitor und fühlte sich wie von ihren eigenen Gedanken vergiftet. Ein paar Mal nahm sie ihr Mobiltelefon zur Hand und suchte Leanders Nummer. Ebenso viele Male legte sie es wieder beiseite.

Muriel sank tiefer in den Drehstuhl und seufzte. Sie musste diesen verflixten Feigling in sich verbannen und Leander anrufen, denn einen Rewind-Button, mit dem sie den Morgen zurückspulen und das misslungene Material löschen konnte, gab es nicht.

Er hatte ihr gesagt, dass er ihr nicht glaubte, also wartete er vielleicht sogar darauf, dass sie sich meldete. Was sie sofort tun musste!

Erneut griff Muriel nach dem Handy, wählte seine Nummer, hielt das Gerät an ihr Ohr und hoffte, der Klingelton würde lauter sein als ihr wummerndes Herz. Statt des Klingelns hörte sie jedoch die automatisierte Ansage, dass der Angerufene nicht erreichbar sei.

Muriel fluchte und wählte nochmals – mit dem gleichen Ergebnis.

Sie ließ das Handy über den Schreibtisch schlittern, stand auf und tigerte durch die Wohnung. Auf der Suche nach Ablenkung warnte sie sich vor einer Analyse. Wenn sie damit begann, würde sie ganz sicher wahnsinnig werden, stellte sie für sich klar ... und analysierte die Tatsache, dass Leander nicht erreichbar war. Entweder befand er sich in einem Funkloch, was in Chicago unwahrscheinlich war, oder sein iPhone versagte ihm einmal mehr den Dienst, was Muriel sich ebenso wenig vorstellen konnte, denn er hatte das Problem nach ihrer Rückkehr aus New Orleans behoben. Dann gab es noch die sowohl schrecklichste als auch wahrscheinlichste aller Möglichkeiten: Er hatte das Gerät ausgeschaltet. Leander war immer über Handy zu erreichen, wahrscheinlich sogar nachts, und bekanntermaßen bekam er Wutanfälle, sollte ihm das Handy selbst einen Strich durch die Rechnung machen.

Nun, da es ihr verwehrt war, mit Leander zu sprechen, wollte Muriel es natürlich umso dringender – wie es sich nicht selten mit Wünschen verhielt, die sich erst dann manifestierten, wenn sie nicht realisierbar schienen. Eine zunehmende Hilflosigkeit verspürend, spielte sie sogar mit dem Gedanken, zu Leander nach South Loop zu fahren, doch verwarf die Idee, da die Wahrscheinlichkeit, dass er das Telefon ausgeschaltet hatte, mit einem ziemlich klaren Statement verbunden war. Und was sein Haustelefon betraf, diese Nummer hielt er so geheim wie jedes andere Detail seines Privatlebens.

So war es doch ... niemand wusste irgendetwas über den Menschen Leander Sands.

Außer ihr. Die Einsicht, wie weit er sie in diese gehütete Privatsphäre gelassen hatte und wie sie auf sein Vertrauen reagiert hatte, verursachte Muriel Übelkeit. Es war nicht so, als habe er sie hineingezerrt, vielmehr hatte sie angeklopft, er hatte die Tür geöffnet, sie war eingetreten, hatte sich umgeschaut – und schließlich die Flucht ergriffen. Als habe sie etwas ganz Furchtbares entdeckt. Dabei war nichts, was sie bei ihm gesehen hatte, furchtbar. Im Gegenteil.

Ihr Verhalten war nicht nur feige gewesen, gestand Muriel sich weiter ein, sondern auch egoistisch und eine auf Misstrauen basierende Beleidigung. Wie sie selbst hatte Leander guten Grund, vor einer Bindung zu scheuen. Was hingegen Misstrauen betraf, bestand für ihn sehr viel mehr Anlass als für sie.

Da sie von Minute zu Minute nervöser wurde, beschloss sie, sofort aus der Wohnung zu verschwinden – ohne Telefon, denn sie wollte ebenso wenig erreichbar sein wie Leander.

***

Finley Harrison öffnete die Tür, schaute verwundert über den Rand seiner eckigen Brille und lachte dann.

»Hey Darling!«, rief er. »Das ist aber eine Überraschung.«

»Hey Dad!« Muriel ließ sich von ihm in eine Umarmung ziehen und bettete die Stirn an seine Schulter. »Ich dachte, ich schau mal vorbei«, nuschelte sie in den weichen Stoff seines Sweatshirts.

Finley schloss sie fest in die Arme und strich durch ihr Haar. Nach einer Weile hauchte er einen Kuss auf ihre Stirn und rückte ein Stück von ihr ab, um sie anschauen zu können.

Muriel las seine Gedanken, wusste, dass er zur Kenntnis nahm, wie müde sie aussah und überlegte, ob die Ursache noch immer dieselbe war, doch statt die Frage zu äußern, gab er ihr mit einer Kopfbewegung zu verstehen, endlich ins Haus zu kommen.

Im Inneren roch es wie eh und je nach Holz und Gewürzen, was Muriel das Gefühl vermittelte, doch irgendwie zu Hause zu sein. Gleichermaßen anheimelnd war das vorherrschende Chaos. So lange es bei Finley unordentlich war, ging es ihm gut. Sollte er eines Tages beginnen aufzuräumen, würde sie sich Sorgen machen.

Muriel ging in den Wintergarten, wo sie sich beide am

liebsten aufhielten. Indes kochte ihr Vater Kaffee und brachte ihn bald an den Tisch.

»Meine Güte«, grunzte er und fuhr sich mit der Hand durch das wirr vom Kopf abstehende und mittlerweile ergraute Haar, das er für gewöhnlich zu einem Zopf zusammenband. »Es ist so gut, dich zu sehen, dass ich momentan irgendwie überfordert bin.«

»Dann setz dich doch einfach. Ich nehme mir schon, was ich brauche.« Muriel blickte sich um und schmunzelte. »Ist ja nicht so, als wüsste ich nicht, wo was zu finden ist.«

Finley setzte sich Muriel gegenüber und wischte ein paar Krümel von der Tischplatte auf die Bodenfliesen, wo sie in guter Gesellschaft waren. »Ich hoffe, du bleibst eine Weile.«

»Nur ein paar Stunden. Ich nehme den ersten Flieger morgen früh. Hab eine Verabredung zum Brunch.«

»Ach ja, der dritte Sonntag im Monat ...«, sagte er augenzwinkernd. »Was soll's, ein paar Stunden sind besser als nichts, und ich freu mich wirklich, dich zu sehen.«

Sie wusste, was ihrem Vater durch den Kopf ging. Zwei Jahre war es heute her. Aber er würde es nicht aussprechen. Zudem ahnte er bestimmt, dass es wieder jemanden in ihrem Leben gab. Aber er würde nicht fragen.

In so manchem Moment dachte Muriel darüber nach, dass es sich mit ihrem Vater ebenso gut einvernehmlich schweigen ließ, wie mit Leander.

***

Grundsätzlich dreimal im Jahr war Muriel pünktlich beim Brunch. Nämlich immer dann, wenn sie es selbst ausrichtete. Eine gute Entschuldigung hatte sie jedoch immer parat. So traf sie heute eine halbe Stunde später ein, weil ihr Flug Verspätung gehabt hatte.

Während Anne Geschirr, Gläser und Bestecke auf dem Tisch arrangierte, tippte Janis auf ihrem Telefon herum. Sie war so geistesabwesend, dass sie mit einiger Verzögerung auf Muriels Erscheinen reagierte.

»Sie ist verliebt«, flüsterte Anne und nahm den gebratenen Speck sowie das Rührei von Emma entgegen.

Muriel folgte Emma in die Küche, wo sich die Freundin sofort daran machte, Obst zu schneiden. Muriel umschlang sie von hinten, um sich anzulehnen und ihr über die Schulter zu schauen.

»Kann ich dir helfen?«, murmelte sie.

Emma lachte. »So motiviert wie du wirkst?«

»Ich bin mega motiviert.«

»Du bist mega was-anderes. Wie war dein Wochenende?«

»So la la ...«

»Ach, komm schon!« Emma nahm eine Birne und halbierte sie. »Ich dachte, ich flippe aus, als ich Leanders Auto vor deiner Tür stehen sah. Ich kann's immer noch nicht glauben. Das ist der Hammer!«

Als Muriel die Augen schloss, sah sie die Bilder des Freitagabends. Leider auch die des Samstagmorgens. »Ich bin so ein Depp«, nuschelte sie gegen Emmas Bluse.

»Einsicht ist der Weg zur Besserung.« Emma legte das Messer beiseite und drehte sich in der Umarmung um. Die Hände an Muriels Schultern gelegt, schob sie sie sanft ein Stück von sich, um ihr ins Gesicht schauen zu können.

»Du hast kalte Füße bekommen und ihn zum Teufel geschickt«, mutmaßte Emma und betrachtete sie nicht halb so bedauernd, wie Muriel es gehofft hatte. »Du tust mir nicht wirklich leid, weißt du«, erklärte Emma daraufhin. »Okay, ein kleines bisschen schon, schließlich fühlst du dich grauenhaft. Aber andererseits bin ich froh.«

Als Muriel die Brauen hob, fuhr sie fort. »Denn dass du dich grauenhaft fühlst, bedeutet letztendlich nur eines: nämlich dass du fühlst.«

»Ganz super …«, ächzte Muriel.

Emma öffnete ein Schubfach und suchte ein zweites Messer heraus. »Schneid die Ananas und sing ein Lied dazu. Das lenkt ab.«

Muriel tat wie geheißen, allerdings ohne zu singen. Sie schnippelte die Ananas unter das andere Obst und folgte Emma ins Wohnzimmer, wo Janis dabei war, Sekt auf die vier Gläser zu verteilen.

»Wie lautet der September-Toast?«, fragte Anne mit ihrem Glas in der Hand und blickte in die Runde.

Emma kam allen zuvor. »Letzten Monat war ich voreilig mit meinem Vorschlag«, sagte sie und zwinkerte Muriel zu. »Aber diesen Monat gibt es keinen besseren Toast.« Sie erhob ihr Glas und feixte. »Auf Leander.«

Muriel wollte einen Einwand erheben, doch Emma ließ sie nicht zu Wort kommen. »Keine Widerrede! Du weißt wieso.«

»Auf Leander«, stimmte Anne ein. »Ich hoffe, ich erfahre noch, warum wir auf ihn trinken. Offenbar weiß hier jeder mehr als ich.«

»Weil du uns zugunsten deines Physikers vernachlässigst«, frotzelte Janis, ließ ihr Glas gegen Emmas und Annes klingen und wandte sich mit auffordernder Miene an Muriel.

Muriel nahm ihren Sekt und brummelte: »Also gut, auf Leander!«

Während sie ihren Freundinnen zuprostete, schlich sich ein immer breiter werdendes Lächeln auf ihre Lippen.

***

Am Nachmittag, als Anne und Janis sich verabschiedet hatten, räumten Muriel und Emma die Küche auf und stöhnten dabei über ihre vollen Bäuche. Da es endlich einmal nicht regnete und sich die Sonne hin und wieder sogar durch die Wolken zwängte, beschlossen sie, einen Spaziergang entlang des Lake Michigan zu machen.

Sie waren nicht die einzigen, die das Wetter nach draußen lockte. Der Beach Walk wimmelte vor Spaziergängern, Rad- und Inline-Fahrern. Als sie einem Jogger begegneten, wurde Muriel sich bewusst, dass sie am Vortag das erste Mal nach vielen Monaten nicht auf ihrem Samstagslauf durch den Oz Park gegangen war. Sie hatte es total vergessen.

Sie sprachen kurz über Leanders Playlist für den von ihm geplanten Titelbeitrag und gingen dann eine Weile schweigend.

Emma lachte plötzlich und sagte: »Mich hat es ja fast aus den Latschen gehauen, als ich dein neues Thema gehört habe: ›Schluss mit Single: Zehn Zeichen, an denen du erkennst, dass es Zeit wird, ihr zu sagen, dass du sie liebst‹. Ich musste mir auf die Lippen beißen, damit ich nicht lache.«

»Was ist so lustig daran?« Muriel schickte der Freundin ein Schmunzeln und gab vor, nicht zu verstehen, worauf die andere hinauswollte. »Es ist ein perfekt männliches Thema, oder nicht? Für gewöhnlich sind es nicht die Frauen, die den Schritt in die Beziehung fürchten.«

»Für gewöhnlich nicht.« Emma vergrub die Hände in den Taschen ihrer Hose und begann, einen Stein vor sich her zu kicken. »Aus welcher Perspektive du dieses Thema ausleuchtest, interessiert mich allerdings brennend.«

Muriel erstickte Emmas Hoffnung noch im Keim. »Kommt nicht in Frage. Du wirst dich bis Ende Oktober gedulden müssen. Kümmere dich um deine Rezepte. Wohin geht die kulinarische Reise gleich? Nach Portugal?«

»Portugal, ja.« Emma seufzte. »Das ist wirklich gemein, mich so zappeln zu lassen. Dabei weißt du schon jetzt ganz genau, was du schreiben wirst, nicht wahr?«

»Stimmt«, gab Muriel zu und nahm der Freundin den Stein ab, um ihn selbst zu kicken. »Wort für Wort.«

Der Stein hüpfte über den glatten Asphalt, kullerte noch ein Stück weiter und direkt unter die Räder eines Inline-Skaters, der während der Fahrt ein Schokoeis aß. Für einen Moment zu sehr auf sein Eis konzentriert, war er dem Stein nicht ausgewichen. Er stolperte und ruderte mit den Armen, um die Balance wiederzugewinnen.

Muriel, die befürchtete, er würde das Eis in ein Wurfgeschoss verwandeln, blieb vorsichtshalber stehen und hielt Emma am Ärmel fest. Emma stieß einen erschrockenen Laut aus, legte eine Hand über ihren Mund und beobachtete teils amüsiert, teils entsetzt, wie der Inline-Skater in großen Schritten auf sie zu holperte. Während Muriel im Stillen betete, er möge sich endlich fangen, und vom Weg ins Gras trat, um ihm mehr Platz zu verschaffen, blieb Emma wo sie war. Als wolle sie ihm die fehlende Balance geben, ihn halten oder zumindest stoppen, streckte sie die Arme aus.

Tatsächlich stoppte sie ihn. Binnen einer Sekunde.

Begleitet von ihrem Schrei und dem des Mannes landete Emma nicht gerade sanft auf ihrem Hinterteil. Er fiel auf sie drauf, genau genommen fiel er zwischen ihre Beine, und drückte ihr das Schokoeis auf die Jacke.

Mit wenigen Sätzen war Muriel bei ihnen, um sich zu vergewissern, dass vor allem Emma nichts geschehen war, kam sich jedoch seltsam unsichtbar vor. Emma starrte den Mann über ihr an, dem die Sonnenbrille von der Nase gerutscht war und nun auf dem Kinn hing.

»Hey«, sagte er.

»Hey«, antwortete Emma.

Ratlos blickte Muriel von einem zum anderen und fragte sich, was da gerade passierte. Als ihr dämmerte, dass die beiden wahrscheinlich gern so bleiben wollten, nur ohne Kleidung, begann sie zu lachen, was ihr zumindest die gewünschte Aufmerksamkeit einbrachte. Sowohl Emma als auch der stürmische Inlinefahrer blickten sie an, als käme sie aus einer anderen Welt.

Neunzehn

Ziemlich genau um neun Uhr setzte in der Redaktion verwundertes Gemurmel ein, als Leander nicht erschien. Von Minute zu Minute wurde es lauter und raubte Muriel bald den Verstand.

Etwa eine Stunde später erhielten alle Kathys Infomail, in der sie darüber in Kenntnis gesetzt wurden, dass ihr Chef sich ein paar Tage frei nahm und in absehbarer Zeit wieder für Rückfragen zur Verfügung stehen würde.

Das Gemurmel der Redakteure schwoll zu einem in Muriels Ohren bedrohlich klingenden Summen an. Sie hörte, wie Emma »Oh, Oh!« sagte. Die Arme lag mehr in ihrem Stuhl, als dass sie saß, weil ihr Hintern vom Sturz noch immer wehtat.

Muriel stützte den Kopf in die Hände und versuchte, die Geräuschkulisse auszublenden.

Was bitte waren ein paar Tage?, fragte sie sich. Und von welcher Dauer war eine absehbare Zeit? Wieso hatte Leander nicht ausrichten lassen, wie man ihn in dringenden Fällen erreichen konnte?

Ihr Fall war absolut dringend. Sie hatte kaum bis heute warten können. Sie war kurz davor zu platzen. Und nun das!

Kurzentschlossen lud sie ihr Postfach auf den Bildschirm, öffnete eine neue E-Mail und fügte Leanders Adresse ein. Sie wusste, dass er seinen Account auch von zu Hause aus abrief und hoffte, dass er ihn jetzt nicht ignorieren würde.

Betreff: Muriel war dumm!
Lieber Leander,
weißt du, dass ich es nicht ausstehen kann, wenn du nicht in der Redaktion bist?
Du fehlst gerade eine Stunde, und ich möchte mir die von dir angekündigte absehbare Zeit gar nicht vorstellen. Den gesamten Samstag und Sonntag habe ich auf Montag gewartet. Mein Plan sah vor, dich unter dem Deckmantel einer Besprechung im Glaskasten zu besuchen, um dir zu sagen, wie leid mir meine Reaktion tut. Das wird nun warten müssen - eine für dich (für mich leider nicht) absehbare Zeit.
Bitte lass mich wissen, wie es dir geht! Ich wollte dich nicht verletzten ... Stopp, stimmt nicht: Ich wollte dich verletzen, weil ich mich verletzen wollte. Das war dumm und kindisch und alles, was du mir vorgeworfen hast.
Lass mich wieder mit dir aufwachen!
Muriel

Bevor sie es sich anders überlegen konnte und sogar ohne die Sätze auf eine korrekte Rechtschreibung zu überprüfen, versendete Muriel die E-Mail.

Eine halbe Stunde später erhielt sie die Lesebestätigung und verbrachte den Rest des Vormittages mehr oder weniger damit, auf Antwort zu warten. Ihre Mittagspause überzog sie absichtlich um eine halbe Stunde, in dem verrückten Glauben, er würde seine Antwort in eben diesen dreißig Minuten an sie abschicken. Als sie an ihren Arbeitsplatz zurückkehrte und sah, dass Leander nicht geschrieben hatte, kam mit der

Enttäuschung die Gewissheit, dass er nicht antworten würde. Hätte er es gewollt, wäre es längst und wahrscheinlich prompt geschehen.

Warum er nicht wollte – dafür gab es viele Gründe. Sie zu überdenken und abermals nach Wahrscheinlichkeiten auszuschließen oder in den Vordergrund zu rücken, würde sie gänzlich in den Wahnsinn treiben.

Muriel schloss ihr Postfach und verbot sich, es vor Feierabend wieder zu öffnen. Darauf lud sie ein leeres Textdokument auf den Bildschirm und begann ihre neue Kolumne.

Wie sich sehr schnell herausstellte, war es der einfachste Artikel, den sie je geschrieben hatte. Weitaus mehr als zehn Anzeichen, an denen *Mann* erkannte, dass es Zeit für eine Beziehung war, fielen ihr ein, und so wechselte sie immer wieder aus dem Text in die Notizen. Ihre Finger flogen nur so über die Tastatur. Sie brauchte nicht lange über Formulierungen nachzudenken, denn was sie zu sagen hatte, kam aus ihrem Inneren und hatte scheinbar nur darauf gewartet, freigelassen zu werden.

Am Ende war die Kolumne ein Weckruf für all die Verletzten und Verlassenen sowie eine Aufforderung an all die Hasenfüße, sämtliche Sinne auf Empfang zu schalten und offen zu sein für das, was sie empfangen würden. Außerdem war jedes Statement, jeder Hinweis an die Leser von *KINGz* ein Geständnis an sich selbst.

Muriel war sich bewusst, dass sie den Text mehr für sich selbst schrieb – und für Leander – als für irgendwen anders. Damit nahm sie nicht nur eine Last von ihrer Seele, sie hoffte auch, Leander würde es als das erkennen, was es war: Eine Liebeserklärung.

Eben tippte sie den Schlusssatz zum fünften Absatz ein, da wurde ihr Bildschirm schwarz. Muriel blinzelte sich in die

Realität und erblickte Emma, die auf der Schreibtischkante hockte.

»Dokument speichern, PC runterfahren …«

Muriel unterbrach sie, mehr belustigt als verärgert. »Das ist ausschließlich bei eingeschaltem Bildschirm möglich.«

Emma drückte den Power Knopf des Monitors ein zweites Mal und wiederholte ihre Anweisung: »Dokument speichern, PC runterfahren, den Montagabend feiern.«

Muriel tat wie befohlen. »Gibt's irgendeinen Anlass?«

»Brauchen wir nicht.«

Also stand sie auf, schob ihren Stuhl an den Tisch und nahm ihre Tasche. »Na, dann mal los. Stell dich besser darauf ein, dass ich heute eine wortkarge Gesprächspartnerin mit einem Hang zur Sentimentalität abgebe.«

Emma humpelte voraus, fluchte und hielt sich den schmerzenden Hintern. »Damit kann ich inzwischen umgehen. Du hast mich jahrelang trainiert«, brummelte sie. »Obwohl, das mit der Sentimentalität wäre doch ein ganz neuer Wesenszug. Ich bin gespannt.«

***

Noch nie hatte sich Muriel wegen eines Mannes betrunken. Dass ihr Wecker ausgerechnet heute nicht klingelte, war ein Segen, denn ab dem zehnten Tequila hatte sie zu zählen aufgehört. Nachdem sie mit einem Blick auf die Uhr jedoch festgestellt hatte, dass es bereits nach Mittag war, quälte sie sich aus dem Bett und unter die Dusche.

In halbtrunkener Blindheit stieß sie ihre Kaffeemaschine beim Rausziehen eines Steckers von der Anrichte. Seufzend ließ sie sich auf einen Stuhl sinken.

Da sie ohnehin zu spät in die Redaktion kommen würde und Leander das aufgrund seiner Abwesenheit nicht kritisieren konnte, beschloss sie, bei *Walmart* zu stoppen und eine Kaffeemaschine zu kaufen.

***

Die dunkelste Sonnenbrille auf der Nase tappte sie wenig später zur Elektroabteilung des Marktes, wählte ein akzeptables Gerät aus und wollte sich zu den Kassen aufmachen, da hörte sie ihren Namen.

Als sie sich umwandte, entdeckte sie Lina. Mit einem letzten Hopser war das Mädchen bei ihr, verschränkte die Arme im Rücken und feixte zu ihr hoch.

»Na?«, fragte sie.

Muriel strich flüchtig über Linas Wange. »Was machst du denn hier? Ist die Schule schon vorbei?«

»Klar. Dad hat mich heute abgeholt. Gestern auch. Wir kaufen gerade einen Fernseher.« Sie zog eine DVD hinter dem Rücken hervor. »Schau mal, das hab ich mir ausgesucht. Kennst du den?«

Muriel las den Titel: »Zehn Dinge, die ich an dir hasse«. Sie warf einen Blick auf die FSK-12-Angabe und fragte sich, ob Leander den Film schon abgesegnet hatte. In Linas Alter hatte sie nicht nur Mickey-Maus-Sweatshirts getragen, sondern auch Mickey-Maus-Filme geschaut. »Hat dein Dad diesen Film mit ausgesucht?«

»Nein, der ist doch bei den Fernsehern.« Lina sah sich nach ihm um und entdeckte ihn zeitgleich mit Muriel. Glücklicherweise war er im Beratungsgespräch. »Komm doch mit rüber. Er freut sich bestimmt.«

Muriel konnte sich die unangenehme Szene nur zu gut vorstellen und verneinte. »Du, ich muss jetzt wieder in die Redaktion.«

Lina kniff die Augen zusammen. »Das ist eine Ausrede.«

Muriel war so erstaunt, dass ihr die Sprache wegblieb.

Die Kleine hingegen hatte noch etwas anzufügen. »Ich finde es schrecklich, wenn sich Erwachsene albern benehmen.«

Muriel ächzte im Stillen. Dieses Mädchen war weder auf den Mund noch auf den Kopf gefallen, weshalb es eine umso größere Herausforderung darstellte, sich von diesem Vorwurf unbeeindruckt zu zeigen. Sich so schnell zu verabschieden, wie sie es nun tat, war nicht nur wenig überzeugend, sondern hinterließ auch ein perfekt zum Kater passendes dumpfes Gefühl.

***

Wieder einmal fand Muriel kein Ende. Emma hatte sie nicht überzeugen können, Feierabend zu machen, denn sie wollte die Kolumne fertig schreiben – oder zumindest deren Rohfassung und sich später um den Feinschliff kümmern.

Nachdem sich ihr Kopfschmerz gelegt und sie alle unerwünschten Gedanken ausgeblendet hatte, kam Muriel so zügig voran wie am Vortag. Kurz vor zwanzig Uhr tippte sie den letzten Satz des zehnten Absatzes. Darauf lehnte sie sich im Stuhl zurück, verschränkte die Arme hinter dem Kopf und fühlte sich zum Heulen glücklich.

Ihr Blick wanderte zum Glaskasten, der wie die restlichen Arbeitsplätze in Dunkelheit getaucht war, und sie erinnerte sich an die Abende, an denen sie und Leander beide lange gearbeitet hatten. Wenngleich sie kaum ein Wort miteinander gewechselt hatten, war es doch nicht so still gewesen wie jetzt. Nicht, weil sie ihn telefonieren hörte, er Musik eingeschaltet hatte oder auf seiner Tastatur tippte, sondern weil er dagewesen war.

Sie konnte es wirklich nicht ausstehen, wenn er nicht hier war. Er fehlte ihr.

Mit einem stillen Seufzer öffnete Muriel das Postfach, lud die Kolumne in die Anlage einer neuen E-Mail und sendete sie zur vorläufigen Abstimmung an Leander. Darauf fuhr sie den PC runter, packte ihre Sachen zusammen und ging zum Fahrstuhl.

Den Blick auf ihre Schuhe gesenkt, die Gedanken noch mitten im Text, erwartete sie seinen Gong und trat ein, als die Türen sich öffneten. Sie hielt inne, als sie bemerkte, dass der Fahrstuhl bereits Passagiere hatte. Für die späte Uhrzeit war dies zwar eine Seltenheit, aber dennoch kein Grund, um die nächste Fahrt abzuwarten – außer natürlich, die Situation erforderte es. Bevor Muriel eine Entschuldigung murmeln und wieder aussteigen konnte, schlossen sich die Türen hinter ihr und der Fahrstuhl rauschte dem ersten der zu passierenden Stockwerke entgegen.

Der Knopf für die Tiefgarage war schon gedrückt, also versuchte Muriel zu relaxen und ihr Augenmerk auf die gegenüberliegende Stahlwand festzunageln – was ihr misslang. Immer wieder huschte ihr Blick zur Kopfseite des Fahrstuhls und den drei Leuten: zwei Männer, eine Frau. Sie stand zwischen ihnen, hatte den Kopf zurückgelehnt und gab sich den Mündern und Händen der beiden hin. Diese waren überall: auf ihrem Hals, ihrem Dekolleté, ihren Brüsten, ihrem Bauch. Einer der Männer begann, die Bluse der Frau aufzuknöpfen und sah dabei zu Muriel hin. Ein Lächeln lag auf seinen Lippen, als er seine Hand unter den BH schob, sie dann wieder höher und in den Nacken der Frau wandern ließ. Offenbar übte er dort einen gewissen Druck aus, denn sie ging in die Knie. Beide Männer öffneten ihre Anzugshosen und überließen es ihr fortzufahren. Ohne zu zögern griff sie in die Hose des einen.

Muriel riss sich vom Anblick los und konzentrierte sich auf das Display, das die Stockwerke anzeigte. Sieben, sechs, fünf – gleich war es geschafft. Hitze stieg ihr in die Wangen als derjenige, der geschaut hatte, plötzlich neben ihr und dann vor ihr stand – mit offener Hose. Er parkte sein Gesicht so dicht vor ihr, dass sie seinen Atem auf ihrer Haut spürte, begegnete seinem provokativen Blick jedoch ohne zu blinzeln und zählte in Gedanken die verbleibenden Stockwerke mit. Er kam noch ein Stück näher, lächelte wieder und griff um Muriel herum. Nicht, um sie zu berühren, sondern um einen Knopf auf der Tastatur hinter ihr zu betätigen.

Es gab einen kleinen Ruck und der Fahrstuhl stand.

»Wir sind noch nicht so weit«, murmelte er an ihr Ohr. »Also gib uns noch einen Moment.« Sein Mund strich über ihren Hals. »Oder mach einfach mit.«

Muriel verneinte stumm aber bestimmt, worauf er die Schultern zuckte. Kaum stand er wieder bei seinen Gespielen, ließ die Frau den Schaft des einen aus dem Mund, rieb ihn stattdessen mit der Hand weiter und leckte über die Eichel des anderen. Sie stöhnte unter der zwischen ihren Lippen noch wachsenden Größe und kam seiner Aufforderung nach, ihn tiefer zu nehmen. Die Unruhe in ihrem Becken war ein Indiz dafür, dass sie ihn anderswo brauchte, was auch den Männern nicht entging. Die abermals in ihren Nacken gelegte Hand brachte sie zurück in den Stand und schob sich unter ihr Kinn. Während die Frau sich in den Kuss des einen vertiefte, ihre Zunge mit seiner spielen ließ, brachte sich der andere vor ihr in Position und strich über ihre Seiten zu ihrem Po, über ihre Oberschenkel. Ihre Hände umschlossen die hinter ihrem Rücken verlaufende Stange, als er sie anhob und ihre Beine spreizte, wobei ihr Rock nach oben rutschte. Sein Griff festigte sich um ihre Schenkel. Er drückte sie nach oben, schob sie noch weiter auseinander und ging dann an ihrem Körper hinab.

Muriel war nicht überrascht zu sehen, dass die Frau kein Höschen trug. Der Anblick ihrer vor Lust feuchtglänzenden

Spalte steigerte die Hitze in ihr und bewirkte ein Prickeln unter ihrer Haut, das sich bald in ihrem Unterleib sammelte. Ihr Atem stockte, als der nun hockende Mann die sich ihm darbietende, glatte Pussy zu lecken begann. Seine Zungenspitze teilte die Schamlippen und tauchte ein, was der Frau ein kehliges Stöhnen entlockte. Es wurde vom Mund des anderen Mannes verschluckt, der sie noch immer küsste. Als sie sich vor Erregung anspannte, festigte er den Griff um ihr Kinn und schickte seine freie Hand über ihre Brüste, holte sie aus dem BH und knetete sie abwechselnd, zwirbelte die Nippel zwischen den Fingern, bis sie rot und hart waren.

Muriel wusste kaum noch, wie sie stehen sollte. Ein Teil von ihr hätte allzu gern mit der Frau getauscht, die so brillant von den Männern verwöhnt, so intensiv geküsst und so hingebungsvoll geleckt wurde. Ein anderer Teil versperrte sich diesem Verlangen und erinnerte sie daran, dass es in unmittelbarer Verbindung zu Leander stand.

In den folgenden Minuten vertiefte sich die Ekstase der Frau. Sie driftete völlig weg, schmolz unter den Berührungen und raunte in immer kürzer werdenden Abständen, dass sie gevögelt werden wollte. Die Männer ließen sie zappeln. Der neben ihr Stehende streichelte sie weiter und öffnete ihre Spalte für den Mund des anderen. Der stieß seine Zunge in sie und umkreiste ihren Kitzler, bis sie sich wand und vor Erregung wimmerte. Schließlich richtete er sich auf, stellte sich vor sie und schob seinen, von ihr so ersehnten Schwanz in sie.

Keiner der drei registrierte, dass Muriel heimlich den Knopf drückte, der den Fahrstuhl wieder in Bewegung setzte. Den Blick nur starr auf das Display gerichtet, beobachtete sie dessen Fortschritt. Wenige Sekunden später fuhren die schweren Türen zurück und präsentierten eine dunkle Tiefgarage.

Mit einem Seufzer, der sowohl Erleichterung als auch Schwere ausdrückte, setzte sich Muriel hinter das Lenkrad und drehte den Schlüssel in der Zündung.

***

Mit dem Mittwoch begann ein weiterer Redaktionstag ohne Chef. Während sich Muriels Kollegen allmählich an sein Fortbleiben gewöhnten, quittierte sie es mit zunehmender Verärgerung und arbeitete stoisch vor sich hin. Dazwischen erteilte sie Emma sowohl eine Absage an eine gemeinsame Mittagspause als auch eine an ein Essen mit Janis und Anne im *Ardini*. Sie wollte nicht länger darüber nachdenken oder sprechen, wie miserabel sie sich fühlte. Sie wollte es durchstehen und in absehbarer Zeit wieder Mensch sein.

Das Ende dieses Seelendramas war inzwischen auch für Muriel absehbar. Sie gab Leander noch bis Freitag. Erschien er bis dahin nicht im Büro, würde sie ihm einen Besuch abstatten. Auf gar keinen Fall würde sie sich ein weiteres Wochenende vermiesen lassen.

Dass sie einen Fehler gemacht hatte, traf ja zu, aber deswegen würde sie nicht ewig in Demut kriechen. Schließlich hatte sie ihn wissen lassen, dass er ihr fehlte, dass sie wollte, was er wollte und fühlte, was er fühlte.

Weder auf ihre Entschuldigung noch auf die Kolumne hatte er reagiert. Nicht einmal die Mühe einer kurzen Rückinfo hatte er sich gemacht.

Die September-Ausgabe von *KINGz* war erschienen, und anstelle von Leanders Reaktion trudelten am Nachtmittag die ersten Fanbriefe ein. Wenngleich die Mails witzig und lieb formuliert waren, erheiterten sie Muriel kaum. Im Gegenteil, mit jedem neuen Posteingang wurde ihr Blick düsterer, da entdeckte sie eine E-Mail, die ihre Aufmerksamkeit erregte. Sie besaß keinen Betreff, und der Absender war Muriel unbekannt. Die wenigen Zeilen, die sie enthielt, las sie mit zunehmender Irritation.

```
Hallo Muriel Jones,
wie wäre es mit einem Revival? In einem etwas anderen Rahmen allerdings. Wenn du Lust hast, komm heute ins Mandurah. Sag dem Pagen das Codewort ›Party‹. Er bringt dich dann zum Zimmer.
```

Je öfter Muriel die Mail las, desto wütender wurde sie. Dass der Absender eine andere Adresse hatte, musste nichts bedeuten. So ein Account ließ sich in fünf Minuten erstellen. Die Anrede jedoch war identisch mit der aus der letzten Einladung ins *Mandurah*. Und die war von Leander gewesen.

Was bezweckte er nun hiermit? Wollte er sie provozieren oder demütigen? Was war das für ein Rahmen, in dem das Revival stattfinden sollte? Das Codewort deutete darauf hin, dass er sich kaum für eine Aussprache oder Versöhnung eignete, sondern ließ sie Schlimmes ahnen.

Zwanzig

Schon als Muriel das *Mandurah* betrat, spürte sie Übelkeit in sich aufsteigen. Wäre der Page nicht sofort zu ihr gekommen, hätte sie wahrscheinlich auf dem Absatz kehrt gemacht. So aber murmelte sie das Codewort und folgte ihm durch die Lobby und einen Gang entlang. An dessen Ende lag eine Tür, die er ihr aufhielt und dann wieder voranging. Eine Treppe führte ins Kellergeschoss, wo sich der Pool, der Fitnessbereich und die Sauna befanden. Diese passierten sie und gelangten in eine kleine Halle hinter der einige Veranstaltungsräume lagen. Der Page stoppte vor der letzten Tür, bedeutete ihr einzutreten, wünschte ihr viel Vergnügen und empfahl sich.

Muriel wartete, bis er sich entfernt hatte, dann lauschte sie. Sie hörte Musik, sonst nichts. Vorsichtig öffnete sie die Tür, blickte durch den Spalt, doch sah lediglich eine weitere Tür. Als sie abermals lauschte, nun auch ein Stöhnen und Ächzen von sowohl weiblichen als auch männlichen Stimmen hörte, wurde die Übelkeit, die ihr bisher zu schaffen gemacht hatte, augenblicklich von Zorn weggespült.

Das Bild, das sich ihr beim Eintreten bot, ließ sie für einen Moment an ihrem Verstand zweifeln. Der Raum war wie ein modernes Wohnzimmer eingerichtet. Es gab mehrere Sitzgelegenheiten, Tische und eine Bar. Auf einem überdimensionalen Flachbildschirm lief ein Porno – als bräuchte es einen solchen Stimmungsmacher noch. Nicht einer der Anwesenden sah den Film an. Sie alle waren miteinander beschäftigt, praktisch ineinander verhakt. Eine erste grobe Schätzung, die Muriel im Stillen abgab, belief sich über zwanzig Männer und Frauen, die sich da gegenseitig und wild durcheinander kleine und große Freuden und Qualen bereiteten.

Muriel sah lustverzerrte Gesichter, apathische Mienen, Münder, die Schreie formten, Schwänze lutschten, Spalten leckten. Nackte Männer- und Frauenkörper wälzten, räkelten und ritten sich in den Sesseln, auf der Couch, dem Boden oder irgendwo dazwischen und nahmen, was sich ihnen darbot. Zungen tauchten in rosa, vor Geilheit glänzende Pussys. Hände zwirbelten Nippel, massierten Haut, öffneten Beine. Pralle Erektionen wurden wahllos zwischen die nächstbesten Lippen geschoben, in einer Spalte oder einem Po versenkt.

Ganz gewiss konnte Muriel für sich ausschließen, dass sie spießig war, doch was sie hier sah, gefiel ihr nicht – und mit Sicherheit törnte es sie nicht an. Dass Leander nicht hier war, hatte sie bald mit einiger Erleichterung festgestellt und fragte sich nicht länger, ob er diese E-Mail versendet hatte.

Sie wandte sich ab, um zu verschwinden und prallte gegen jemanden, der wohl schon eine Weile hinter ihr gestanden hatte und ihr vage bekannt vorkam. Erst als er grinste, erkannte Muriel ihn als den Blondschopf der ersten Nacht im *Mandurah* und wollte nur noch schneller verschwinden. Als er ihr den Weg versperrte, wollte sie ihn am liebsten anrempeln und zur Seite stoßen, verschränkte jedoch wie zum Selbstschutz die Arme vor der Brust und betrachtete ihn abwartend.

»Ich hatte schon befürchtet, du würdest nicht mehr auftauchen«, sagte er und kam einen Schritt näher. Mit einem Finger strich er über Muriels Seite und ihren Arm.

Sie wischte seine Hand weg. »War ein Irrtum«, murmelte

sie. »Das hier ist nicht so ganz mein Ding.«

»Nicht?« Abermals berührte er sie, setzte dort an, wo sie ihn abgeschüttelt hatte und ließ seinen Finger über ihren Oberarm wandern. »Das Codewort war doch eindeutig.«

»Möglicherweise hatte ich andere Gäste erwartet.«

Als er auch die zweite Hand hinzunahm, schloss Muriel seine Unterarme in einen festen Griff. »Ich kann es nicht ausstehen, so angetatscht zu werden.«

Sein Grinsen wurde breiter. »Natürlich. Manche Dinge ändern sich. Zeig mir doch einfach, wie du es jetzt willst. So vielleicht?« Er wand sich ruck zuck aus ihrem Griff, packte sie und riss ihr die Jacke herunter. Bevor Muriel irgendwie reagieren konnte, stieß er sie nach hinten. Mit einem Aufschrei landete sie auf einem Sofa, neben einem anderen Mann, der, trotzdem er bereits von zwei Frauen verwöhnt wurde, noch eine Hand freihatte, um sie prompt in ihren Haaren zu vergraben. Der Blonde verschwendete keine Sekunde, stürzte sich auf sie und bedeckte ihren Hals mit Küssen, riss ihre Bluse auf und knetete ihre Brüste, die noch im BH steckten. Brodelnd vor Wut versuchte Muriel, ihn von sich zu schieben, stemmte die Hände gegen seine Schultern, zog die Beine unter ihm an und trat nach ihm, doch kam einfach nicht gegen ihn an und hatte bald das Gefühl, dass sie sich mit ihrer Gegenwehr nur selbst wehtat. Stück für Stück vereinnahmte er ihren Körper und zwang sich zwischen ihre Beine. Ihren nun auch lautstark geäußerten Protest würgte er mit einem Kuss ab, schob ihr die Zunge so tief in den Mund, dass sie, von Ekel getrieben, noch vehementer gegen ihn ankämpfte.

Was für Dritte aussah, wie ein zum Gesamtszenario passendes Rollenspiel eines spielerisch erotischen Kampfes, ließ Muriels Herz vor Angst laut in ihrer Brust hämmern. Es schlug noch verzweifelter, als sie spürte sie, wie der Blonde ihre Hose öffnete und eine Hand hineinschob. Sie knurrte unter dem andauernden widerlichen Kuss, schloss eine Hand um seinen Hals und drückte zu, womit sie zumindest ihren Mund befreien und wieder atmen konnte.

»Lass mich sofort gehen!«, keuchte sie und verpasste ihm einen Fausthieb, der ihn für einen Moment aus der Fassung brachte, dann aber lachte er wieder und schob seine Finger unter ihren Slip und in sie hinein – so hart, dass Muriel Tränen in die Augen traten.

»Nein, verdammt!«, schrie sie und wollte zum zweiten Hieb ausholen, da umschloss er ihr Handgelenk und hielt es über ihrem Kopf fest.

Ihr nächster Schrei brach ab, als er plötzlich von ihr gerissen wurde. Muriel rappelte sich auf der Couch hoch, zog die Beine dicht vor den Körper und erstarrte in der Bewegung, als sie Leander sah. Sekundenlang taxierten sie einander, dann wandte er den Blick ab und nahm den Blonden Maß. Seine Miene spiegelte blanke Verachtung. »Was gibt es an einem Nein nicht zu verstehen?«, grollte er. »Rührst du sie noch einmal an, breche ich dir alle Knochen!«

Er packte Muriels Handgelenk und zog sie mit sich. Sie versuchte, mit seinem Laufschritt mitzuhalten und die kaputte Bluse in die Hose zu stopfen. Bei den Konferenzräumen drehte er sich zu ihr um und musterte sie.

Schwer atmend und beschämt blickte sie ihn an. »Ich dachte, du wärst hier«, flüsterte sie schließlich, weil ihre Stimme nicht funktionierte. »Ich dachte ...«

»Ich weiß«, unterbrach er sie. »Du hast deinen Rechner nicht ausgeschaltet, und als ich das tun wollte, bin ich in deinem Posteingang gelandet.«

»Du warst vorhin in der Redaktion?«

»Ich bin jeden Abend in der Redaktion.« Leander schien noch etwas anfügen zu wollen, doch er ließ es, wandte sich um und ging.

Muriel stand wie festgewurzelt. Erst als Leander aus ihrem Sichtfeld verschwunden war, gab sie sich einen Ruck, lief die Treppe hinauf und durch die Lobby.

In dem Moment, als sie die Glastüren des *Mandurahs* aufstieß und auf die Straße stolperte, zog Leander die Tür des Taxis zu. Der Wagen fuhr an und reihte sich in den Verkehr ein.

Fassungslos und mit einem Herzschlag, der in ihren Ohren dröhnte, starrte Muriel dem gelben Gefährt hinterher.

***

Einmal mehr entführte sie der Traum von den Klippen des australischen Pazifiks zum römischen Pool. Wie zuvor tauchte sie unter, doch fand seinen Grund diesmal und schwamm ans Ufer des Lake Michigan, hinter dem die Skyline Chicagos vor dem nächtlichen Himmel thronte. Der Strand war verlassen, die See schwarz und wild. Nachdem sie eine Weile ohne ein Ziel gegangen war, blieb sie stehen und verschränkte die Arme vor der Brust.

Sie hielt das Gesicht dem Wind entgegen, konzentrierte sich auf ihre Empfindungen und spürte, wie seine Präsenz von Sekunde zu Sekunde stärker wurde, ganz so, als näherte er sich. Bald war sie sicher, dass er hinter ihr stand. Körperlich wie geistig fühlte sie sich zu ihm hingezogen, als befänden sich auf ihrer Haut viele kleine Sensoren, die eine Verbindung mit denen auf seiner Haut eingingen und zu miteinander kommunizierenden Plus- und Minuspolen wurden. Außerstande, dem immer stärker werdenden Magnetismus dieser Pole zu wiederstehen, gab sie dem physikalischen Gesetz nach und lehnte sich zurück.

Sein Körper war hart und es dennoch nicht, er war warm und zugleich eine Linderung, ein kühlender Trost – und der Kontakt zu ihm war so beruhigend, dass Muriel eine Last von ihrem Herzen atmen konnte.

Er schlang die Arme um sie und presste sie fest an sich, wie um zu verhindern, dass sie ihm entschlüpfte. Sie legte den Kopf gegen seine Schulter, bettete das Gesicht an seinen Hals, um seinen Duft einzuatmen, und hob die Hände, um sie auf Streifzüge durch sein dichtes dunkles Haar zu schicken.

Allmählich lockerte er seine Umarmung, doch tat dies nur, damit er mehr von ihr berühren konnte. Nicht fragend oder zurückhaltend bewegten sich seine Hände über ihren Körper, sondern nahmen ihn gierig in Besitz. Während eine Hand ihren Hals umschloss und seine Linien nachstrich, knetete die andere ihre Brüste durch den Stoff des Kleides, ertastete die härter werdenden Spitzen und rieb sie so lange, bis sie zu brennen begannen.

Sie schmiegte sich an ihn, um das Zeichen seiner Erregung in ihrem Rücken zu spüren, und entlockte ihm damit ein Keuchen. Seine Hand gab ihren Hals frei, damit sie tiefer fahren und wie die andere ihre Brust umschließen konnte. Unterdessen streute er Küsse in ihrem Nacken aus und presste seinen Mund auf ihre Schulter, um sie auch seine Zähne spüren zu lassen – nur sanft, doch mit der klaren Botschaft, dass er sie für sich beanspruchte. Dass sie ihm gehörte und er sie nicht gehen lassen würde, egal welchen Grund sie sich für eine Flucht überlegte.

Seine Hände wanderten weiter über ihre Rippen und ihren Bauch, rafften den Stoff des Kleides in Fäusten, bis der Saum ihre Hüften erreichte.

Von Sehnsucht angetrieben, strichen seine Finger über ihre Haut, über ihr Becken, den Venushügel und die Innenseiten ihrer Schenkel. Mit scheinbar größter Geduld, und dennoch so unnachgiebig, massierten sie jeden Zentimeter, und bald wollte sie ihn auffordern, ihre Mitte zu berühren und dem Ziehen ihres Unterleibs entgegenzuwirken. Doch sie blieb stumm, und ließ ihn tun, was er wollte – schließlich wusste er das schon einige Zeit länger als sie.

In zwei Bewegungen, die geradezu ineinander überflossen, zog er ihr Kleid und sein T-Shirt aus. Ihre Arme kreuzten einander, als er seine Hände ein weiteres Mal über ihren Brüste und den Bauch schickte, und sie nach hinten griff, um seine Shorts abzustreifen und von seinem Po über seine Seiten zu streichen, die Konturen seiner Beckenmuskulatur nachzuzeichnen. Er packte ihre Hüften und zog sie abermals an sich, wärmte sie in seiner Umarmung und ließ sie spüren, wie groß sein Verlangen nach ihr mittlerweile war. Diesmal fuhren seine Hände ohne Umschweife zwischen ihre Beine, streichelten und provozierten sie, bis sie sich zu winden begann.

Als er einen Finger in sie schob und die kleine Perle zugleich umkreiste, schwoll die Lust in ihr so abrupt an, dass ihr schwindelig wurde. Sie wollte ihm sagen, dass sie ihn ganz spüren musste, doch brachte kein Wort hervor. Wie jeder andere Muskel in ihrem Körper schien auch der für die Sprachfunktion verantwortliche gelähmt.

Seine Erektion, die er gegen ihren Rücken rieb, schien von Sekunde zu Sekunde heißer zu werden. Ohne von ihr abzulassen, dirigierte er den Schaft schließlich abwärts und ließ ihn zwischen ihre Pobacken gleiten, schob ihn noch ein Stück weiter vorwärts, um die Eichel in die Feuchte ihrer Spalte einzutunken. Wieder und wieder bewegte er sich vor und zurück, hielt vor ihrem Eingang inne und machte sie glauben, dass er eindringen würde – doch tat es einfach nicht.

Sein Spiel reizte sie auf so unterschiedliche Weise, dass sie nicht sagen konnte, ob es sie befriedigte oder frustrierte. Nichtsdestotrotz wurde sie dadurch auf immer höhere Ebenen geschaukelt und bald setzte das ersehnte Zittern in ihrem Unterleib ein, von dem aus es nur noch wenige Sekunden bis zum Orgasmus waren. Hitze stieg in ihre Wangen und ihr Atem stockte bereits unter den einsetzenden Kontraktionen, da zog er seine Hand fort und trat zurück.

Die plötzliche Kälte war wie ein Schock. Von Erschöpfung überwältigt und ohne jede Kraft in den Knochen, knickten ihre Knie ein. Da war er plötzlich vor ihr, fing ihren Fall auf und ließ sich mit ihr in den Sand sinken.

Der Blick in seinen grauen Augen sprach von Sehnsucht und streichelte sie so leidenschaftlich, wie es seine Hände bis eben getan hatten.

Warum kannst du mich nicht einfach lieben?, wollte sie ihn fragen, doch war nach wie vor unfähig, Worte zu formen.

Ihre Frage schien er trotzdem verstanden zu haben, denn er antwortete, gleichermaßen ohne Worte: *Es ist nicht einfach, dich zu lieben.*

Einundzwanzig

Sie würde nicht bis Freitag warten, beschloss Muriel auf der Heimfahrt am Mittwochabend. Statt sich in Richtung Norden aufzumachen, fuhr sie also nach South Loop und parkte bald vor dem Appartementhaus, in welchem Leander wohnte. Dies war die Woche der ersten Male, sagte sie sich und zweifelte an ihrer Rationalität. Nicht nur hatte sie sich wegen einem Mann betrunken, nun rannte sie demselben auch noch hinterher.

Nachdem sie dem Portier gesagt hatte, zu wem sie wollte, rief er für sie an und brachte sie daraufhin zum Fahrstuhl. Er betätigte den Knopf für die vierzehnte Etage und nickte ihr durch die sich schließenden Türen mit einem freundlichen Zwinkern zu.

Klopfenden Herzens trat Muriel in ein helles Foyer, dessen einzige Dekoration ein abstraktes Gemälde war. Die gegenüber dem Fahrstuhl liegende Wohnungstür wurde geöffnet – allerdings nicht von Leander, sondern von einem Mann, der Mitte zwanzig sein mochte. Er trug ein Sweatshirt mit dem Logo einer Heavymetal-Band, eine zerschlissene Jeans und einen so liebenswürdigen Ausdruck in seiner Miene, der seine Kleiderwahl beinahe wie ein Kostüm aussehen ließ. Muriel ahnte, dass dies Tom, der sogenannte Babysitter, war, und spürte Enttäuschung in sich aufkeimen, denn Toms Anwesenheit bedeutete Leanders Abwesenheit.

»Hey«, grüßte er sie und hob eine Braue zum Fragezeichen.

»Hey.« Muriel schob die Hände in ihre Hosentaschen, da

sie nicht wusste, wohin damit. »Ich möchte zu Leander. Ist er zu Hause?«

Tom verneinte ohne sichtliches Bedauern. »Kann ich ihm was ausrichten?«

»Ähm, nein ...« Muriel wandte den Blick ab, ließ ihn über das Gemälde wandern und überlegte für ein paar Sekunden, was es eigentlich darstellte. Eine erdolchte Einkaufstüte vielleicht? Oder doch ein hämisch grienendes Gesicht. Als ihr bewusst wurde, wie egal ihr das verflixte Bild war, gab sie sich einen Ruck und sah Tom wieder an. »Das ist nicht nötig, denke ich. Ich versuche, ihn morgen zu erreichen. Es hat keine Eile.«

»Verrat mir deinen Namen, damit ich ihn wissen lassen kann, dass du hier warst?«

»Nein, schon okay. Sag ihm am besten gar nichts ...«

Eine Kinderstimme schaltete sich ein. »Das ist Muriel.« Lina lugte und die Ecke. »Nun kommst du uns ja doch besuchen.«

»Natürlich ... «, sagte Tom als machte es irgendeinen Unterschied. »Ich wusste doch, dass ich dich schon mal irgendwo gesehen habe.«

Selbst wenn es für den Moment nichts änderte, tat es das allerdings. Dass Tom von ihr wusste, war wie ein kleines Kompliment an ihre Person. Sie wurde diskutiert im Hause Sands. Sie war Teil der Privatsphäre.

»Spielst du eine Runde mit?«, fragte Lina.

Da Muriel nicht allein sein wollte und eine Ablenkung begrüßt hätte, klang das Angebot gut. Andererseits erschien es ihr falsch, Leanders Appartement zu betreten – eingeladen von seiner Tochter, nicht von ihm – und sich dort aufzuhalten, bis er nach Hause kam. Er würde aus allen Wolken fallen, sich möglicherweise bedrängt oder überrumpelt fühlen. Sie wollte ihn nicht überrumpeln.

Ihr Zögern interpretierend, gab Tom mehr Details preis. »Leander ist in Rhode Island bei seinen Eltern. Heute Vormittag kam ein Anruf. Seinem Vater ging es nicht gut. Leander hat sich vorhin gemeldet und uns wissen lassen, dass soweit alles in Ordnung ist und er morgen den ersten Flieger nach Chicago nimmt.«

Diese Auskunft beinhaltete sehr viel mehr, als sie eigentlich sagte. Tom war über sie und Leander im Bilde.

»Wenn du magst«, fügte er hinzu, »kannst du uns gern Gesellschaft leisten. Wir trinken Erdbeermilchshakes, futtern Chips und haben die Regeln eines völlig verrückten Spiels, das mindestens drei Spieler verlangt, so abgeändert, dass es zu zweit funktioniert.« Sein Statement klang beinahe nach einer Bitte, ihn zu erlösen und sich als dritter Spieler zur Verfügung zu stellen.

»Wie heißt dieses Spiel denn?«, erkundigte sie sich.

»Dixit«, plauzte Lina und hüpfte aufgeregt durch den Flur – wahrscheinlich, weil sie ahnte, dass Muriel ihre Einladung annehmen würde. »Das hab ich von Dad zum Geburtstag bekommen. Es ist voll cool ...«

»Es ist voll psychedelisch«, unterbrach Tom sie, kniff ein Auge zu und rieb sich die Stirn.

»Ist es gar nicht!«

»Klar ist es das, du weißt nur nicht, was psychedelisch bedeutet.«

Lina zuckte die Schultern und hopste über die Türschwelle, um Muriels Hand zu ergreifen und sie in die Wohnung zu ziehen. »Weiß ich auch nicht. Aber es ist sicher was Doofes. Und das Spiel ist nicht doof.«

Wie sich herausstellte, war Dixit ein Kommunikationsspiel, das die Fantasie der Spieler auf Hochtouren brachte. Sie spielten mit wachsender Begeisterung, bis es für Lina Zeit wurde, ins Bett zu gehen.

Als Muriel sich verabschiedete, sagte Lina: »Wenn du das nächste Mal hier bist, spielen wir das zusammen mit Dad. Er ist echt gut darin. Seine Geschichten sind die schönsten.«

Bevor Muriel sich versah, umarmte Lina sie und wusste damit zuerst nicht umzugehen. Schließlich strich sie dem Mädchen über den Rücken und drückte ihr einen Kuss auf die Wange.

»Das machen wir«, versprach sie. »Nächstes Mal spielen wir mit Dad.«

»Mein Dad hat dich gern, weißt du«, kicherte Lina. »Wenn er von dir spricht, lacht er meistens.«

»Meistens? Ist er manchmal nicht auch furchtbar sauer auf mich?«

»Nein.« Sie noch immer umschlungen haltend, schüttelte Lina den Kopf. »Sauer ist er nie. Manchmal ist er ein bisschen traurig.« Sie rückte ein Stück von Muriel ab, um sie anschauen zu können und ergänzte mit verschwörerischem Blick. »Das versucht er vor mir zu verheimlichen, aber ich merke es trotzdem.«

***

Auch am Donnerstag ertönte um eine Minute vor neun nicht der vertraute Fahrstuhlgong. Muriel war die einzige, die nicht darauf lauschte, da sie ja wusste, dass Leander sich auf dem Rückflug von Rhode Island befand. Als er auch eine halbe Stunde später noch nicht in der Redaktion erschienen war, stellte sich jeder nicht nur auf einen weiteren Tag, sondern auch auf eine Redaktionssitzung ohne ihn ein.

Einige Kollegen reagierten missmutig, da sie Fragen an ihn hatten und mit ihren Artikeln ohne sein Feedback nicht so recht vorankamen. Andere betrachteten es gelassen und stellten Prosecco kalt. Eine Redakteurin der Fashion-Rubrik hatte Geburtstag und wollte die Redaktionssitzung nutzen, um darauf anzustoßen.

Das Meeting kam nur schwer in Gang – zumindest was die Produktivität betraf. Zwar beschäftigten sie sich mit den Themen der Oktober-Ausgabe, jedoch kaum in der Weise, wie sie es sonst von Zusammenkünften gewohnt waren, bei denen Leander anwesend war. Der Prosecco tat das Übrige.

Zu Beginn äußerte sich einer der Adventure-Boys über seinen bevorstehenden Trip zum Kilimandscharo, dessen Gipfel er mit dem Mountainbike zu erklimmen versuchen würde. Seine Vorbereitungen stellte er so haarsträubend komisch dar, dass das Gelächter immer lauter wurde. Für nicht weniger Amüsement sorgte eine Fashion-Redakteurin mit einem neuen Modetrend, der völlig absurd schien. Niemand glaubte, dass er sich jemals durchsetzen würde. Zwar hatte das Team dies schon von so einigen Neuheiten behauptet und wurde so manches Mal eines Besseren belehrt, weshalb sie vorsichtiger geworden waren, aber Winterstiefel mit Flip-Flop-Funktion erschienen allen doch widersinnig.

Das Gelächter verstummte abrupt, als sich Leander an die Stirn des Tisches setzte. Beim Anblick des Proseccos besann er sich auf den Geburtstag seiner Redakteurin und stand auf, um ihr zu gratulieren. Sie reagierte ein wenig konsterniert, nahm seine Glückwünsche dankend entgegen und beeilte sich, ein weiteres Glas aus der Küche zu holen.

Leander setzte sich wieder und blickte abwartend in die Runde. »Hab ich euch etwa aus dem Konzept gebracht?«, erkundigte er sich in einem Ton, der vor Ironie nur so triefte. »Das war nicht meine Absicht. Macht einfach weiter, wo ihr stehen geblieben wart.«

»Ähm, nun ja …«, meldete sich ein Sportredakteur zu Wort. »Wir haben gerade eine neue Fashion-Strecke beleuchtet, die eventuell in Frage käme.« Das Prusten des einen oder anderen überhörend, zwang er sich, ernst zu bleiben. »Die Sache hat echt viel Potenzial.«

»Gut zu hören«, entgegnete Leander. Lediglich die hoch gezogene Braue bekundete eine gewisse Belustigung und verriet, dass er diesen Teil des Meetings mit angehört hatte. »Was machen eure aktuellen Projekte? Sind in den letzten Tagen Fragen entstanden, die einer Klärung bedürfen?«

Dies war das Stichwort für all jene, die Leanders Abwesenheit beklagt hatten. Nacheinander brachten sie ihre Anliegen hervor und Leander gab das Go für benötigte finanzielle Mittel, für die Besuche von Veranstaltungen und Messen. Hin und wieder zeigte er sich skeptisch und reagierte ungehalten. Wie man es von ihm kannte, huschte dann Ungeduld über seine eigentlich gelassene Miene, doch anders als sonst, vertiefte er die zeitweilige Ungeduld nicht. Als habe er darin Übung, blendete Leander sie aus, um sich der nächsten Problematik zu widmen.

Der Versuchung ihn anzustarren widerstehend, malte Muriel kryptische Zeichen auf ihrem Notizblock.

Da war er wieder, dachte sie, der Profi Leander. So sachlich, so realistisch, so gar kein Träumer. So direkt und ehrlich in seiner Wortwahl, so impulsiv und dennoch so gefasst. Der über den Dingen stehende König von *KINGz*, den er in den vergangenen Tagen nicht abgegeben hätte – ihretwegen. Das war eine Tatsache, auf die sie nicht gerade stolz war.

Es war befremdlich, ihn so zu erleben und sich zugleich daran zu erinnern, was zwischen ihnen geschehen war. Sie wollte zu ihm gehen, sein Gesicht in ihre Handflächen betten und ihn auf den Mund küssen. Sie wollte ihm sagen, dass sie ihn vermisst hatte – den Leander, den er für den Moment präsentierte, wie auch den Mann, der sie für sich gewonnen hatte. Sie wollte ihm sagen, wie viel mehr als gern sie ihn hatte und wie oft sie daran gedacht hatte, wie es sein würde, mit ihm zu frühstücken ... an einem Samstagmorgen oder irgendeinem Morgen in irgendeiner Bäckerei in Chicago ...

Sie schreckte aus ihren Gedanken, als sie angesprochen wurde.

»Muriel, du hast mir die Vorabfassung deiner Kolumne für den Oktober bereits zukommen lassen«, richtete sich Leander an sie. »Danke dafür. Der Text ist okay. Einzelne Anmerkungen habe ich im Dokument notiert. Es liegt auf deinem Platz.«

Muriel nickte und blieb stumm.

Eben jene Sachlichkeit, für die sie Leander gerade noch bewundert hatte, tat ihr mit einem Mal weh. Natürlich hatte sie nicht erwartet, dass er vor dem Team auf Knien vor ihr rutschen und ihr für diesen grandiosen Artikel danken würde. Eine kleine geheime Botschaft hingegen wäre schon nett gewesen; schon ein wärmerer Grauton seiner Augen hätte genügt.

Der Text war okay?, ächzte sie im Stillen. Der Text war nicht okay, sondern eine verdammte Offenbarung. Sie hatte einen Seelenstrip hingelegt. Für ihn. Und er quittierte dies mit einem Okay? Das konnte nicht sein Ernst sein! Noch dazu drückte er sich um ein Gespräch, wie es für gewöhnlich stattfand, und warf ihr stattdessen seine Änderungswünsche auf den Schreibtisch.

***

Kurz vor Mittag beendete Leander die Redaktionssitzung. Die meisten ihrer Kollegen stoppten nur kurz an ihren Arbeitsplätzen und stürmten gleich weiter, um ihre Pause in den nahen

Bistros und Restaurants zu verbringen. Muriel setzte sich an ihren Schreibtisch und schielte auf den Ausdruck. Vier Blätter waren es, die sie, statt des von Emma vorgeschlagenen gesunden Salats, gern aufessen und am besten auch gleich vergessen wollte.

Leanders geschwungene Handschrift leuchtete ihr in Blau entgegen. Auf der ersten Seite hatte er drei Passagen markiert und Anmerkungen notiert. Muriel nahm den kleinen Stapel zur Hand und las, was er ihr mitzuteilen hatte.

Bitte bla bla dies ... Wie wäre es mit bla bla soundso ... Hier halte ich bla bla was auch immer für geeigneter ...

Zwar las sie die Worte, doch sie verstand kein einziges, denn ihr Großhirn erreichten sie nie, sondern versackten auf dem Weg dorthin im Chaos ihrer Gedanken.

Muriel legte die erste Seite ab, um die Notizen auf der zweiten und dritten zu überfliegen. Wie aus weiter Ferne hörte sie jemanden ihren Namen sagen und hob den Kopf. Leander stand vor ihr. Er drehte den Autoschlüssel in seinen Fingern, schob ihn dann zusammen mit der Hand in die Hosentasche.

»Wenn du magst, können wir später darüber reden.« Er nickte in Richtung des Ausdrucks. »Diese Notizen dienen lediglich als Anhaltspunkte ... für dich und mich.«

»Okay ...« Endgültig aus der Fassung gebracht, zog Muriel eine abschätzende Schnute und sah wieder auf die Papiere. Sie legte das dritte Blatt zur Seite und überflog das vierte. Es trug nur einen einzigen Vermerk, der nicht neben dem Text, sondern darunter stand. Schon wollte sie ihn als weiteren *Bla-Bla-Kommentar* im Nonsenssumpf versickern lassen, da klärte sich das Bild vor ihren Augen.

Ich dich auch, las sie. Daneben war ein Smiley gekritzelt worden.

Ein Lächeln umspielte ihren Mund als sie Leander jetzt

anblickte. Es wurde noch breiter, weil sich in seiner Miene endlich die bis eben vermisste, geheime Botschaft abzeichnete.

Es schien ihm schwerzufallen weiterzusprechen, wobei es ihn weniger zu stören schien, dass sie Zuschauer hatten. »Ich möchte dich sehen«, brachte er nach einigem Zögern hervor. »Allein. Würde es dir etwas ausmachen, in einer halben Stunde bei mir zu Hause zu sein?«

Ob es ihr etwas ausmachte? Muriel wollte am liebsten loslachen, weil irgendwelche verrückten Glückshormone durch ihren Bauch tänzelten, dabei war ihr zugleich danach zumute, vor lauter Erleichterung zu heulen.

»Da ich dich ebenfalls gern sehen möchte ... allein ...«, antwortete sie, »macht mir das ganz und gar nichts aus.«

»Dann hole ich uns jetzt schnell etwas zum Mittag und sehe dich dann gleich.«

Kaum dass er verschwunden war, packte Muriel ihren Kram zusammen. Auf halbem Weg zum Fahrstuhl bemerkte sie, dass sie ihren Autoschlüssel auf dem Tisch liegen gelassen hatte und spurtete zurück.

»Immer langsam mit den jungen Pferden«, kommentierte Emma ihre Rückkehr. Sie starrte auf ihren Bildschirm, als sei sie in eine Recherche vertieft. Lediglich ihr Grinsen verriet, dass sie die Unterhaltung mit angehört hatte. Das traf auch auf Paula zu, die Muriel mit offener Verwirrung musterte, den Mund aufklappte, als wolle sie etwas sagen, sich dann dagegen entschied, ihn wieder schloss und sich ihrer Arbeit widmete.

***

Eine Viertelstunde eher als vereinbart, parkte Muriel vor Leanders Appartementhaus. Der Portier ließ sie wissen, dass er noch nicht zu Hause war und bot ihr an, in einem mit Sesseln ausgestatteten Bereich in der Nähe des Fahrstuhls zu warten.

Von Minute zu Minute wurde sie ungeduldiger, rutschte im Sessel herum und ertrug bald weder das Sitzen noch die künstliche Kälte der klimatisierten Luft. Als sie aufstand, um wieder nach draußen zu gehen, hörte sie endlich Leanders Stimme. Er grüßte den Portier und kommentierte dessen Auskunft, dass er erwartet wurde, mit einem »Wunderbar, danke«.

Leander trug eine Box, in der sich offenbar ihr Mittagessen befand. Als er Muriel erblickte, zuckte ein Lächeln um seine Mundwinkel. Mit einer Geste forderte er Muriel auf, den Fahrstuhl vor ihm zu betreten, trat hinter ihr ein und betätigte den Knopf für sein Appartement. Die Türen hatten sich noch nicht ganz geschlossen, da waren ihre Blicke schon miteinander verknüpft und die Luft schien sich prompt um einige Grade zu erhitzen. Im Geiste sah Muriel, wie sie geradezu übereinander herfielen, sich die Klamotten von den Leibern rissen und ihre Münder auf die Eroberungstour des anderen Körpers schickten. Das mit einem Mal dunkle Grau in Leanders Augen erzählte eine ganz ähnliche Geschichte. Wie ein Blitz durchfuhr Muriel das Verlangen nach ihm und konzentrierte sich zwischen ihren Beinen. Sie spürte, wie das Blut in ihre Wangen stieg, wie es ihre Lippen voller werden ließ, sodass sie sich wie von allein ein wenig öffneten und einen Atemhauch hindurchließen.

So sehr von dem Anblick des anderen gefesselt, entging es ihnen völlig, dass der Fahrstuhl hielt und die Türen sich öffneten. Erst als sie sich wieder schließen wollten, ging ein Ruck durch sie beide. Hastig drückte Leander den Knopf, der die Türen ein zweites Mal öffnete.

Auf dem Weg zur Wohnungstür schienen Muriels Knie mehr und mehr die Konsistenz von Gummi anzunehmen. Durch eine seltsam verschleierte Sicht beobachtete sie, wie Leander aufschloss. Im Korridor angelangt, stellte er die Box auf einem Sideboard ab, wandte sich dann zu ihr um, schloss sie in die Arme und küsste sie so stürmisch, dass ihre Sinne sich augenblicklich schärften und ihr einen wahren Rausch bescherten. Sein Duft, der Geschmack seiner Lippen, das Funkeln seiner Augen, seine unkontrollierte Atmung, die Konturen seines Körpers unter ihren Händen – all dies ergab den bittersüßesten Cocktail, der ihren Verstand völlig ausschaltete und ihrer Lust die Zügel überließ.

»Ich hatte mir eine andere Reihenfolge vorgestellt«, murmelte er zwischen zwei Küssen an ihre Lippen. »Aber glaube nicht, dass dies hier länger warten kann.«

»Das kann es absolut nicht«, entgegnete Muriel und intensivierte den Kuss.

Sie bat seine Zunge in ihren Mund, knabberte an seinen Lippen und presste sich dichter an ihn. Ohne von ihm abzulassen, streifte sie das Jackett von seinen Schultern und zog das lavendelfarbene Hemd aus seiner Hose. Leander tastete sich von ihrem Hintern aufwärts unter ihre Jacke und die Tunika. Er fand den Verschluss ihres BHs und öffnete ihn im dritten Versuch.

Prickelnde Schauder jagten über ihre Haut, als seine Daumen über ihre Brustwarzen strichen. Es nicht mehr abwarten könnend, griff sie zwischen sie beide, um sich an seinem Gürtel zu schaffen zu machen. Der Gedanke an Leanders Tochter ließ sie plötzlich innehalten.

»Was ist mit Lina?«

Mit weiterhin geschlossenen Augen küsste sich Leander zurück zu Muriels Mund. Sobald er ihn gefunden hatte, nahm er ihre Hände und platzierte sie wieder auf seinem Hosenbund.

»Noch eine Stunde Unterricht. Danach Basketballtraining«,

nuschelte er zwischendurch und dirigierte sie unter Küssen, über zu Boden fallende Kleidungsstücke hinweg, in Richtung des Wohnzimmers.

Bald waren die beiden Stufen genommen, bald spürte Muriel den hellen weichen Fußbodenbelag unter ihren Füßen, doch bevor sie sich und Leander eng umschlungen auf der Couch sah, blitzte ein Wunsch in ihr auf, der von Sekunde zu Sekunde stärker wurde, und dem sie nur nachgeben konnte.

Leander schien überrascht, als sie ihm die Führung abnahm und ihn gegen die nächste Wand drängte. Den Moment, da er ihren Kuss unterbrach, um ihr forschend in die Augen zu sehen, nutzte sie, um ihren Mund an seinen Hals zu drücken und sich von dort aus an ihm hinabzuküssen. Als ihre Lippen eine seiner Brustwarzen umschlossen und daran saugten, stieß er ein Keuchen aus und zog sie dichter an sich, um seine Erektion, die sich noch immer unter der Boxershorts verbarg, an ihrem Bauch zu reiben. Genüsslich spielte Muriels Zunge erst über den einen, dann über den anderen Nippel und leckte auf dem weiteren Weg über jeden einzelnen Bauchmuskel.

Leander flüsterte etwas, das Muriel nicht verstand, doch als sie den Kopf hob, um nachzufragen, sah sie, dass es lediglich ein Ausdruck beginnenden Vergessens gewesen sein konnte. Sein Blick war ein wenig verschleiert, seine Brauen vor Anspannung zusammengezogen und seine Lippen ein wenig geöffnet, was ihnen einen mehr als sinnlichen Schwung verlieh.

Ohne ihn aus den Augen zu lassen, schmiegte Muriel die Wange gegen sein hartes Glied und spürte es durch den Stoff hindurch pulsieren. Die Berührung war so intensiv, dass Leanders Atem stockte, womit sich jeder Muskel aus der Perspektive, in der Muriel ihn sah, durch Anspannung in Szene setzte.

Leander gab einen wunderschönen Anblick ab. Und es war

ein berauschendes Gefühl, dass sie es war, die ihn so aussehen und fühlen ließ. Als er über Muriels Gesicht strich, breitete sich eine Gänsehaut auf ihrem Körper aus, die sich schlichtweg nicht mehr glätten wollte. Ihre Nippel wurden hart, ohne dass sie angerührt worden waren, und die süße Unruhe in ihrem Bauch drängte sie, ihn zu berühren, wo es nur möglich war.

Muriels Mund verweilte kurz an Leanders Bauchnabel und wanderte dann weiter zu seiner Seite, um den ausgeprägten Beckenmuskel, der unter seine Shorts führte, wie eine Rutsche zu benutzen. Knabbernd und leckend fuhr sie daran entlang, bis ihre Lippen am Stoff anlangten. Ihre Hände streichelten von seinen Seiten zu seinem Hintern und massierten seine Pobacken. Dann schob sie die Finger unter den Bund der Shorts und zog sie von seinen Hüften.

Während Muriel die umgebenden Zonen liebkoste, gab sie vor, seinen Phallus zu ignorieren, was praktisch unmöglich war, denn er war schlichtweg zu schön. Aus der kleinen Öffnung war bereits ein Tropfen weißer Flüssigkeit getreten und leuchtete so verführerisch, dass sie ihn am liebsten sofort abgeleckt hätte. Doch sie hielt sich zurück und ließ ihre Lippen stattdessen über die Innenseiten von Leanders Schenkeln wandern. Als würde sie kosten, leckte sie über seine Eier, was ihm ein zweites Keuchen entlockte und ein Zucken durch seinen Schaft schickte. Er legte den Kopf in den Nacken, schob seine Hände in Muriels Haare und bewegte sein Becken ein Stück zu ihr hin.

Behutsam sog Muriel eines seiner Eier in den Mund, ließ ihre Zunge darum tänzeln und gab es wieder frei, um sich dem zweiten kleinen Ball zu widmen. Nachdem sie das Spiel einige Male wiederholt, auch seinem Damm die gebührende Aufmerksamkeit geschenkt hatte und Leander es kaum noch ertrug, strich sie mit der Zungenspitze von seiner Schwanzwurzel bis hinauf zur Eichel. Als sie die Lippen darum schloss, wurde Leanders Griff in ihrem Haar fester. Es schien ihn Mühe zu Kosten, sich zurückzuhalten und ihr die Wahl des Rhythmus zu überlassen.

Während sie ihn tiefer und tiefer in den Mund gleiten ließ, sah sie zu Leander hoch. Er beobachtete sie nun wieder, endgültig in Ekstase versetzt, und bei jedem neuen Zug ging ein Beben durch seinen Körper.

»Du bringst mich um den Verstand, Muriel Jones«, flüsterte er. »Du machst mich wahnsinnig.« Ein Lächeln huschte über seine Lippen und blitzte kurz in seinen Augen. »Aber es ist ein guter Wahnsinn.«

Die Vorstellung erregte sie, und so erhöhte sie den Druck ihrer Lippen und hielt Leanders Härte im Vakuum ihres Mundes gefangen. Bald stieß er harsch den Atem aus und spannte sich weiter an. Statt sie anzutreiben, stoppten seine Hände sie nun manches Mal und als das Zucken einsetzte, zog er sich ganz aus ihr zurück.

Muriel blieb keine Zeit zu bedauern, dass er nicht in ihrem Mund kommen würde, denn Leander zog sie zu sich hoch, schloss sie in die Arme und presste seinen Mund auf ihren. Schritt für Schritt lotste er sie durch das Wohnzimmer.

Als Muriels Waden gegen die Couch stießen, verlor sie das Gleichgewicht und fiel rückwärts. Leander, der weder seinen Mund von ihrem noch seine Hände von ihrem Rücken nahm, bremste den Fall und legte sie sanft auf dem weißen Leder ab, das sich kühl gegen ihre Haut schmiegte.

»Ich will dich sehen«, sagte er und ließ seine Hand zu ihrer Mitte wandern. »Immerzu will ich dich sehen, dich entdecken. Jeden Zentimeter deines Körpers und deiner Seele.«

Muriel bog den Rücken durch, um ihm näher zu kommen. Er strich über ihre Schamlippen, nur über die äußeren und beobachtete, wie sie darauf reagierte.

»Ich will dich berühren«, sagte er darauf und ließ einen Finger durch die nasse Spalte gleiten. »Womit ich nicht ausschließlich physischen Kontakt meine. Ich will dich an Stellen berühren, zu denen du den meisten den Zugang verwehrst.«

Er senkte den Kopf, küsste über ihren Hals und ihre Brüste. Währenddessen drang er mit einem Finger in sie ein und reagierte auf Muriels Stöhnen, indem er einen zweiten hinzunahm.

»Ich will dich locken«, murmelte er zwischen zwei Küssen gegen ihren Bauch und ließ seinen Atem die Haut wärmen. »Ich will deine Neugier auf mich ein Leben lang wach wissen.«

Als seine Lippen ihren Venushügel erreichten, schlang Leander einen Arm um Muriels Taille.

Wie um die Konzentration auf seine Worte zu legen, zog er die Finger aus ihr. Als er nun weitersprach, klang seine Stimme heiser vor Erregung: »Ich will deine Grenzen finden und dich dazu bringen, sie zu überqueren. Nicht, um dich zu verändern, sondern um herauszufinden, ob du mir vertraust, wenn ich dir vertraue.«

Ein Ruck fuhr durch Muriels Körper, als er seine Zunge in ihre Spalte schob, durch ihre Nässe glitt, in sie stieß und sie ausleckte. Sie wollte ihren Unterleib gegen ihn kreisen lassen, doch sein fester Griff hielt sie davon ab, also vergrub sie die Hände in seinen Haaren und gab sich stöhnend seinem Rhythmus hin.

Von ihrem lauter werdenden Stöhnen angespornt, öffnete Leander sie weiter und zog das Häutchen zurück, unter dem sich die dunkelrosa Perle verbarg. Als er seine Zunge darum kreisen ließ, nahm ein Schwindelgefühl von Muriel Besitz, das ihre Empfindungen intensivierte und alles andere in weite Ferne rücken ließ. Auf jeden Laut, der aus ihrer Kehle aufstieg, antwortete Leander mit ein bisschen mehr Druck, und so dauerte es nicht lange, bis er das Beben in ihr weckte.

Zuerst war es leise und wohnte nur in ihrem Unterleib. Mit einem schon abrupten Schub breitete es sich aus und tobte bald durch jede Faser, jede Sehne, jeden Muskel. Muriel wand sich, verlor sich in perfekter Ekstase und schrie seinen Namen. Einmal, zweimal, immer wieder, bis er nur noch als Keuchen über ihre Lippen kam.

Leander schob seine Hüfte zwischen ihre Beine.

»Außerdem will ich dich ficken«, sagte er und rieb sein Becken gegen ihres, ließ seine Eichel durch ihre Spalte gleiten. »Ganz ohne Doppeldeutigkeit. Und weder will ich das nur zwei- oder dreimal noch will ich es nur heute.«

Noch träge vom Orgasmus lächelte Muriel über seine Wortwahl. Von Anfang an hatte er nicht »Ich möchte« oder »Ich würde gern« gesagt, sondern »Ich will«.

»Schlaf mit mir!«, flüsterte sie, als die Wogen in ihr abebbten. »Liebe mich!«

Er stützte sich über sie. »Das tue ich doch längst«, presste er zwischen den Zähnen hervor und stieß in sie.

Während ihre Bewegungen sich einander anpassten, verknüpften sich auch ihre Blicke. Entrückt waren sie und dennoch absolut wahrnehmend, intensiv und voller Begeisterung füreinander, verzaubert von dem, was geschah und was es in ihnen auslöste.

Mit einem neuen Stoß spannte Leander sich an und blieb in ihr. Sein Keuchen verriet, wie weit er war, und sein Innehalten war eine Aufforderung an sie, ihn zu begleiten. Es bedurfte nur einer winzigen Berührung, eines sanften Reibens ihres

Beckens an ihm, um sie beide im Sekundenrausch davondriften zu lassen.

Als es vorüber war, zog Leander eine Decke über sie beide und schloss sie in eine halbe Umarmung. Muriel lehnte sich an ihn und legte ihre Hand über seine. Sie lächelte, als seine Finger sich mit ihren verhakten.

»ZusammenStoss«
Die Internet-Story
Mit dem Gutschein-Code
MC1TBPLAS
erhalten Sie auf
www.blue-panther-books.de
diese exklusive Zusatzgeschichte als PDF.
Registrieren Sie sich einfach online oder
schicken Sie uns die beiliegende
Postkarte ausgefüllt zurück!

Epilog

Der Januarhimmel sendete dicke Flocken auf den gefrorenen Boden. Eisschollen trieben auf dem See, an dessen Ufer ein paar Möwen auf der Suche nach Essbarem watschelten. Das Horn eines ablegenden Schiffes tönte in ihr Krächzen, und als sei dies ein Weckruf, hallten ein Hupen und eine Sirene aus der nahen Stadt. Ihre stolze Silhouette sonnte sich im Licht der aufgehenden Wintersonne und begrüßte einen von Hunderten neuer Samstage.

Ihre Schritte echoten über die Steine des Beach Walks, der um diese Uhrzeit noch still lag. Wie Nebel stieg ihr Atem in Stößen aus ihren Mündern.

»Willst du etwa schon schlapp machen?«, frotzelte Leander, als Muriel ein paar Schritte zurückfiel und wandte sich nach ihr um. »Oder ist dir zu kalt?« Er drehte sich ganz um, um rückwärts vor ihr herzulaufen. »Wenn das so ist, denk einfach an was Heißes!«

»Zum Beispiel?« Muriel holte auf. »Die Tasse heißen Kaffees, die meine Hände beim Frühstück umschlungen halten?«

Leander schien das zu überdenken und verzog dann das Gesicht. »Ach, weißt du, ich dachte da vielmehr an ...«

»Die heiße Dusche, die ich vorher nehme?«

»Das trifft sich schon eher mit ...«

»Deinen Vorstellungen, da du während ich dusche genügend Zeit haben wirst, das Frühstück vorzubereiten?«

Er drosselte die Geschwindigkeit weiter und legte eine Hand in Muriels Nacken, um ihr Gesicht dicht vor seines zu ziehen. »Das werde ich definitiv …«

»Pflichtbewusst …«

Ausführen, hatte Muriel noch sagen wollen, doch da war Leander schon stehen geblieben und verschloss ihre Lippen mit einem Kuss.

»Wenn wir anhalten, fällt es uns gleich schwerer, wieder in den Laufrhythmus zu finden«, murmelte sie an seinen Mund.

»Wenn wir laufen, können wir uns nicht küssen«, entgegnete er und platzierte seine Hände auf ihrem Hintern. »Du musst endlich lernen, Prioritäten zu setzen!«

Muriel gab nach, was ihr nicht sonderlich schwer fiel. Sie schlang die Arme um ihn und vertiefte den Kuss. Irgendwann verstummten alle Geräusche um sie herum und wieder einmal war es, als tauchten sie ab in ihre ganz eigene Welt, in der es nur sie beide gab. Nur allmählich kehrte der Sound der Realität zurück und mit ein paar kleineren Küssen, lösten sich ihre Münder voneinander.

»Ist dir eigentlich bewusst, dass wir gestern deinen Rekord gebrochen haben?«, fragte Muriel und strich über Leanders Rücken. »Du warst ganze zehn Minuten zu spät.«

»Du doch auch«, lautete sein vermeintlich unbeeindruckter Kommentar. »Macht aber nichts, ich ziehe es dir einfach vom Gehalt ab.«

»Okay. Dann werden wir ab Montag verdammt pünktlich sein.«

Ein abenteuerlustiges Funkeln blitzte in seinen Augen. Er schüttelte den Kopf und lächelte. »Wie um alles in der Welt sollen wir das schaffen?«

Leseprobe: Gina Summers Der TauchLehrer

... Als sich wieder alle an Bord befanden, steuerte das Boot Richtung Basis. Sina verließ es als Erste, packte ihre Sachen und stürmte den Weg entlang zur Tauchschule. Belustigt folgte Nick ihr und betrachtete ihre Figur. Das Oberteil des Anzugs hatte sie bereits kurz vor Anlegen des Bootes heruntergeklappt. Ihre Locken hingen wild durcheinander, und Nick konnte die Linien ihrer Rückenmuskeln erkennen. Selbst von hinten sah sie hinreißend aus, dachte er.

***

Malie stand vor dem Büro und beobachtete die Rückkehr der Gruppe. Eigentlich hätte sie Nick auch anrufen können, um ihm den neuen Auftrag zu übermitteln. Aber ihr Gefühl sagte ihr, dass es aus irgendeinem Grund besser gewesen war, direkt zur Basis zu gehen.

Sie erblickte Sina, die als Erste eintraf. Dann sah sie Nick. Seine Augen, die jede Bewegung Sinas verfolgten, verrieten ihn. Malie kannte diesen Blick. Lust, Gier und wilde Entschlossenheit spiegelten sich darin. Sie atmete tief durch. Sein deutliches Interesse an Sina verletzte sie. Obwohl Malie und

Nick keinerlei sexuelles Verhältnis mehr hatten, war die Thailänderin, nachdem sie Sina nun gesehen hatte, nicht bereit, Nick dieser amerikanischen Schönheit zu überlassen.

Sie ging ihnen ein paar Schritte entgegen und nickte der Touristin, trotz ihres verletzten Stolzes, grüßend zu. Doch Sina eilte schnell an ihr vorbei, um ihre Ausrüstung zu lagern und sich den Anzug abzustreifen.

Malie hielt Nick am Arm als sie auf gleicher Höhe waren.

***

In diesem Augenblick drehte sich Sina um, um den Lungenautomaten und die Maske in den dafür vorgesehen Raum zu bringen. Neugierig blieb sie stehen und beobachtete die Szene.

Sie sah, wie Nick diese junge Frau zur Begrüßung auf beide Wangen küsste. Die Asiatin schlang ihre Arme um seinen Hals und schob ihm ihr Becken entgegen. Nick reagierte nicht auf diese Annäherung.

***

Nick ließ Malie einen Moment gewähren, befreite sich aber dann aus ihrer Umarmung und schaute sie erstaunt an.

»Was ist das denn für eine Begrüßung, Malie? So anschmiegsam kenne ich dich gar nicht!«

Malie reagierte gelassen. »Mir war gerade danach. Aber das Gefühl ist schon wieder vorbei, entschuldige bitte! Ich wollte dir nur die Adresse für heute Abend mitteilen. Hier ist sie.«

Nick nahm das Blatt Papier und überflog es. Er nickte nur und verabschiedete sich kurz. Dann gingen beide auseinander.

***

Sina verfolgte diese Situation. Die Art, wie diese Frau mit der Wespentaille Nick begrüßt hatte, versetzte ihr einen Stich. Was war nur mit ihr los? Sie war es wohl nicht mehr gewohnt, so viele gut aussehende Männer um sich zu haben.

Die anderen Taucher kamen und drängten an ihr vorbei, um ihre Ausrüstung im Trockenraum unterzubringen. Sina machte Platz und ließ ihnen den Vortritt. Sie mochte es sowieso nicht, im Duschbereich auf eine freie Brause warten zu müssen, also besaß sie alle Zeit der Welt.

Schnell hatten alle Taucher ihre Flossen verstaut und die Anzüge zum Trocknen aufgehängt.

Sina war durcheinander. Erst zwei Tage war sie hier und fühlte sich, als hätte man sie auf den Kopf gestellt, an den Füßen hochgehoben und geschüttelt. Sie konnte sich nicht mehr sortieren. Was passierte hier nur mit ihr? Sie flirtete, verführte einen Tauchlehrer unter der Dusche, dachte ununterbrochen an Sex, und selbst dieser eingebildete Nick ging ihr nicht mehr aus dem Kopf. Sie musste sich irgendwie im Zaum halten, sonst endete ihr spontaner Tauchurlaub in einem totalen Chaos.

Mittlerweile war sie allein im Schuppen, blickte auf die Kisten, in denen die Flossen untergebracht wurden und zog immer wieder an dem Haltegummi ihrer Maske, als könnte sie so ihre Gefühle in bestimmte Richtungen lenken.

»Wenn du die Maske noch einmal tragen willst, solltest du das Gummi loslassen, bevor es völlig ausgeleiert ist.«

Bevor Sina sich erschrocken umdrehen konnte, stand Alex hinter ihr und umfasste ihre Schultern.

»Wie war euer Tauchgang?«, fragte er leise und küsste dabei ihre Schulterblätter.

Sina zitterte. Sie wusste nicht, ob es an dem nassen Anzug lag, den sie immer noch trug, an Alex' Berührung oder an Nick, dessen Bild sich immer wieder vor ihre Augen schob.

»Er war in Ordnung.« Sina drehte sich nicht um, sondern lehnte sich leicht zurück. Seine zarten Küsse ließen wohlige Schauer über Sinas Körper rieseln.

Sie hatte im Moment keine Lust, Alex von ihrer Begegnung mit dem Drückerfisch und ihren Kompetenzproblemen mit Nick zu berichten. Stattdessen genoss sie das sichere Gefühl, das Alex ihr gab, als er seine Arme um sie legte und sie seinen Atem und an ihrem Hals spürte. Zärtlich strich er über ihre Arme.

»Du frierst! Zieh den nassen Anzug aus.«

Seine Finger berührten ihre Nippel, die sich fest an den Stoff ihres Badeanzugs drückten. Sina spürte das verdächtige Klopfen in ihrer Muschi, das sich anfühlte, als würde sie breitbeinig auf einer Bassbox sitzen. Alex half ihr aus dem Tauchzeug. Dann schob er die Träger ihres Badeanzugs herunter. Gänsehaut überzog Sinas Körper. Ihre Brustwarzen standen steif ab und seine Fingerspitzen waren nur Millimeter von ihren empfindlichen Knospen entfernt.

»Was ist, wenn hier jemand hereinkommt? Die anderen Gruppen werden bestimmt auch bald eintreffen!«

»Wir sind allein, Süße. Luk und Yuna sind noch unterwegs und die anderen längst auf dem Weg zur Bar. Vertraue mir!«

Seine Finger rieben nun Sinas Warzen. Durch den dünnen Stoff ihrer Badekleidung fühlte sie seine Erregung. Langsam ließ sie ihr Becken kreisen.

»Oh Gott«, stöhnte Alex. »Du machst mich wahnsinnig!«

Er schob seine Hände auf ihre Hüften. Sina machte ein Hohlkreuz und rieb ihren Hintern an seinem Schwanz.

Alex streifte ihren Badeanzug ab. Der Anblick ihres nackten Hinterns ließ sein Glied zucken. Noch einmal lauschte Sina in die Stille, doch außer der Brandung konnte sie nichts hören.

»Beug dich vor«, flüsterte Alex.

Sina war jetzt schon nass. Sie spürte, wie ihr Saft an den Innenseiten ihrer Oberschenkel entlang lief. Sanft legte Alex seine Hände auf ihren Arsch und massierte ihre Backen, sodass sich im gleichmäßigen Rhythmus ihre Schamlippen berührten. Sie stützte sich auf ein Regal und streckte Alex ihr Hinterteil entgegen. Ihr ganzer Körper zitterte vor Erregung. Sie war heiß und ihre Möse war es auch. Sina wollte, dass Alex sie nahm, wollte, dass er sie stieß, hart in sie hineinstieß.

***

Alex war mindestens genauso zügellos. Er zog ihre Pobacken auseinander und blickte auf ihr pulsierendes Fleisch. Der Kitzler war groß und dick. Langsam fuhr er mit einem Finger über ihre empfindliche Stelle.

»Du hast eine wahnsinnig schöne Muschi. Sie sieht aus wie eine Muschel.«

Alex betrachtete Sinas Geschlechtsteil so genau, als könnte er irgendetwas entdecken, was er zuvor noch nie gesehen hatte. Dabei rieb er sie gleichmäßig.

***

Sina fühlte die ersten Anzeichen ihres Höhepunkts. Eine unglaubliche Geilheit überkam sie. Der Sex mit Alex am gestrigen Tag war schon ein absolutes Highlight, aber heute war ihr Körper ein einziger G-Punkt. Sie fühlte sich wie eine heiße Stute.

»Fick mich, Alex. Bitte, fick mich. Ich will dich jetzt in mir. Mach, dass ich komme!«

Alex konnte sich nicht erinnern, dass ihn eine Frau jemals so angemacht hatte. Mit einer Hand spreizte er Sina und führte mit der anderen sein Glied an ihre Muschi. Er klopfte mit seinem Ständer auf ihren Kitzler, bevor er sich in sie schob. Langsam und unaufhaltsam drängte er sich in sie. Ein tiefes Stöhnen kam über Sinas Lippen, als er bis zum Anschlag in ihr war. Mit jedem Zentimeter schwanden Sinas Sinne. Sie sah Alex vor sich mit seinem gigantischen Glied und sie sah

Nick vor sich mit seinen Augen, die voller Geheimnisse waren, seinen Händen, die ihre unter Wasser hielten. Sie stellte sich vor, dass es Nicks Hände wären, die sich jetzt um ihre Hüften schlossen. Für Sina gab es kein Halten mehr.

»Und jetzt fick mich richtig. Fick mich, bis ich nicht mehr weiß, wo rechts und links ist«, rief Sina keuchend.

Sie wollte nichts mehr denken und sich nichts mehr vorstellen. Sie wollte nur noch einen leeren Kopf und einen gigantischen Höhepunkt.

***

Sanft zog Alex sich zurück, spreizte nun mit beiden Händen ihre Backen und stieß heftig zu. Immer wieder, immer schneller und immer härter fickte er Sina. Dabei sah er, wie sich ihre Rückenmuskeln spannten. Er blickte auf sein Glied, wie es in ihrer Hitze verschwand und nass wieder zum Vorschein kam. Sina beugte sich weiter vor und griff mit einer Hand zwischen seine Beine. Bei jedem Stoß drückte sie seine Eier gegen ihre Vagina. Schneller als erwartet, spürte Alex den Saft, der in ihm aufstieg. Sinas Innerstes presste sich um seinen Schwanz.

Beim nächsten Stoß hielt Sina sich die Hand vor den Mund, um ihre Lust nicht laut herauszuschreien. Kleine Blitze zuckten vor ihren Augen als sie kam. Alex zog sich aus ihr heraus, hielt sein Glied an ihre Rosette, wichste sich kurz und spritzte dann auf ihr Loch.

Schwer atmend beugte er sich über Sina. Sie fühlte den klebrigen Saft, der nun ihre Körper verband.

»Mit dir zu ficken ist einfach nur WOW!«, flüsterte er in ihr Ohr.

Sina richtete sich auf und drehte sich nun um. Auf Alex Stirn standen Schweißperlen und seine blauen Augen leuchteten. Auch Sina stand die Erregung noch ins Gesicht geschrieben.

»Das war gut! Das war richtig gut!« Sina fühlte sich in diesem Moment total befriedigt.

Alex sah ihr tief in die Augen. Dann nahm er ihr Gesicht in beide Hände und küsste sie zärtlich. Im ersten Moment war Sina überrascht. Dass sie während des Ficks mit Alex an Nick gedacht hatte, gefiel ihr nicht. Sie fühlte sich ein bisschen wie eine Verräterin. Doch schnell fing sie sich und erwiderte diese Liebkosung.

Plötzlich hörten sie ein Poltern …

Weitere erotische Geschichten:

Sharon York
HexenLust 1

Die Hexen beschützen die Menschheit vor Vampiren, Dämonen & Magiern.

Doch der Sohn des Teufels will diesen Pakt zerstören und die Herrschaft an sich reißen.

Isabelle führt die Hexen in einen Kampf um Herrschaft, Lust & Liebe.

Mit magischem Verlangen, feuriger Leidenschaft & verteufelt gutem Sex versuchen die Hexen, den Teufel zu besiegen ...

Denise Harris
SexLust

Kennen Sie diese Situation:
Ihr Partner ist perfekt,
aber Sie begehren einen anderen?

Sie betrügt ihn
und er betrügt sie -
trotzdem ist sie
extrem eifersüchtig ...

Es entbrennt ein
Wirbel an Konflikten!

Lisa Rome
Der NachBar

Eine Ehe ohne Lust,
Orgasmus & Leidenschaft!

Und dann kommt er ...

Er gibt ihr das, was ihr fehlt:
Er macht sie hemmungslos,
er macht sie willenlos &
er macht sie geil!

Weitere erotische Geschichten:

Trinity Taylor

Ich will dich ganz & gar

Lassen Sie sich von der Wollust mitreißen und fühlen Sie das Verlangen der neuen erotischen Geschichten:

Gefesselt auf dem Rücksitz,
auf der Party im Hinterzimmer,
»ferngesteuert« vom neuen Kollegen
oder in der Kunstausstellung ...

»Scharfe Literatur! - Bei Trinity Taylor geht es immer sofort zur Sache, und das in den unterschiedlichsten Situationen und Varianten.« BZ, die Zeitung in Berlin

Maria Bertani

Aurelia - Nymphe der Lust

Das unschuldige Mädchen Aurelia darf bei dem Meistermaler Romero in die Lehre der Farben gehen.

Doch zunächst muss sie sich
die Gunst des Meisters verdienen und als Nackt-Modell posieren.

Dabei eröffnet sich ihr
eine Welt voller Gelüste und
erotischer Abenteuer.

Henry Nolan

KillerHure

Eine Hure aus Passion, ein smarter Agent
und ein tödlicher Auftrag ...

Sie verführt ihre Opfer mit Sex, Schönheit und Raffinesse.

Tauchen Sie ein in eine Welt voller Intrigen, Adrenalin, Erotik, Liebe und unerwarteter Wendungen.

»Man genießt, leidet und fiebert mit der Hauptfigur! Großartig!« Trinity Taylor